暗部の
共棲
テ　ム
3

相馬

イラスト／ニリツ
キャラクターデザイン／はいむらきよたか、ニリツ

序　章
科学の街にカミサマはいない
012

第一章
表と裏
036

第二章
第四権力
088

第三章
古典に回帰すれば『暗部』のオモチャは増える
146

第四章
正義という名の凶暴な歯車
254

終　章
真なる悪、その叫び
322

contents

Designed by Hirokazu Watanabe (2725)

とある暗部の少女共棲《アイテム》

3

鎌池和馬

イラスト／ニリツ

キャラクターデザイン／はいむらきよたか、ニリツ

デザイン・渡邊宏一（ニイナナニイゴオ）

いつの時代、どんな場所でだって共通して言える事が一つある。
結局『正義』が一番怖い。

序章　科学の街にカミサマはいない

真っ暗闇の夜遅く、だった。

具体的には第四学区。

「あったあった！　ほら、結局これじゃない？　落としたっていうスマホ」

「おー」

一〇歳くらいの女の子がソンケーの眼差《まなざ》しでフレンダ＝セイヴェルンを見上げてきた。

ちなみにこの幼女、全く知らない家の子である。

私有地だからかこの辺には学園都市《がくえんとし》名物三枚羽の風力発電プロペラもない。一面の広大な芝生に、暗闇にあるのはまばらな外灯。あちこちの人工林が巨大な闇をより深くしている。

「……位置情報意外と大雑把だったな。それにしても塾帰りで早く寝たいからってこんな外灯もない暗がりを近道にしちゃダメよー、結局私だって本当は悪党かもしれないんだから」

「へっへへー。そんなはずない！　だって親切にしてくれるお姉ちゃんは良《い》い人だもん」

「ああそう」

フレンダは子供の方を見ていなかった。

視線は少し遠くに。

金髪少女は食にうるさい第四学区を支える三つの巨大な影、トライタワー型の超高層農業ビル『クローンコンプレックス』を見上げて呟《つぶや》いたのだ。

「結局、落とし穴って目で見ても分かんないからおっかない訳よ？」


そのわずか二〇メートル先の暗がり、人工林の中だった。

『暗部《あんぶ》』のプロがしれっと引き止めていたのにはもちろん意味があった。あの子が一歩でも闇と同化した林に踏み込んだらフレンダも口封じに動かなければならなかったのだから。

（……まあ助かりましたけど、現場でわざわざ顔さらして一般人と超おしゃべりだなんて）

「緊急時独立通報装置、っていうのは超これですか」

絹旗最愛《きぬはたさいあい》は呆《あき》れたように息を吐き、それから自分の身長より大きな金属ボックスに向かい合う。複雑なロックのついた表面の扉は『窒素装甲《オフェンスアーマー》』で力任せに毟《むし》り取《と》り、剝《む》き出《だ》しになった機械の塊に油性ペンで番号を書いた口紅サイズの特殊デバイスをいくつか突き刺していく。

窓もない多層構造のビルの中で、人工的に環境を整えて農作物や畜産物を集中的に育てて収穫する農業ビル。中でも食を専門とする第四学区を支える巨大な『クローンコンプレックス』

ともなれば、施設全体のセキュリティ難度もまた相当なものになるはずだ。

今ここにある緊急時独立通報装置もそう。

たとえ『クローンコンプレックス』全体が大停電に陥ってもそれとは別に自動通報してくれる独立設備……なのだが、遠く離れた場所にひっそり設置したのが仇《あだ》になった。

地中の光ファイバーで繋《つな》がる以上、これ自体もいじれば『クローンコンプレックス』全体の防犯カメラやセンサー類に干渉できる。なのに見張りの一人もつけず屋外に放置するとは。

（……細かい作業は苦手ですが。防犯カメラや人感センサーは超潰せたんですかね、と）

この手のリアルタイム改ざんは昔は夢物語とされたが、専用に育てた犯罪ＡＩを使えばさほど難しくもなくなってきた。絹旗《きぬはた》の担当はセキュリティデータを管理する独立装置に小さな通信アンテナを取りつけ、犯罪ＡＩが自由に無線アクセスできるよう窓口を用意する作業だ。

「さて、と。こっちは超終わりましたし」


ジャージ少女滝壺《たきつぼ》理后《こう》は暗闇の中でもしっかり物陰に隠れ、両手の指で何か数えていた。

三つの高層ビルで構成されたトライタワー『クローンコンプレックス』の外周、緑色の芝生で覆われた広場みたいな場所に彼女は潜んでいる。より正確には庭師道具を保管するためのものだろう、鎖や錠前をつけたコンテナの壁に背中を押しつけての体育座りである。

（……巡回はキホン二人一組。ただそれとは別に、不規則に行き来する別の足音がある？）

「滝壺《たきつぼ》ー、結局そっちは終わった？」

「超滝壺《たきつぼ》さん」

フレンダと絹旗《きぬはた》が近づいてきたので、滝壺《たきつぼ》も無表情で軽く手を振りつつ、

「人間の移動パターンについては八割くらいってところかな。きぬはたがこっちに戻ってきたって事は、もう防犯カメラはいじっちゃったんでしょ？　これ以上『待ち』に徹しても、機械系の異変を人の目で察知されて警報鳴るリスクが時間ごとに増えていくだけ」

「だね。結局とっとと動いてケリをつけちゃいましょ」


『ピッ、ピッ、ピッ、ポーン。

八月二九日、午前一時になりました。赤坂美奈子《あかさかみなこ》の午前様パーティ、今夜も始まりまーす！

えっ、もう曲？　早くない!?　ああもう問答無用でイントロ流れてるし、プロデューサーッ!!

ええと今日の一曲目は「サディスティックドールズ」の「何色《なにいろ》の鞭《むち》」で……』


カーステレオ、深夜ラジオの音声で満たされた黒塗りのバンの後部スライドドアを開けて、

麦野沈利《むぎのしずり》はアスファルトの上へとすらりとした足を乗せる。

フレンダ、絹旗《きぬはた》、滝壺《たきつぼ》も合流してきた。

「結局一人だけ何にもしてない女王様のおなーりー」

「麗《うるわ》しきこの私のジャンケン運を呪うなよフレンダ。公平な勝負だっただろ？」

夏の終わりを想《おも》わせる涼しい夜風もまた、麦野《むぎの》の低い苛立《いらだ》ちを抑える役には立たない。

「ったく、全身の関節がバキバキ鳴ってやがる……。こんな状況で金なんか稼いでどうすんだよ。いくら貯《た》め込《こ》んだって使う場面がないんじゃ役に立たない」

「……まー結局ここ最近、立て続けにマンション爆破されてたからねー」

フレンダは修正テープに似た特殊な爆薬を取り出す。慣れた様子で背の高いフェンスを縦に断ち切ると、大きく開き、私有地の中でも立入禁止の色が強い敷地《しきち》へ他の三人を誘導する。

固定の防犯カメラやセンサーなどを気にする必要はない。

防犯・索敵関係の各種データは例の犯罪AIが勝手に改ざんし続けているだろうし。

「結局、今までは色々手を回してもらって表の記録に残らない形で豪華な隠れ家をこっそり紹介してもらっていたけど、そういう優良物件が柱と骨組みしか残らない焼け跡にされちゃうんじゃ『黒い不動産』も商売上がったりなんじゃない？」

「超『黒い不動産』ねえ」

「分譲マンションの抽選結果を外からいじったり、名義や口座を書き換えての賃貸契約を仲介してくれる専門家だね、きぬはた。事故物件にも詳しい。今までの部屋は分譲じゃなくて賃貸だったから、私達が退去した後も次々と他の後ろ暗い客に貸して稼ぎたかったはずだし」

丁寧に刈《か》り揃《そろ》えた芝生の地面を踏みつけて四人は敷地《しきち》の奥を目指す。

いつでも唯我独尊モードな『アイテム』にしては珍しく、足音に気を配って。

「じゃあ命懸けでお金を稼いだって超意味ないじゃないですか。カラオケボックスやコンビニのイートインに居座って、このままずっと家出少女状態なんですかね？」

「きぬはた。失った時と取り戻す時は同じ量にならないから大変だけど、実績を積めば信用は回復できるよ。そのためにもお仕事しよう。……っと」

その時だった。

ピンクジャージの滝壺《たきつぼ》がいち早く何かに気づき、片手で全員を制した。

まばらな外灯では拭い切れない暗がりの中で、自分達とは違う気配を複数察知する。

「……、」

四人は自販機よりも大きな変圧パネルに張りつき、息を潜めてやり過ごす。

定期の見回りだろう。相手は通信兵みたいなアンテナだらけのリュックを背負った、藍色の修道服の少女達だった。長いスカートの中からガシャガチャと機械音が聞こえるのは、中に複数のアクチュエータで支えられた脚部強化駆動鎧《パワードスーツ》でも隠しているからか。

目元にレンズだらけの多目的暗視ゴーグルをつけると、それだけで人間味が失われる。

両手で持つ細長いライフル（？）は鉛弾を撃つのではなく、まるで模型を細かく塗るのに使うエアブラシを巨大化したようなフォルムだ。おそらくアルミと鉄と色々な化学薬品の粉末を超高速で一直線に吹きつけて空気の摩擦で着火する凶器。どう考えてもナマの人間に向ける銃ではない。推定摂氏三八〇〇度超、射程距離は三〇メートル以上か。銀行の金庫室の壁を溶けた飴《あめ》のように消し飛ばせる携行式焼夷兵器《けいこうしきしょういへいき》だ。

つまり『こういうの』が今回の標的だった。

二人一組で行動するハイテクの塊、機甲シスター。その気配が変に立ち止まらずそのまま離れていくのを確認しつつ、半ば呆《あき》れたように麦野《むぎの》が呟《つぶや》いた。

「……科学の街で生まれた悪徳カルト宗教、ね」

「そりゃまあ、削除対象として優先的に登録されるのも超頷《うなず》けます」

自分の目で見たものしか信じない。だから我々科学者は悪魔や幽霊といった想像の産物などには惑わされない。

……自信満々にこんな事を言っている連中に限って、大掛かりな手品を見せられると結構あっさり転んでしまうのだ。目で見たものしか信じない、とわざわざ自分から脆弱性《いりぐち》をさらしてくれるなら、化学調味料をドバドバ入れたハンバーガーやフライドポテトのようにたっぷり演出過多で味付けした神話除霊ヒーローショーでも見せつけてやれば良い。そして殺人細菌を使った生物兵器にせよ公共インフラ破壊コンピュータウィルスにせよ、お偉い学者サマが自衛のために手持ちの知識を安易に貸し出すと、悪徳カルトの危険度は一気に跳ね上がる。

人間を素材に使う能力開発なんて、胡散臭《うさんくさ》い悪徳カルトと混ざったら厄介極まりない。

「むぎの。今夜だけは戦い方が違うよ」

「分かってる」

「教祖はディケ＝ゴッデス＝サルベーション。本名は『書庫《バンク》』からいつの間にか不正に削られてて抹消。こいつの得意技は『奇跡の逃避行』だよ。実際に今まで何度か襲撃をかわしていて、しかも大掛かりな脱出マジックを自分のカリスマ捏造《ねつぞう》と信者獲得工作の材料にしてる。神の声を聞く者は悪の軍勢に追われても見えない力で守られるってね」

「だから分かってる！　ヤツに逃げられないよう表でド派手な騒ぎを起こすのは禁止、きちんと『神殿』の奥まで潜ってピンポイントで汚れた教祖サマをブチ殺せって話だろ？」

絹旗《きぬはた》は軽く引いていた。

『あの』麦野《むぎの》にしつこく注意を促しても死なずに済んでいるのもまた立派な才能か。

外灯を迂回《うかい》して巨大な建物へ小走りで近づきながら四人の少女達は気軽に言い合う。

「間抜け野郎に『科学』って言葉だけ渡してもろくな事にならないわ。一七世紀に活躍した『科学的な医者』とやらは、死体の脂から作ったロウソクに火《ひ》を点《つ》ければ埋蔵金が見つかるって真顔で主張しやがった、アッハハー（棒）」

「ふうん。むぎの、魔女ってほんとはどこから生まれてくるんだろうね」

「……魂の重さに、音楽を聞いて感動する植物。超まあ胡散臭《うさんくさ》い論文は継続的に発表されていますからねえ。映画の題材としては結構面白いんですけど」

「結局、宗教ベースの兵隊なんて流石《さすが》に初めて殴り合うけど、どれくらいヤるのかな？」

「んなもん頭数と抱えているテクノロジー次第だろ」

頭上をマルチコプター型の空撮ドローンがゆっくり飛んでいるが、犯罪ＡＩの改ざん技術を信じて真下を普通に歩いて四人は移動する。無線制御信号はより分厚い不正電波で上書きしてあるが、認証コード自体は本物と全く同じなのでドローン側は異変に気づかないはず。

と、いきなり小さな丘から修道女が顔を出した。

「っ」

掌《てのひら》に光の凝縮。

規則的に決められたルートをぐるぐる回る巡回要員ではない。肩には赤い腕章。おそらく（これも人材管理ＡＩが策定したであろう）ルーチンをこなす少女達がだらけないよう、不規則に睨《にら》みを利《き》かせる監督要員だ。

鉢合わせした瞬間一直線に『原子崩し《メルトダウナー》』を放とうとする麦野《むぎの》だが、滝壺《たきつぼ》が彼女の上着をくいくい引っ張って止めた。

機甲シスターの少女はガキガキ足を鳴らして目の前を素通りしていく。

滝壺《たきつぼ》は自分のこめかみの辺りを人差し指で軽くつついて、

「……イヤホンマイク付きの多目的暗視ゴーグル。あれも無線のネットで繋《つな》がって据え置きの大型コンピュータのサポートを受けているから、犯罪ＡＩの不正電波の餌食《えじき》になってる」

つまり風景から麦野達《むぎのたち》が消えている事に見張りは気づけない。

にまにま笑うフレンダは真面目な顔した修道女の前に回り込むと両手を大きく振って、

「ぷぷっ、こいつ自分から目隠ししたまま裏街道を歩いてやんの。やーいやーい自分がどういう状況か分かっ
「ふー熱気がこもってゴーグル曇る……」

「「「「っっっ‼⁉⁇」」」」

不意打ちで異形のゴーグルを額へ押し上げて外す修道女に、麦野《むぎの》はフレンダの腕《うで》を掴《つか》んで近くの自販機の側面へ素早く身を隠す。

ここでバレたらまた教祖は雲隠れだ。神の声を聞いてあの超能力者《レベル5》から逃げ延びた奇跡の人、という宣伝でいいように使われてしまう。どこぞのバカのせいで。

「(……、)」

「(痛だあだだむぎ麦野《むぎの》ごめ謝る調子に乗りましただからみんなで生き残りたいならお願い千切れちゃこのほっぺたつねりやめへぇぇぇぇぇ)」

？　とあちこち見回した機甲シスターの監督少女は速乾性エタノール式のメガネ拭きでゴーグルの内側を奇麗に拭う。サバゲ用のお高いゴーグルと違ってサイドに小型ファンはついていないらしい。再び特殊なゴーグルを目元にかけてどこかにガショガショ走っていく。

麦野達《むぎのたち》は別の方向へ足を向ける。

正面玄関のガラス扉があった。電子ロックはフレンダが焼き切り、全員で中に踏み込む。

空気が一気に冷えた。

清潔で塵《ちり》一つない半導体工場に似た人工大気。等間隔で並ぶ巨大な柱に開けた白の空間。

「……コンクリの共同溝とかもそうだけど、結局、人間ってやたらと大きな人工物を見ると問答無用で神秘性を錯覚しちゃう生き物なんだっけ？」

「他にも色々あるな」

小麦の製造プラントでは、八月の終わりに合わない風景が広がっていた。不健康な青白い紫外線ライトの中、フロア一面びっしりと黄色く色づいた穂で埋め尽くされているのだ。麦野達《むぎのたち》はその真上、天井近くにある金網状のキャットウォークを歩いていく。

(……こういう農業ビルが活躍しているおかげで、一四億人の胃袋を支える麦野本家《むぎのほんけ》の『力』も学園都市《がくえんとし》の中にまではいまいち刺さらないんだよなあ)

感心するべきか、呆《あき》れるべきか。

細長い金網の橋を支えるため、左右から天井に向けて細い柱が延びていた。それは等間隔でずーっと先まで続いていく。

「まるで鳥居のトンネルだな。規則性と大量の数、神秘性を増幅させる人工的な仕掛けだ」

「しかし教団も、無人で動く巨大なハコモノをよくもまあ超ここまで乗っ取りましたね」

絹旗《きぬはた》は呆《あき》れたように視線を脇に振った。

食の安全を守るセキュリティがどれだけ厳重でも、ユーザー権限自体を書き換えられればこんなもの。分かっている『だけ』で最低二年前から立派な（？）悪徳カルトの神殿らしい。

つるりとした壁一面に教室の床より巨大な肖像画が掛かっていた。カラーリングは金髪碧眼《きんぱつへきがん》の女神サマだが、顔立ちは団子鼻の日本人だった。教祖はディケ＝ゴッデス＝サルベーションだったか。おそらく整形手術で全身の色素を無理矢理抜いたのだろう。

鎧《よろい》とスカートを組み合わせた特殊な格好もまた、悪徳カルト的に意味でもあるのか。

（……全身の色が薄い、アルビノ系の天才サマ、ねえ？）

学園都市《がくえんとし》に誰かいたっけか、と肖像画を眺めて麦野《むぎの》は少し考える。

電子の海ハコブネ教、とあった。

そりゃまあ、自分で自分を危険な悪徳カルトですとは名乗らないか。

館内スピーカーからは若い女性の合成音声で彼らの『聖典』が繰り返し流されていた。

『人は生まれたままではAIに使われるだけ。毎日欠かさず心の修行を繰り返し、人間性を極限まで高め、本当に選ばれた人だけがAIを使用する側に立てるのです』

そういう不安。そういう心の隙間。

「何にもないと思うよ？」

ふんふんと頷《うなず》いている（映画的なスケールの陰謀論が大好きな）絹旗《きぬはた》を見て、滝壺《たきつぼ》がぼーっとしたまま言った。

「悪徳カルトの聖典って、生成AIに世界中の神話の資料や文書を読み込ませてテキトーに作らせただけらしいし。心理学的な設計だから含蓄ありそうだけど中身はぺらっぺら」

『厳しい修行そのものを否定する、もしくはいくら修行を繰り返しても選ばれる事のない救いようのない人に慈悲を与えるのもまた我々の大切な職務となります。我々は万人を等しく救済せねばなりません』

麦野《むぎの》はうんざりした感じで畑の上にあるキャットウォークを歩き、

「散々悪い事して上から目をつけられた悪徳カルトだろ？　せめてどこかに隠し金庫とかねえ

のかよ。黄金の山とか、ダイヤでいっぱいとか。夢のある感じのヤツ」

ジャージ少女は肩をすくめただけだった。

「真顔で生《い》け贄《にえ》の儀式とか言い出す人達が作ったドロドロのお金、ほんとに欲しいの？　良くない血痕でもついてたら面倒だよ」

「生《い》け贄《にえ》の儀式、ね」

「うえっ……、超どうやったら科学で説明つけられるんですかそんなの」

「きぬはた、世の中にはリトルグレイや太古の記憶を科学的って呼ぶ人もいるよ。『科学』は単語でしかないから、人によって定義や許容の幅は結構いい加減なものだし」

まあ冗談では済まないレベルだから『アイテム』みたいな連中に殺しの依頼がきた訳だ。

高い場所にあるキャットウォークを四人で歩いて、バスやトラックも上げ下げできる大型作業リフトに乗って上の階層を目指す。一般の案内板には載っていないエリアだ。

一一階。

巨大な農業ビルにしては低階層ではあるが、実はあまりにも大きくて重たい機材は上層に運搬できないといった都合もある。なので重要な施設や設備こそ低層に集まりがちなのだ。

そして女性アナウンスの質が変わってきた。

こちらも階層《レイヤー》によって『秘伝』の内容が変わっていくのか。つまり今流れているのは『浅い』信者が聞いたらぎょっとして洗脳が解けてしまいかねない内容、という訳だ。

『テクノロジーに危機を感じない愚かな人の群れこそが魔王を生む母となるのです。清廉なる信者の皆様、光強騎士となる準備を進めこれを迎え撃ちましょう！』

ずん!!　といきなり清潔な床が物理的に五ミリ以上の幅で軋《きし》んだ。

眼前に見上げるほどの巨体があった。機械に気配はない。建設重機を想《おも》わせる複合装甲の脚が四本。頭部の代わりに取りつけられたのは三六〇度ぐりぐり動くポッド化されたガトリング銃、ミサイルキャニスター、対空高射砲のワンセットだ。

総重量一〇トン以上はありそうな陸上重戦闘ドローンである。

「っ⁉」

「むぎの」

とっさに右手を正面にかざした麦野《むぎの》だったが、隣に立つ滝壺《たきつぼ》が冷静に言った。目と鼻の先だが、魔王とやらは少女達のすぐ隣を通り抜けてガシャガシャよそへ去っていく。

犯罪ＡＩの不正電波で上塗りされている。

エアコンの涼風の中、フレンダは嫌な汗で全身をびっしょりにしながら、

「び、ビビった……。あんなのまで組み立てている訳？　結局、前面にバリケード切断特化のプラズマカッターまでついてたけど。摂氏七〇〇〇度の化け物兵器」

「文明の発達によって、あちこちの国や地域からあいうのがポコポコ出てくるのを極端に恐れる教義。悪徳カルトの連中にとっての終末のビジョンが超見えてきそうな話ですね」

「きぬはた、光強騎士っていうのは何なんだろう？」

「魔王が超アレでしょ？　増強剤を超しこたま使ったドーピング兵に分厚い対爆スーツ着せてから、特大のチェーンソーか溶断バーナーでも持たせてんじゃないですか」

悪徳カルト側が自分で組んだあの魔王サマは、来たる終末戦争を予期しての模擬戦用か、あるいは強敵である魔王を人の側が手懐《てなず》けて従える事に宗教的な意味でもあるのか。

ガシャガシャ音は一つではない。

どうやら魔王とやらは何機も徘徊《はいかい》しているようだ。何かの間違いで機能回復されると即戦闘になってしまうため、麦野《むぎの》達《たち》は滝壺《たきつぼ》の指示で音源を的確に迂回《うかい》してエリアの奥を目指す。

滝壺《たきつぼ》がドアの一つを人差し指で示し、絹旗《きぬはた》とフレンダがドア左右の壁に張りつく。

ゆっくりとドアを開けると、一際《ひときわ》広大な空間が待っていた。おそらく『クローンコンプレックス』全体で野菜工場やクローン牧場を数値操作する巨大なＡＩコントロール室だろう。

水を抜いた五〇メートルプールより広い場所だった。

そして花の花弁のように何かが円形かつ一定間隔で配置されていた。それは片膝をついて傅《かしず》く八つの人影だ。より正確には薄っぺらなタブレット端末を頭部代わりにし、筋肉の束の代わりに銀色のベルトに似たアクチュエータを複雑に組み合わせた人型のロボットだった。

中心に唯一立っているのは、黒い人影。

教祖と、八人の弟子たるＡＩと、それから一般信者。

これが悪徳カルトの縮図か。

しかし、
しかし、

「おい……？」

麦野《むぎの》沈利《しずり》が思わずといった調子で呟《つぶや》いていた。

単に薄暗いから、ではない。人影が黒いのは、黒ずんでいたからだ。頭部にタブレット端末をつけたロボットは跪《ひざまず》いたその姿勢のまま完全に焼きついて動かなくなっている。熱で合成樹脂が溶ける、体に悪そうな匂いが今さら押し寄せてくる。

そして中心に立つ教祖もまた。

ぼろっと崩れたかと思ったら、黒ずんだ炭がいくつかの塊となって床に散らばった。

すでに死んでいる。

先を越された。

「あれえ？　もしかしてほんのり『お仕事』かち合っちゃった？」

明かりの下に誰か出てきた。

派手なメイクにピアス、普通の生活からはかけ離れた衣装の少女達だった。全体的な印象は、赤と黒の革で作ったチア衣装というのが近いか。自分の体を見せる事を前提としたタンクトップにミニスカートのへそ出し衣装をベース、太い首輪と両手首のベルト、足回りはニーソックスみたいに長い革のブーツだった。

そして各々《おのおの》がスタンドマイクやエレキギターなどの楽器《がっき》を掴《つか》み、アンプやスピーカー、ドラムセットなどは小さな脚をつけてドローン化した音響《おんきょう》機材《きざい》を侍《はべ》らせている。

赤と黒に染めた頭の、五人で一組。

『アイテム』とは似て非なる少女達の集団。

「……アンタ達は？」

「『サディスティックドールズ』。メジャーかインディーズかは今どっちだっけ？　ほら配信メインだからちょっぴり線引き曖昧なんだよね」

「つまり競合他社かよ」

「かわゆいガールズバンド的には、『こっち』が本業とは考えたくないんだけど？」

ばぢぢっ‼　とエレキギターの先端から凶悪な紫電が散った。

電気スタンと言えば非致死性の安全な武器、という印象があるかもしれないが、出力を吊《つ》り上《あ》げれば普通に人を殺せる。それに装甲で絶縁破壊を起こして中まで貫くほどの大電力なら、分厚いドローン兵器に対して火薬や鉛弾を使った一般兵器以上の戦果も期待できる。

この分だと五人全員こんな感じか。

殺人エレキギターを弄ぶ少女はニヤニヤ笑いながら、

「最大一八〇〇万ボルト。アンタ達だってここまで来たんだ、手ぶらで帰るのはほんのり消化不良でしょ？　……そんな訳で、ちょっとだけお裾分けをしてアゲル」

多脚式のアンプやスピーカーまで従えるギター担当が派手な音をかき鳴らした直後だ。

いきなり警報が復旧した。

というか『クローンコンプレックス』にある全ての館内スピーカーから派手なシャウトとＤＴＭっぽい規則的なリズムの爆音が炸裂《さくれつ》する。イントロなしのボーカルはパソコンでキーを変えているのか、低音から高音まで不自然にあちこち飛んだり跳ねたりでとにかく忙しい。

バタバタという足音があちこちから近づいてきた。

そしてこの時、すでにベース担当が楽器の先端から噴き出した酸素アセチレンバーナーでビルの外壁を大きくくり貫《ぬ》いていた。ここが一一階である事など関係なく、『サディスティックドールズ』の五人はさっさと大穴から虚空《こくう》へ身を躍らせていく。

最後にギター担当が吼《ほ》えた。

「あっははーッ!!　『何色《なにいろ》の鞭《むち》』が配信されたばっかりだからさ、間抜けな皆さんがもし生きて帰れたら電子でいっぱい買ってランキング上昇に貢献しちゃってよ！　それじゃあー☆」

ギター担当が虚空《こくう》へ消えた。

バン!!　と直後に東西南北全部のドアが同時に開け放たれた。

教祖様！　よくも聖なるディケ様を!?　機甲シスターや一般信者のそんな声に囲まれながら、麦野《むぎの》沈利《しずり》は俯《うつむ》いて小刻みに震えていた。

「ブ」

ここまで来たのに獲物は先に取られて報酬は手に入らず、しかも仕事を横取りした連中の尻拭いだけ押しつけられる始末。

確定だった。学園都市《がくえんとし》の治安を乱す不穏分子の削除・抹消という本来の職務は超能力者《レベル5》の頭から完全にすっぽ抜けた。

「ブ・チ・コ・ロ・シ・か・く・て・い・だッ!!　あんのメスどもがアあああ!!!!!!」

ドカかっっっ!!!?!??　と。超能力者《レベル5》の怒りと共に全方位へ『原子崩し《メルトダウナー》』の太い閃光《せんこう》が解き放たれ、『クローンコンプレックス』は内側から蜂の巣になった。

彼女達は『アイテム』。

学園都市《がくえんとし》の治安を乱す不穏分子の削除・抹消を専門に司《つかさど》る……はず、なんだけど……？

行間　一

サンプリング式評価資料　●●●調べ。

今期は全体サンプルとして『アイテム』を抜き出す。

この四人だけではなく、そこから枝葉のように広がる敵味方の相関図も参考にして、目には見えない『暗部《あんぶ》』全体の動向や趨勢《すうせい》をサンプリング推測していく事。

ぼくは誰の味方でもない。

観察者としての役割を忘れてはならない。


麦野《むぎの》沈利《しずり》。

八〇点。

電子を波形でも粒子でもなくそのまま撃ち出す事で絶大な破壊力を生み出す『原子崩し《メルトダウナー》』だ

が、それ故に加減が難しいというデメリットが見受けられる。

反社会勢力の頂点、その一角に位置する家庭環境については同情の一言。

ただし、これらを加味しても犯した罪と暴力は無視できない。そもそも学園都市《がくえんとし》でも七人しかいない超能力者《レベル5》なら、その力については強く自覚をするべきだ。


滝壺理后《たきつぼりこう》。

四五点。

『アイテム』の中ではブレーキ役とみなされる事は多いものの、起きた事態を暴力によって解決する思考は他のメンバーと共通するところがある。

意図的な暴走状態でのみ他人のＡＩＭ拡散力場を正確に記録・検索する『能力追跡《AIMストーカー》』という大能力者《レベル4》ではあるが、その本質については謎が多い。接触する際には細心の注意を払う事。


フレンダ＝セイヴェルン。

五三点。

無能力者《レベル0》なので、他メンバーと違って能力の強さに振り回されている可能性は皆無。彼女の犯罪は全て彼女の意志によるものだ。爆発物と格闘のエキスパートではあるが、最も恐ろしいのは（そして『アイテム』全体への貢献という意味では）『誰とでも仲良くなれる』そのコミユニケーション能力の方だろう。

絹旗最愛《きぬはたさいあい》。

二九点。

空気中の窒素を操って全身を包む『窒素装甲《オフエンスアーマー》』は本来であれば受け身、防御のための大能力《レベル4》であるはずなのだが、それをとことん攻撃的に振り回す術を獲得している。『アイテム』に加入して日が浅く、それ以前の経歴が抹消されている事から、間違ったモラルやマナーを学習している可能性が極めて高い。おそらくは、最も改善のチャンスのある人物。ただし『四人の中では』の話だが。

全体の評価は不可。

ものによっては低得点メンバーもいるものの、『アイテム』という組織としての合計得点が一定の水準を超過したため、物理接触を伴う追加評価テストの実行を決定。特に、リーダー格である麦野沈利《むぎのしずり》を集中的に調査するものとする。

現時刻より、接触開始。

第一章　表と裏

1

「四〇七号室のお客様、シツレーしまーす☆」

ノックの音がして、若い女性店員さんが顔を出してきた。

大皿を持ってきてくれたのだ。

「こちらが追加の冷製豚しゃぶパスタでーすっ。夏のごまダレフェアにご協力あざーす」

八月二九日、早朝。大学生の多い第五学区にあるカラオケボックスだった。

このカラオケボックスは『黒い不動産』から敬遠された『アイテム』勢が寝床代わりに使うハコモノの一つ。悪評は宿泊業界まで波及したようでホテルも使えず、ここ最近はネット喫茶、スポーツジムの仮眠室、ファミレスなどなど二四時間系サービスを転々とする毎日だ。

とはいえ、ワイヤレスのマイクやデカい液晶リモコンは充電用スタンドに差さったまま。

特に歌うつもりもなさそうな少女が四人も固まっていて、部屋の隅にはキャリーバッグが不自然にいくつかまとめてある。

そしてその全員が寝起き顔。

……どこからどう見ても仮眠目的で明らかに夏の家出少女仕様だが、いちいち深く尋ねるほど人情派のバイト店員もいないようだ。深夜帯から電車の始発過ぎまでがっつり働く、これまたワケアリっぽい女性店員さんは自分の仕事だけ済ませるとさっさと部屋から出ていく。

フレンダはパッと顔を明るくして、

「おー来た来た。ほれほれ皆の衆、朝ご飯な訳よ。分けるぞシェアだぞ冷たいパスター☆」

「大丈夫なんですかそれ？　朝から豚しゃぶに炭水化物、脂っこくて超重たいですね……」

うんざり顔の絹旗《きぬはた》。

とはいえ、カラオケボックスは電話一本で色んなドリンクや軽食を運んできてくれるが、基本はパーティ仕様のラインナップだ。あっさり健康的な朝食を期待する方が間違っている。

さして長くもないソファの上から起き上がる気力もなく、麦野《むぎの》は外から勝手に持ち込んだ円筒形のボトルからウェットティッシュを引っこ抜いて首回りを拭いながら、

「ううー、寝起きで肌がべたべたする……。近くのスパが開くのは朝一〇時かよ、くそっ!!」

この中に時間を操る能力者はいないので、絹旗《きぬはた》は特にいじらず。

彼女も彼女で気になる事があった。

「滝壺《たきつぼ》さん、コインランドリーの完了時間って超いつでしたっけ？」

「まだ五〇分はあるから、慌てなくても平気。乾燥までお任せしてるし時間かかる」

一方、洗濯完了から回収まで時間がかかりすぎると店員が扉のロックを解除して洗濯物を勝手に持っていかれる。数の限られた業務用洗濯機を効率的に回すのに必要なペナルティだ。

何かと時間《コスト》に縛られる仮初めの生活。

これもまた家出少女あるあるなのだが、

「ちくしょう、それもこれも全部次のマンションが決まらねえからだ……。金はあるのに！　風呂《ふろ》も洗濯も普通は時間に縛られたりしないだろ。ふざけんなよ『黒い不動産』がアあああああああああああああああああああ‼」

「結局それより私は爆薬の管理が心配だよ。あんなキャリーバッグに詰めて雑にガラガラ転がしちゃってさあ、プラスチック爆弾なんかアスファルトからの照り返しで溶けちゃうかも」

しかし少女達がいくら嘆いたところで状況は変わらない。

業界の信用回復が第一だが、そのための仕事を横から奪われてしまう状況だし。

壁際《かべぎわ》の大画面に変化があった。

『……ふぁ、あ。ひとまずごくろーさん、こいつときたら、、、。後金の成功報酬を支払えないのはこっちも残念だけど、結果は結果。金切り声を上げても変わんないし。「サディスティックドールズ」だっけ？　競合他社については私の方でも調べを進めておくわ』
何も映っていない真っ黒な大画面からは、若い女性の音声だけが飛んでくる。
『アイテム』に依頼を持ってくる『電話の声』だ。
寝不足だけが原因ではないだろう。のろのろと身を起こし、改めてソファに腰かける麦野《むぎの》は
不安定に苛立《いらだ》った低い声で、
「……アンタが仕組んだダブルブッキングじゃねえだろうな？」
『何のために？　素直に「アイテム」に働かせておけば悪徳科学カルトの教祖の首《くび》を獲《と》ってき
たはずなのに。言っておくけど上から叱られんのはこっちも同じよ、こいつときたら』
叱られる。
と言うくせに、『電話の声』は夜逃げの準備をしている訳でもない。
一回二回のしくじり程度で命を刈り取られるほど彼女の盾も薄くはないのだろう。……もち
ろん、ご立派なその盾が下々の『アイテム』まで守ってくれるとは限らないが。
『でもま―教祖がくたばってくれたのは不幸中の幸いかな。現場で兵隊どもがどつき合ってい
る間に逃げられなくて良かった良かった』
どこが良かったんだよ、という四人の重たい沈黙に動じる『電話の声』ではない。
『あと、AI関係の開発競争はこれでしばらく後退すると思う。スマホからガラケーに時代が

逆戻りするかもしれないから、お気に入りのアクセサリなんかがあるなら今の内に買い溜《かだ》めしておく事をオススメするわ』

「……そういう駆け引きでも超あったんですかね？　この街の『上』では」

悪徳科学カルト側はもちろん、彼らを潰すために動いた『アイテム』勢も防犯カメラ、人感センサー、空撮ドローンなどのリアルタイム改ざんのために犯罪ＡＩを使っている。よくよく考えてみれば、敵味方どこを見渡してもきっちり揃《そろ》えたように悪印象を与えるばかりの案件だ。もちろん一般の世論操作ではなく、『上』のＶＩＰ達の間で使う説得材料だろうけど。

（……超この分だと、犯罪ＡＩと繋《つな》げるために使った口紅大の外付けアンテナ、下部組織に回収させないでそのまんま現場に残しているのかも？）

いつかは再開するとして、ここしばらくはＡＩのない生活期間ができる訳か。

完全に中止するでもない。足踏みの空白期間を設ける事で誰に一体何の得があるかは『上』に立たないと実感できないのだろうが。

『まあ「黒い不動産」も含めて、アンタ達のしくじりを取り返すための仕事はまた何か取ってきてあげるわよ』

「……それまで勝手に動くな？　冗談じゃねえぞ」

『こいつときたら。特に「サディスティックドールズ」は話を聞く限り犯罪インフラがやたらと分厚い。明らかに学園都市《がくえんとし》の「上」が絡《から》んでるわ。「アイテム」と同じくね。正体も分からずに戦って泥沼にハマりたいの？　利害関係がはっきりするまで手を出すんじゃないわよ』

接続が切れた。

カラオケ用の大画面が南国の海の景色を組み合わせた定型のフリー映像を垂れ流す。

三秒もしない内に麦野《むぎの》沈利《しずり》は提案した。

「『サディスティックドールズ』殺そう」

「良《い》いけど」

フレンダはあっさり同意して、

「……結局、競合他社を潰さない事には『電話の声』がいくら仕事を持ってきても横取りされて邪魔される。私はもう深夜のバーガーショップや牛丼屋を転々とする家出少女生活はうんざりな訳よ。布団《ふとん》が恋しい、どこでも良《い》いから誰か私をベッドにご案内してッ！　さっさと実績積んで『黒い不動産』を納得させましょ。だから邪魔者はどこの誰であれぶっ殺す」

絹旗《きぬはた》は肩をすくめ、滝壺《たきつぼ》は虚空《こくう》を眺めてニンジンの野菜スティックを先端からぽりぽり齧《かじ》っていた。特に反論はないらしい。

決まりだ。

結局『アイテム』は学園都市《がくえんとし》の『暗部《あんぶ》』に巣食う悪党なので、こういう所は容赦しない。同じ凶悪犯を相手にするからって、警察と探偵と賞金稼ぎと学者と記者とメイドが仲良く手を取り合うような話もない。キホン縄張りと縄張りが接触すればただ片方を殲滅《せんめつ》するのみだ。

「……学園都市《がくえんとし》は壁で囲まれた有限の街だ。たとえどれだけ栄華を極めていたってね」

麦野《むぎの》はそう吐き捨てた。

本家で学んだ『鉄則』が告げている。

「だからその中で生きる『暗部《あんぶ》』の人間もまた、常に数の限られたシェアや縄張りを意識する。互いにパイを奪い合う。業界トップの座から転がり落ちれば悲惨だよ。一つ横入りを許せば他の連中も次々と群がってきて収拾がつかなくなるしな」

こちらは先に奪われた側だ。

では三倍とか万倍とか上限なんて決めずにあればあるだけやり返そう。

「へえー、結局あるじゃんあいつらの曲」

フレンダ＝セイヴェルンは液晶リモコンを操作して大画面に新たな映像を表示させる。

『サディスティックドールズ』の新曲とかいう『何色《なにいろ》の鞭《むち》』だ。

こんな場末のカラオケ映像にご本人様が直接出ているのは、メジャーとインディーズの境をウロチョロしているからか。昨夜の目撃情報とPV映像、それから携帯電話のネット百科事典の情報と組み合わせると暫定の個人データは大体こんな感じだ。

サキ。

ボーカル担当。声を出す専門家だが、内気な性格で完全な歌い手に徹する。ライブでは幕間《まくあい》のマイクパフォーマンスをギター担当に譲って一歩後ろに下がるほど。歌詞担当でもある。

使用武器は不明。


メグ。

ギター担当。メインの旋律の支配者にして、五人のメンバーを集めてきたリーダー。前述の通りライブではマイクパフォーマンスや進行を行うムードメーカーでもある。

使用武器は超高圧電流を『発射』する殺人エレキギター。


スズラン。

ベース担当。他、楽曲ＰＶや衣装のコンセプトも司《つかさど》る。その一環で公式ｗｅｂやＳＮＳの担当者でもあるので、ファンからは最も身近で直接メッセージのやり取りができるメンバー。

使用武器は酸素アセチレンバーナーを仕込んだ火炎放射ベース。


ユアミ。

シンセサイザー担当。一見目立たないが楽曲がＤＴＭ系の配信メインなので、実は裏でバンド全体を仕切っているのは彼女なのではないかという話が出ている。作曲担当でもある。

使用武器は不明。


アマモ。

ドラム担当。ライブハウスの用心棒《バウンサー》から正式メンバーにスカウトされた異色の経歴の少女。

ハリセン、鞭《むち》、ケツバットなどライブや動画配信時に活躍する罰ゲーム執行係でもある。

使用武器は不明。

滝壺《たきつぼ》は無表情なまま首《くび》を傾《かし》げて、

「むぎの、あんまり驚いている感じしないね？」

「……『表』の学校でこんなの話してるヤツがいるんだよ」

「ぶぷっ。あの麦野《むぎの》が、結局セーフク着てガッコーに似合わなどぶえあッッッ!!!?⁇」

カンペキいらん事言ったフレンダが無言のグーでボッコボコにされつつ、だ。

見たところ能力より次世代兵器メイン。高位能力者はいないのか、隠しているのか。

当然ながらどれもこれも芸名だし、派手な化粧やカラコンのせいでおそらく機械的な顔認識も使い物にならない。映像があってもここから住所や生活半径などは探れないだろう。

ちなみに区分としては地下アイドルと似たり寄ったりらしい。

まあ、ドル箱の超有名芸能人なら『暗部《あんぶ》』で殺しを請け負う必要もないか。

壁の巨大なPV映像を見ながら麦野《むぎの》は舌打ちして、

「『サディスティックドールズ』。ああ、表のガールズバンドじゃねえぞ。『暗部《あんぶ》』側の殺し屋としての活動を事前に知っていたヤツは？」

誰も手を上げなかった。

麦野《むぎの》は頷《うなず》いて、

「私も知らなかった。……つまり、考えられるパターンは二つ。一つ、よっぽどの虎の子で今まで温存されてた。二つ、つい最近チームができたばかりの新人だから誰も知らなかった」

そっと息を吐いたのは絹旗《きぬはた》だった。

答えは決まっていた。

「殺人エレキだの壁を焼き切るバーナーだの超あんな痕跡残しまくりの得物使っていて、長期間五枚もカードを伏せたまま温存し続けるのは難しいでしょ。表の世界ならともかく、『暗部《あんぶ》』で蠢《うごめ》く私達相手にウワサの一つも届かないっていうのはいくら何でも超不自然です」

ふむ、と腕組みしたフレンダは相槌《あいづち》を打った。

「しっかし、結局いくら記録の乏しい新人って言ってもまさかあの悪徳カルト殺しが初めてじゃないんでしょ。それにしては手際良《てぎわよ》くテキパキ殺して逃げてと場慣れしていた訳よ」

「一応いくつか断片はあるけど」

言ったのは滝壺《たきつぼ》だった。

一体どこのプリンタを使ったのか、紙の資料をガラステーブルに並べていく。

これらは未解決事件で、『サディスティックドールズ』の決定的な物証までは見つかっていない。滝壺《たきつぼ》は警備員《アンチスキル》の科学捜査とは別の嗅覚で、ネットの記事から関連を繋《つな》ぎ合《あ》わせている。

「一つ。『暗部《あんぶ》』の表層、報復屋と名乗っていた集団が火事で焼け死んでいる。焼け跡からアセチレンが検出されているから、多分ヤツらの火炎放射器によるものだね」

「また派手なやり口だね。結局、爆弾振る舞う私に言えた義理じゃないかもだけど」

半ば呆《あき》れるようにフレンダが言った。

滝壺《たきつぼ》は無表情で頷《うなず》いてから、

「二つ。インチキダイエット器具を販売してかなりの数の健康被害を出した悪徳企業の経営陣が廃車のトランクの中から発見された。一〇人以上が一つのトランクにだよ？　また関連して、スクラップ工場の工員が喉を切られて死亡。おそらく目撃者だね」

「……、」

チリッ、とボックス内の空気が帯電したようだった。

新入りどもが技術を学ぶ段階だったのかもしれないが、それでも『暗部《あんぶ》』の人間が表の一般人の命をいたずらに奪うというのは面白い話ではない。これだけでこだわりがない方の犯罪者、という蔑みの評価が発生する程度には。

「三つ。後ろ暗い企業や組織からお金を預かるロンダラーの不審死。ネトゲのリアルマネートレードを利用して、頻繁に電子マネーとレアアイテムを交換する事で洗浄してたって。あとここでは被害者の妻が誘拐されたらしき形跡がある。警備員《アンチスキル》は人質の救出に失敗、妻は死亡」

舌打ちがあった。フレンダからだ。

麦野《むぎの》は重たい息を吐いて、

「……プロ狙い、か」

凶悪犯ばっかり襲撃して数を減らす。

つまりは歪《ゆが》んだ正義。

「参考になるかは不明だけど、『サディスティックドールズ』の歌詞からも匂っているね。最新曲の『何色《なにいろ》の鞭《むち》』、むぎのちょっと聞いてみる？」

必要ない。

このパターンだと自分が悪人だという自覚すら持っていない可能性が高い。敵の敵は味方理論が六法全書を凌駕《りょうが》すると勝手に信じている本物の馬鹿だ。

滝壺《たきつぼ》はガラステーブルに広げた紙の資料の一つを人差し指の先で叩《たた》いて、

「いずれの件も、ネットでは真偽不明の情報が出回っていたけどマスコミが具体的に食いつく直前で消されている。単に、配信メインの『サディスティックドールズ』の行動範囲がテレビよりネットだから獲物探しの幅が偏っているってだけかもしれないけど」

「冗談。明らかに『依頼人』がいるでしょ？　騒ぎが超大きくなる前に口を封じる事で、利益を得る誰かの影が丸見えです。つまり善だの正義だの超気取ってはいますが、本質なんて私達と同じお金で動く人殺しです」

滝壺《たきつぼ》も特に否定はしなかった。

その上で、

「サンプルが少ないから確定は取れないけど、一つ、『サディスティックドールズ』の行動パターンっぽいのが見え隠れしている」

「？」

「ヤツらはわざと事件を大きく見せる事で野次馬を呼び寄せているの。普通の一般人はもちろん、後ろめたい『暗部《あんぶ》』側の視線も含めてね」

「なるほど。悪徳カルトの時も自分から警報を炸裂《さくれつ》させていたっけか」

「水面下に潜った『暗部《あんぶ》』の個人や組織を、こうやって釣り上げているって訳だね。趣味なのか短時間で名を売る広報活動なのか。多分表に出ていないだけで、『依頼』とは関係なくても『暗部《あんぶ》』とやり合っている。そうなると」

「……次の獲物は、結局私達『アイテム』？」

フレンダが不機嫌そうに呟《つぶや》いた。

『サディスティックドールズ』には最低限のマナーもない。というか目的のためなら積極的に一般人を巻き込み、標的の家族を人質に取りたがる悪癖さえ見え隠れしている。そういう意味では、特に、フレンダ的には非常に面白くない敵なのだろう。

となれば方針は一つだった。

黙っていたって向こうが勝手に手を引いてくれる訳じゃない。

麦野《むぎの》が断言した。


「じゃあ、やられる前にブチ殺せって事で」

「オッケー。結局、根の一本も残さずに刈り殺しましょ」


決まりだ。

一度方針が固まってしまえば、ジャージ少女も特に止めたりはしない。

一見無害であっても彼女もまた『暗部《あんぶ》』の一員である。

「むぎの。どこから仕掛けるの？」

「『サディスティックドールズ』はまだ日が浅い。でもって新人には新人なりの特徴があるのよ。例えば即席チームの中で揉《も》め事《ごと》起こしてバラバラにならないようにするための、短期間で極限まで結束を高める専用施設を利用しているとかな？」

心当たりがあるようだった。

フレンダがぽつりと呟《つぶや》いた。

「……結局、きずな屋か——」

2

業務用洗濯機の中ではまだ衣類がぐるぐる回っていた。

完了まで数分、と液晶画面にある。移動の時間も考えて行動したつもりだが、どうも思っていたより早足でコインランドリーまで来てしまったようだ。

「暇だぜ暇だぜ。ぐおー、この隙間の時間がイライラする訳よ」

「ちょっと超これ放っておいたら学園都市《がくえんとし》の爆弾魔が一人で勝手に花火大会始めますよ」

絹旗《きぬはた》のうんざりした声に麦野《むぎの》はがしがし片手で自分の頭《あたま》を掻《か》いて、

「クソ鬱陶しい……、じゃあアレでもやれば？　ものまねジャンケンゲーム」

「教えて何それ結局私の知らないパーティゲームだ教えて教えてッ！」

「？　むぎのがそういうの仕入れてくるなんて珍しいね」

「……『表』の学校絡みでそんな話を聞いただけだ、深い意味なんかねえよ」

四人できゃっきゃはしゃいでいると電子音が鳴った。

今度こそ洗濯完了らしい。

「このぱんつ超誰のですか？　すっけすけで変なトコに穴空いてるヤツ」

「結局どうせ派手派手なのは麦野《むぎの》のコレクションでしょ」

「きぬはた、それ私の」

「「!?」」

　まずコインランドリーで乾燥まで済ませた洗濯物を四人分回収。ここ最近のランドリーは小《こ》洒落《じゃれ》た喫茶店みたいにピカピカで、女の子が利用するためのハードルも随分下がった。

　そっちが終わったらカラオケボックスの入った雑居ビルに引き返す。

　同じビルにはスパがあった。

　こちらも女性向けを意識して清潔さをアピールしたいのか、どこもかしこも丁寧に磨かれている。ただまあ人工大理石の質感はかなり安っぽい。というか、間取りを意識するに多分潰れた風俗店の跡地を改装してスパにしているだけだ。大学生の多い第五学区は居酒屋や喫煙バーなど、成人狙いの施設にも事欠かない訳だし。

　開店早々、年頃の女の子達が集まっているのはやっぱり夏休みの家出少女達だろうか？　麦《むぎ》野《の》達《たち》は一番にシャワーを浴びつつ作戦会議を始める。

「あー、ようやく寝汗が落ちていくうー……」

「むぎの。本題から逃げない」

　銀行強盗にしても誘拐事件にしても、複数の人間が共同で行う犯罪で一番怖いのは仲間割れ

だ。だからそうならないように、寄せ集めの犯罪者どもの結束を短期間で確実に強く固める事は分かりやすい偽造パスポートや逃走車両以上に大きな安全の担保となる。

『暗部《あんぶ》』で専門の裏業者が発生するくらいには。

顔を上げて目一杯シャワーの温水を浴びつつ、麦野《むぎの》はそんな風に言った。

「それが通称きずな屋。強盗チーム全員を安アパートなりキャンプ場なりに放り込んで共同生活させ、毎日同じものを食べさせ決まった時間に眠らせて……そうやって一つの集団を擬似的な家族として結びつける」

隣のブースから絹旗《きぬはた》が声をかける。

「はあ。超それ客観的な根拠は？」

「いるかよそんなもん、私達は警備員《アンチスキル》や風紀委員《ジヤツジメント》じゃない」

まあコンプラだの報告書だのがいらない自由な裏稼業《うらかぎよう》なんてそういうものか。

公務員と違い人海戦術が使えない以上、個人の嗅覚や経験則が『暗部《あんぶ》』の命綱だ。

「きずな屋……。それって超つまり双方合意の上でのゆるい洗脳ですか？」

「そゆこと。大体一週間もあれば警備員《アンチスキル》に捕まっても絶対に仲間の名前は吐かない、愛と感動の共犯関係が仕上がるらしい」

『サディスティックドールズ』がきずな屋を使って即席の連帯感を構築しているとしたら、この業者がヤツら依頼人にして被験者の個人情報を握っている。

ドライヤーで髪を乾かして着替えに袖を通すと、少女達は地下鉄に乗って移動する。

地下鉄駅は私服の少年少女が多い。もうすぐ終わる夏休みを惜しんで慌てて外出しているようにも見えた。毎日勉強して受験レースを強いられて、挙げ句に休日の使い方まで『上』に支配されているなんてご苦労な話だ。

「あれー？　巡回の待ち合わせって上のデッキでしたよねえ？」

頭上から変な声が聞こえた。長い長いエスカレーターの反対側、下り方向からだ。夏休みなのに制服を着た女子が三人くらい固まっている。鬱陶しそうな目を向け、麦野《むぎの》はそのまま視線を流す。面倒臭い事に少女達の右肩に特殊な腕章があった。治安を守る『風紀委員《ジャッジメント》』だ。

「(うげっ……。超顔見知りじゃないですか、山上絵里名《やまがみえりな》)」

前に『コロシアム』や違法カジノでも偶然交差した少女。いや今は『達』か。

さらに減点材料が増えた。

下手に視線がかち合ったら最後、人混みの中でも個人を特定されかねない。しかもエスカレーターは長い長い一本道なので、今さら脇に逃げたり後ろに引き返したりもできない。

上と下。二つの流れの中間地点で交差する。

距離一メートル以下の超至近、

「地下鉄駅って方向感覚簡単に失っちゃうから、鎖流鎖《さるさ》ちゃんったら下のホームで迷子になっているんですかね？」

「碧美《あおみ》じゃあるまいし、そんな事にはならないでしょ」

「能力に頼り切りの美偉《みい》の意見はあてにならない」

フレンダは麦野《むぎの》と一緒に同じ携帯電話の画面を覗《のぞ》き込《こ》む事で自然に俯《うつむ》いて顔を隠しつつ、しれっと逆の手で爆竹を長い長いエスカレーターの下方へ放り投げる。

パン!!　と。

無害な破裂音に風紀委員達《ジャッジメントたち》が過敏に反応した。

「わっ!?　なに何ですか今の！」

「だからその確認っ。絵里名《えりな》ちゃん、まだ銃声や爆発物と決まった訳じゃないわ。夏休みの終わりだし、おバカな配信者が駅の中で花火でも使ったのかもしれない」

優等生のくせにエスカレーターで下を目がけて慌てて駆け降りていくので、すぐ隣にいた不審人物どもは視界に入らない。

くつくつと笑みを噛《か》み殺《ころ》す麦野《むぎの》やフレンダだったが、

「それから美偉《みい》は『透視能力《クレアボヤンス》』で全方位確認！　何か出た!?」

その声で慌てて演技継続。

幸い、透視を使うらしきメガネと直接の面識はないため、仮に壁や天井を貫いて顔を見られても山上絵里名《やまがみえりな》と情報共有できないはず。念写と違い客観性を保てないのが透視の弱みだ。

エスカレーターを上り切り、自然な歩みで自動改札を目指すフレンダは重たい息を吐く。

「まったく……。けど結局、透視じゃ声までは拾われないから大丈夫かな？」

「昼の動きを読まれるかもしれないから一応注意だよ、フレンダ」

と、短めの電子音が鳴った。誰とでも仲良くなれるフレンダがポケットを叩《たた》いてスマホを取り出し、しかし実際にメッセージ系のＳＮＳアプリに連絡があったのは麦野《むぎの》の方だった。

『白鳥《しらとり》／／ええー？　夏休みの宿題全部終わってるってマジかよ一緒に頑張ろって名目で共犯者に引きずり込もうと思ったのに。ああこの山どうしよう……。それもこれも全部「サディスティックドールズ」のせいだっ、今回のＰＶもヤバ過ぎだろー。そうだ今度の席替えお望みの席はない？　クラス委員白鳥織媚《しらとりおきび》ちゃんが手品でくじの箱に百発百中の大当たりを仕込んでおいてやる』


最後まで見ないで麦野沈利《むぎのしずり》は携帯電話のアプリを閉じた。こんな長文読んでいられるか。

ジャージ少女の滝壺《たきつぼ》はぼーっとしたまま首《くび》を傾《かし》げて、

「なに？　誰だったの？」

「連絡網グループ。……『表』の学校のヤツだよ、面倒《めんど》臭《く》せぇ」

正確には指名した相手以外は非表示の隠しメッセージ機能だ。学校の話はカラオケボックスでもあった。セーラー服と学生カバンなんて合わないのは麦野《むぎの》本人も自覚はある。実際、大きな胸に上着を引っ張られてしょっちゅうおへそが出てしまうし。

階段を使って地上に出ると、緑の匂いがした。

第二一学区。学園都市《がくえんとし》で唯一山やダムがある自然の多いエリアだ。

「こんな所まで来て……きずな屋とやらの根城は超分かっているんですか？」

「結局、強盗なり誘拐なり大掛かりな犯罪計画に寄生して小金を稼ぐ専門職でしょ？　結束を固める前に察知されて警備員《アンチスキル》に踏み込まれちゃ元も子もないから神経質になってるはずよ」

「だから最近、きずな屋は物件調べるだけじゃ絶対にアシがつかない仕事場を構築してる」

麦野《むぎの》は親指で指し示した。

マイナスイオン出まくりの大自然の中は、若干ながら体感温度が下がっている気がした。単にヒートアイランドの影響を受けにくいからかもしれないが。まだ紅葉が始まる前の緑色。そして木々のトンネルが頭上を侵蝕中《しんしょくちゅう》、といった感じの路肩にある車は大型観光バスくらいのサイズがある。馬鹿デカい車両だが、あくまで個人の持ち物だ。

「なるほど。……結局キャンピングカー、か」

確かにこれなら、共同生活の場を提供しつつ常に移動し続ける事で警備員《アンチスキル》や風紀委員《ジャッジメント》の目もかい潜《くぐ》れるだろう。仮に検問に引っかかったとしても、普通の車よりは内部構造が複雑で死角も多い。必要なら犯罪集団なんてソファの裏や床下にでも隠してしまえば良い。

こんな山奥の学区でも鳥獣監視用の動体センサー付きカメラくらいあちこちにあるだろうし、ドラム缶型の清掃ロボットはどこでも自由に走り回っている。

一応監視の目に気を配りつつフレンダは小さくて多機能な万能ナイフでビニール包装を切ってドアの中央に何か貼りつけると、ガンガンと車両側面のドアを手の甲で乱暴《らんぼう》に叩《たた》く。ノックの質感からしておそらく防弾。それから小柄なゆるふわ金髪少女はドアの横へ身を寄せた。

(表面だけは)鉄のドアの向こうから女子大生くらいの年齢感の声があった。

『だれd
無視して分厚いドアを爆破した。

内側に向けて吹っ飛ぶ重たい防弾ドアと一緒に、車の所有者もまた奥に薙《な》ぎ倒《たお》された。

まずフレンダと絹旗《きぬはた》が煙っぽい車内に鋭く踏み込み、全スペースを目視で素早く調べていく。

普通の部屋でも車でもないため実は慣れていないとやや大変な作業だ。

「クリア」

「超クリアです。せこい車泥棒が合宿中ですけどこれどうするんです?」

いきなりの爆発でパニックを起こして大した抵抗もできなかったのだろう。襟首《えりくび》を摑《つか》まれたままずるずる床を引きずられる大男が何人か。

麦野《むぎの》は麦野《むぎの》でドアと一緒に半分潰れかけているエプロン姉さんに話しかけた。

「顧客のデータ出せ、きずな屋」

「……わ、わたしに、ぐぶっ、引退しろっていうの……？」

「抵抗するタイミングなんかとっくに過ぎてんだよ負け犬」

麦野《むぎの》はテーブルの上にあったきずな屋のスマホを掴《つか》む。

「あっ」

驚く女の顔へレンズを雑に向けてロックを外すと、そのまま片手で画面を操作した。

「えーと。それじゃ『札束フレンド』の公式サイトに行って、借入の限度額は最大で五〇〇万円までだから……あ、もう完了だって。いつでもカンタン五秒審査って怖いよな」

「えっ、ちょ、おい!!　待ってよ私の電話で何してんのッねえ!?」

「何って、趣味の消費者金融サイト巡り。ネット口座から色々経由して送金送金っと。じゃあ続けて『ラグジュセレブ』『天国金庫』それから『シェアチップ』からも限度額まで借りておこうか。それともルール無用な闇金まで手を出してみる？」

「……、」

「言っておくけどこいつは架空請求とは違って催促メッセージを無視すりゃ流せる話じゃねえぞ。プロの職業意識でだんまりは結構だけど、アンタ行きずりの客を庇《かば》ってこのまま多重債務に陥りたいの？　人生は波瀾万丈《はらんばんじょう》よ、でもきっと楽しい道のりにはならないだろうな」

だらだらだらだら、ときずな屋のお姉さんの顔いっぱいに変な汗が流れていた。

麦野《むぎの》は借り物のスマホを片手で弄び、

「『サディスティックドールズ』の五人をここで結びつけたでしょ。連中のデータ全部」

3

やっといくらか調子が戻ってきた。

やたらとデカいキャンピングカーを離れながら麦野《むぎの》は両手を上にやって背筋を伸ばすと、

「いやー、仕事した仕事した」

「なんか読み込み固まってる……。しまった結局ストレージを『新しい機械』に繋《つな》いだから読み込み短縮用の設定ファイルがないのか。とにかく画像重たっ、全部で一〇〇万以上あるからこの分だとフォルダ開いて中を見られるまで初見は時間かかる訳よ。具体的には一時間くらい」

「普段使いのパソコンごと借りてくれれば良かったね、フレンダ」

フレンダはカードサイズのストレージと自分のスマホをケーブル接続しつつ難しい顔で、横から滝壺《たきつぼ》が無表情で小さな画面を覗《のぞ》き込《こ》む。今から取りに戻るのも億劫《おっくう》だ。馬鹿じゃないなら多分全力で逃げた後だし。一回閲覧できれば標的『サディスティックドールズ』の情報は分かるのだし、素直に一時間放置すれば良い。

普段は化粧やカラコンで街中にびっしりある防犯関係の機械的な顔認識をすり抜けるように

仕向けているのだろうが、ストレージの中には素顔の写真がそのままあるはず。それが手に入ればいくらでも追跡できる。

フレンダはそっと息を吐いて、

「……結局、『電話の声』ってわざと私達泳がせてんのかな？　実は私達が痺《しび》れを切らして勝手に独断専行するタダ働きコースに誘導されてるだけなんじゃあ」

「疑うのは確定の根拠を集めてからにしろよ。あのレベルの連中に勇み足すると、一発で抹消リストに名前が載るぞ」

「大丈夫だって結局私達みたいな危険人物を泳がせるようなバカなんだから」

では待ちの時間はどうするか。

滝壺《たきつぼ》理后《りこう》が感情のない瞳で言った。

「お腹《なか》減ったよ、そろそろご飯食べたい」

特に異論は出なかった。

コインランドリーで洗濯物を回収し、朝一〇時にスパのシャワーで汗を流してから外出して一仕事……だとまあ終わった頃には大体お昼ご飯の時間帯になってくるか。

「冷たいご飯が良《い》い」

「そう言って滝壺《たきつぼ》は昨日もそうめん食べてたじゃねえか」

「だから麺以外で冷たいご飯」

「何気にハードル上がった訳よ」

とはいえ大自然を売りにしている第二一学区だと、麓のお店を探してもあるのはバーベキュー用の生肉と固形燃料くらいのものだ。レストランも田舎の寂れたドライブインっぽいのがちらほらあるくらい。なので麦野《むぎの》達《たち》はいったんこの学区を離れて別の学区へ移動する。

「夏も超終わりだっていうのに、太陽がてっぺんに上がってくると流石《さすが》に暑くなりますね」

「地下道があるよ、きぬはた。あっちに降りよう」

四人で長い階段を下りると、空気がヒヤリとした。

半円状のトンネルは透明で分厚い樹脂製で、青白く発光していた。人工の海水で満たされており、少女達の頭上を巨大なマンタやジンベエザメがゆっくりと移動していくのが見える。

「たかが地下道に随分と豪勢な話ですね……。超こんなに手間をかけるなら、お金を取る有料道路にしちゃえば良いのに」

「結局、壁画や彫刻なんかと一緒、合同授業の作品の一つでもあるんでしょ。自分達の作品を大勢の目で見てもらう事に慣れるためのお勉強な訳よ」

「？」

「第二一学区のお隣は第九学区、つまり美術や工芸特化の特別エリアって訳☆」

やたらと広いトンネル水槽を歩きながらそんな風に言い合う『アイテム』の少女達。

と、またなんか麦野《むぎの》が携帯電話のグループ通話アプリでぎゃんぎゃん言い合っていた。

相手はクラス委員の白鳥熾媚《しらとりおきび》だったか。

『九月に入ったら色々学校行事が増えるし。中でも気になるのは学園都市《がくえんとし》のあらゆる学校が結集する体育祭の「大覇星祭《だいはせいさい》」っ、ぶっちゃけ君って参加するのしないのどっちなの？』

「……どっちでも良《い》いだろ別に。アンタの気にする事じゃねえ」

『冗談！　学園都市《がくえんとし》でも七人しかいない超能力者《レベル5》が参戦するかしないかいつまでも宙ぶらりんなんだよ⁉　論理で考えたらマジで順位レースに直結するんだから早めに決めちゃってよねー。まあもちろん当方としては参加してもらった方が断然ありがたいんだけど』

「アンタもう分かってんだろ、こっちは最低限のギリギリで出席日数計算しているんだ。計画的なの。それ以上のアクションなんか起こさねえよ」

言い切ると、麦野《むぎの》は不機嫌そうに携帯電話を切る。

絹旗最愛《きぬはたさいあい》は不思議そうな顔で、

「そんなに超面倒なら学校なんか縁切っちゃえば良いじゃないですか」

「ここ学園都市《がくえんとし》だぞ？　そんな悪目立ちしてどうすんだよ……」

イライラしているところを見ると、麦野《むぎの》的《てき》にも結構なストレス源らしいが。

ジャージ少女の滝壺《たきつぼ》は小さく笑って、

「むぎのをあそこまでイライラさせておいて人死にが発生していないんだから、それはそれで仲《なか》が良《い》いんじゃない？」

「あア？」

……滝壺《たきつぼ》も滝壺《たきつぼ》で結局かなりな訳よ、と呟《つぶや》いてフレンダがこっそり射線上から退避する。

そのフレンダは屋内だっていうのに何故《なぜ》か日傘を開いていた。

「ふんふん♪」

「……フレンダさんそれ超何ですか？」

「個人用ハンドミストシャワー☆　これぞ真なるセレブの証《あかし》、今話題のこいつが一本あればもう歩道の限られたエリアで争奪戦する必要なんかない訳よ。五〇〇ミリのタンクを化学冷媒で冷やしてさあ、傘の内側から頭の上にたっぷりミストを降ろしてくれる仕組み」

つまり毎度の新しいもの好きだ。

もう夏の終わりだというのに、今から冷感グッズなんか買い込んでどうするのだろう。トランクルームの肥やしになる事間違いなしである。というか話題を撒《ま》いているメーカー側だって在庫の山を築くのを嫌って宣伝広告費用を上乗せしただけなのではないだろうか？

まんまとしてやられた事に全く気づかない人は背中を大きく反らして高笑いであった。

「ふはは羨ましいか諸君！　ほれほれ望むなら特別にあいあい傘をしてやってもよろしいのだぞ、結局幸せお裾分けー」

「嫌ですよフレンダさん割と湿って髪の毛超ぺしゃんこになっているじゃないですか。服だってあちこちうっすら透けていますし」

長い長い上りのエスカレーターに身を委ねてぱんつが見えた見えないと四人できゃっきゃはしゃいでいると、地上の屋外ではなくどこかの建物の中と直接繫《つな》がってしまった。

麦野《むぎの》の目の前を何かが横切った。

元は巨大ロボの中身らしき、ほとんど透明な競泳水着に多少の装甲を盛った少女が普通にその辺歩いていた。どうもアレは長手袋やニーソックスに見える部分も一式全部まとめて逆バニー型と呼ぶらしい。少女は身の丈に匹敵する巨大なレーザー銃を肩《かた》で担《かつ》いでいた。王道の鉄板間違いなし、いたいけな女の子に凶悪武器の組み合わせである。

もちろんコスプレ、デカいレーザー銃はウレタン製だが。

こういう空気に慣れないのか、麦野《むぎの》が最強レアリティだけど主人公（男）にはべったりな白兵戦もできちゃうパイロット系バトル少女を見て怪訝《けげん》そうな顔になった。

「あれ？　なんかアニメっぽい時空に迷い込んだぞ」

広大な一階ロビーでは他にも魔法少女が星形やハート形のアルミっぽいヘリウム風船を配り、特設ステージで他の惑星からやってきた怪獣の着ぐるみ同士が相撲を取っている。

「次世代情報芸術総合タワー、通称は萌《も》えベルズ。結局これも美術系に強い第九学区のランドマークだね」

フレンダがスマホを取り出しつつ、

「四九階建ての高層複合ビルの全部が全部アニメやゲーム関係で埋め尽くされた、いわゆる縦に、長い電気街。ショップ、映画館、イベントホールから各種制作会社や声優事務所まで何でも詰まっているって訳よ。一般に開放されたショップの数だけで五〇〇店舗以上☆」

彼女のスマホはストレージとケーブルで繋《つな》いでいるためか操作しづらそうだが、どうやら動画サイトの定点カメラを呼び出したようだった。小さな画面には馬鹿デカい高層ツインタワーの全景が表示されていた。その広大な壁面を利用して、プロジェクションマッピングで一分の一スケールの人型戦闘ロボットや巨大怪獣が映し出されている。

「結局、ちなみに隣の棟は燃えベルズね。バトルで殴ったり殺したり蹴ったり助けたりして感動的に泣きたいならあっちのビルがオススメ」

……どうやらバトル専門ではないらしい萌《も》えベルズ側で極太武器担《かつ》いでいるコスプレ女子達はじゃあ何なのだ？

ただ、単純にアニメやゲームの関連グッズを集めているだけでなく、小難しいパソコンパーツばかり並べたジャンクな小店舗がまとまった区画もあるようだ。本気の画質で楽しむにはグラボやCPUにもこだわらなくてはならないし、まして創る側に回るとなったらより専門の機材が必要になってくる訳か。ここ最近はプロアマの線引きも曖昧になっているし。

「フレンダさんって超こういうのまで守備範囲なんですか？」

「妹が日曜日の特撮好きなもんで」

結局あっちのコスプレ店員は超機動少女《マジカルパワード》カナミンで向こうの呼び込みはゲコ太着ぐるみね、

などとフレンダはあれこれ指差しつつ、

「絹旗《きぬはた》こそ日本のアニメ映画までチェックするなら萌《も》えベルズの映画館はマストな訳よ？　劇場の共通規格ガン無視した職人系の監督がコツコツ作った短編映像だと、ゲーミングモニタの技術をさらに尖《とが》らせたここの大スクリーンじゃないと細かい色まで表示しきれないから」

「へー、超ここ最近だと『秒速のブルー』とかですか？」

「結局アレは映画館泣かせのベンチマーク作品として有名」

ふむふむと頷《うなず》いてメモまで取り始めた映画マニアは放っておくとして。

何にせよ、萌《も》えベルズ？　ここではミニスカのメイドさんやコスプレ臭い魔法少女くらいなら珍しくもないらしい。

麦野《むぎの》沈利《しずり》は根本的な疑問を放った。

「メシ屋なんかあるのか？　こんなトコに」

「メイド喫茶に踊り子喫茶、明治大正ハイカラ喫茶までより取り見取りな訳よー☆」

「……味の保証は？」

すっげえー冷たい瞳であった。

フレンダはフレンダで肩をすくめて、

「結局、ヒーローショー目当ての妹にせがまれて何度か足を運んでいるからね。すっかりお子様ランチ通になったフレンダお姉ちゃんを舐《な》めるなよー？　メイド喫茶っていうのもピンキリで、きちんとしたお店を選べばファミレス以上のクオリティは確保できるって訳よ」

「その判断基準って超何なんですか？」

「メイドさんが笑顔で配っているチラシでも可愛《かわい》らしい店構えでもないわよ。結局、固定ファンがべったりのメイド喫茶だとグルメアプリの☆の数もいまいちあてにならないしね」

フレンダは人差し指を立てて、

「だから正解は厨房《ちゆうぼう》のダクト。継ぎ目や清掃作業用の蓋の隙間ね。結局レトルトや電子レンジに頼らずきちんと調理してるトコは、むしろ油汚れでお店の裏方が真っ黒になる訳☆」

そんな訳で店選びはフレンダに任せてしまう事にした。

「……最上級でもファミレスよりマシ程度、なら超こだわっても大差ないと思いますが」

「きぬはた、これってイベント性で価値を上乗せするものなんじゃないの？　海の家のやけに高いラーメンとか、映画館のポップコーンみたいに」

「映画の悪口は超NGですよ滝壺《たきつぼ》さん。めっ」

どうやら映画バカは作品そのものだけでなく、周辺施設も含めて全部擁護派らしい。

絹旗《きぬはた》と滝壺《たきつぼ》はそんな風に言い合っていたが、あちこち調べたフレンダはずらりと並んだ飲食店から一つを選んでズビシと指差した。その嗅覚の真偽はどうあれ、何かしらの判断基準はしっかり存在するようだ。

お店の前には深い青系のメイドがいた。本気のメイドはむしろロングスカートらしい。

笑顔で話しかけてくる。

「お帰りなさいませー☆　女の子だけ四名様ですか、それではテーブル席の方に
言いかけて、メイドの笑顔が凍った。

怪訝《けげん》な顔をして、そして麦野《むぎの》もまた違和感に気づいた。

「こ」

たっぷり三秒もかかった。

ようやく超能力者《レベル5》の思考が再び回り始めた。

「この野郎……？」

チンッ、という小さな電子音があった。

フレンダのスマホからだった。

解析作業を進めていたカードサイズのストレージはケーブルで繋《つな》がったままだった。きずな屋から強引に奪った顧客のリストだ。読み込み短縮用の設定ファイルの自動作成が終わり、小さな画面にいくつかの顔写真が表示されていた。ライブ用の化粧やカラコンのない、本当に素の顔だ。

目の前のメイドと全く同じ顔だった。

引きつった顔で地味な茶髪のギター担当メグが呟《つぶや》いた。

「……一体何しにきやがった、このクソ馬鹿お嬢様？」

4

メイド喫茶であった。

クラシックな名店でも寂れた純喫茶でもなく、何故《なぜ》か教室の机をいくつかくっつけてテーブルクロスを掛けている。どうやら通には学校の文化祭スタイルが一番刺さるものらしい。

喫茶店だっていうのにコーヒーも紅茶も一種類しかなく、あんまりこだわりはなさそうだった。オススメはカレーライス、オムライス、スパゲッティナポリタンなどなど。分類的にはアメリカにもイギリスにも存在しない昭和ナゾのオリジナル洋食店スタイルである。

「おっ、アイスクリーム載せパンケーキがある」

「滝壺《たきつぼ》さん、超その砂糖のカタマリ冷たいご飯って扱いで良《い》いんですか……？」

メニューを開いての二人のやり取りを聞きながら、テーブルに案内されるなり麦野《むぎの》はうんざりした顔で頬杖《ほおづえ》をついて、

「……昼はメイドで夜はバンドなのかよ。どんだけ若手の苦労人なんだお前ら」

「うるさいな。流行を創るには情報を波状的に送り出して大衆化させる必要があるんだ、ちょっと一曲二曲出していきなりブレイクなんて夢物語。だから『定着』が完成するまでは自分で生活費を稼がなくちゃならないの」

苦虫を噛《か》み潰《つぶ》した顔で、しかしメグは律儀《りちぎ》に答えてくれる。

今はモードがメイドさんだからか、あるいはバンドの部分は否定してほしくないのか。

「結局、いつになったらその大衆化だの定番化だのが起きる訳？」

「大手の広告代理店を噛《か》ませれば一瞬でブースト達成なんだけどさー。個人の力でコツコツだからほんのり時間はかかる。でも概算で一月もあれば目標ラインに達するよ、そしたら私達が時代を全部塗り潰す。すでに計算は全部終わっているんだ」

それが本当なら今山ほどサインをもらっておけば確実に値上がりする投機になるが、生憎《あいにく》とそんな間柄ではない。

ギター担当のメグがにたりと笑って囁《ささや》いた。

「……ここじゃお店や他の客に迷惑かけるし、ちょっと顔貸してもらえる？」

「……、」

時間が止まり。

空間が切り取られたようだった。

店長が夢を追いかけるバイト達に親切心でも出しているのか、店内では『サディスティックドールズ』の新曲が流れていた。

『何色《なにいろ》の鞭《むち》』。

客達は（割とゲスでどす黒い）歌詞をあまり気にしないリズム派ばかりなのか。

勧善懲悪と言えば聞こえは良《い》いかもしれないが、結局は片方が片方を一方的に殺戮《さつりく》するだけだ。しかも悪と悪が互いのクソっぷりくらいは認めてやるのに対し、善は悪の尊厳を全て奪い尽くして皆殺しにする。

純粋な悪ではなく、歪《ゆが》んだ善。

果たして本当におぞましいのはどっちなのだろう？

「今暴れたら『暗部《あんぶ》』の都合で一般人が死ぬ、そっちもヤダから大人しく席に着いてる。テキトーに札束積めば水に流せる話じゃなくなるのはお互いほんのり分かってるでしょ？」

麦野《むぎの》としても、最初からそのつもりだ。

敵陣の中にいる以上、目に見えない所で作られた料理を口にするのは危うい。何を盛られるか分かったものではないからだ。空腹で物欲しそうな目をしている滝壺《たきつぼ》はガン睨《にら》みで制止しつつ、麦野《むぎの》もまた席を立つ。

ギター担当のメグに案内され、『アイテム』四人はスタッフオンリーの扉《とびら》を潜《くぐ》る。狭い通路を歩き、業務用キッチンを横断する格好だ。

あちこちのドアから音もなくメイドが増える。合流してくる。

合計五人。

いずれもガールズバンド『サディスティックドールズ』のメンバーだ。

「スタッフオンリーの扉《とびら》を潜《くぐ》ったたって事は、か、確定なんだね」

セミロングのボーカル担当、サキがおどおどしながら話しかけてきた。

これから殺し合う展開についてはすでに把握しているらしい。

ただし最後の一言は明らかに余計だった。

「可哀想《かわいそう》に」

「そ、そんな風に思っているなら今すぐやめれば良いんダヨ。今ならまだ間に合う！」

奇麗ごとだった。

だが軽い。

本気で『アイテム』を心配しているのではないのは丸分かりだ。シンセサイザー担当、ポニーテールのユアミ。ここでそう言える私は最高に優等生、と叫びたいだけなのだ。

「サキ、それからユアミも。彼女達は『アイテム』なんて名乗って悪の道なんてものをわざわざ好んで歩き、暴力によって道理を踏み倒すような輩《やから》です。ろくでもない末路を迎える事だって織り込み済みでしょう？　せめてそうでなければ帳尻が合いませんもの」

ツインテールはベース担当のスズランか。

まるで自分が全人類の罪を裁く役割でももらったような口振りだ。

ドラム担当、一本三つ編みのアマモがニタニタ笑って『アイテム』を値踏みする。

「へえ、明るいトコで見ると印象違うじゃん。もっと彫りが深くて顔に古傷の一つでもついているもんだと思っていたのに」

麦野《むぎの》は舌打ちする。

甘ったるくて胸糞悪《むなくそわる》い。悪の塊と対峙《たいじ》するのとは嫌悪感《けんおかん》が違う。滝壺《たきつぼ》が無表情で視線を走らせ、危険なガス管の配置の確認中でなければここで乱射して殺してしまいたいくらいだ。

「自分は善玉だ？　殺しでメシ食ってんのに気取ってんじゃねえよ」

「それ私もほんのり疑問なんだよね」

ギター担当のメグが場違いに明るい声を出した。

まるで学校の友達みたいに。

「『お仕事』しているだけなのに何故《なぜ》か正義サイドに置かれてる。まあ、仕事選びのセンスだとしたら色々回してくれる会社の人のおかげかもしれないけど」

滝壺《たきつぼ》は首《くび》を傾《かし》げて、

「お店の裏っていっても具体的にどこで戦うの？　ここ、高層ビルの二五階でしょ」

「ああうん」


ズバヂィ!!!!!!　と。

不意打ちでいきなり一八〇〇万ボルトの超高圧電流が炸裂《さくれつ》した。

先を歩くメグが傍《かたわ》らの物陰に手を突っ込んだ。

そのまま振り返った直後、至近距離からいきなり太い紫電が発射されたのだ。

だが麦野《むぎの》の表情は変わらなかった。

真上に『原子崩し《メルトダウナー》』を解き放つと、天井近くを這《は》うアルミのダクトが塊のまま落下してきた。

殺人電流は人間より伝導率が高くて近くにある物質を食い破り、内側から破裂させる。

そのまま超能力者《レベル5》は言った。

「やると思った」

自覚的に悪であろうとする麦野達《むぎのたち》『アイテム』とは異なる、歪《ゆが》んだ正義の持ち主。そもそも『サディスティックドールズ』は道端の一般人どころか、悪人の家族を人質に取ってでも勝手気ままに狩りを行う残飯虫の集まりだ。

なのに場所を移すよう提案してきた。罠《わな》にかけて不意打ち以外にメリットがない。

同じフロアにいる客や店員の都合なんぞこいつらが考えるか。

ガシャガシャガシャ!! と鋭い金属音がいくつも重なった。

厨房《ちゆうぼう》のあちこちに隠していたのか、『サディスティックドールズ』の五人は各々《おのおの》物陰から得物のカスタム楽器を引っ張り出す。本来この空間の主であるコック達は青い顔して泡を噴く一般人らしいので、フレンダが破片効果のない爆薬を破裂させて脳震盪《のうしんとう》で昏倒《こんとう》させておく。

それが合図となった。

あるいは床を走り、あるいは銀色の調理台の上に乗り出し、四人と五人は正面衝突する。

ビュッ!!　と空気を切り裂く音が炸裂《さくれつ》した。

ボーカル担当、サキがスタンドマイクの中に仕込んだレイピアを抜いたのだ。

絹旗《きぬはた》は真正面から受けて、逆にその刃を無造作に摑《つか》み取《と》った。素手で。

「っ？」

そこで怪訝《けげん》な顔になる。

『窒素装甲《オフェンスアーマー》』で強化した手で握り潰しているのに、破断音が聞こえない。

両肩に天使の翼のように軽量小型のスピーカーを取りつけたボーカル担当、スタンドマイクのレイピアを握るサキは気弱な感じで笑った。

「セルロースナノファイバーを凝縮、成形した刃だから、そ、そう簡単には壊れない」

返事を放つ暇もなかった。

ドガ!!　という鈍い音と共に絹旗《きぬはた》の小さな体が横にぶっ飛んだ。サキのレイピアへの対処が遅れている間に、横合いからアマモのドラムセットが体当たりしたのだ。絹旗《きぬはた》をぶっ飛ばすという事は、機械の脚を使って自律移動するドラムセットの重量は最低でも一トン以上あるか。

メキメキと、銀色の脚で乗り上げただけでステンレスのシンクが歪《ゆが》んで潰れていく。

「チッ！　結局私が絹旗《きぬはた》のフォローするから、その間麦野《むぎの》は滝壺《たきつぼ》の護衛よろしく!!」

「遅いっつーの。一人一人順番に潰していくわよ。アンプリファイアー、追加チャージ完了！　バンドのみんなちょっぴり左右に分かれろオ!!」

ドガッッッ!!!!!!と。

一八〇〇万ボルトの紫電がエレキギターの先から砲弾みたいに発射された。

危険を承知でフレンダが手を伸ばして床に倒れた絹旗《きぬはた》を調理台の裏に引っ張り込んでいなければ、絶縁破壊で窒素の壁を貫いて直撃していたところだ。

ギター担当のメグが、金属の脚で自走する四角い巨大アンプを傍《かたわ》らに従えたまま吼《ほ》えた。


「追加チャージ開始。その間ちょっと敵を近づけさせないで!」

「了解ですわ」

「り、了解」


「いや待った、ここで畳みかけた方が結果的には安全だぜ!!」

「そちらはどうぞご勝手に。わたくし達はヤツらを焼いて時短を目指します!!」


?と麦野《むぎの》は眉をひそめた。

殺人ガールズバンド『サディスティックドールズ』。

そういう話だが、冷静に観察してみると規則性が見て取れる。

ボーカル担当、ギター担当、シンセサイザー担当。

ベース担当、ドラム担当。

頻繁に立ち位置は交差するものの、本当の本当につるんでいるメンバーは固定で決まっているのだ。さらに言えば、派閥が違うと同じバンド内でも作戦や方針が対立してしまう。

麦野《むぎの》は呆《あき》れたように、

「……何だノリ悪《わ》りぃな、音楽性の違いから解散寸前じゃねえか」

そもそも五人というのは一つのチームが高精度で連携するには多すぎるのだ。人数が増えると三対二など、チーム内でさらに小さな集団に分かれてしまい結束が乱れるリスクがある。

そしてこういう些細《ささい》な綻びから、場の流れが一気に傾くものだ。

ぼーっとしたまま滝壺《たきつぼ》が言った。

「彼女達、多分まともな能力者はいない」

「どうして断言できるっ？」

一瞬、得体の知れない『能力追跡《AIMストーカー》』で何か走査したのかと思った麦野《むぎの》だったが、

「売れないガールズバンドだもん。高位能力者が一人でもいたら、音楽活動と関係なくても宣伝広報に使いまくるよ。それこそ例えば超能力者のアイドルとかね？」

ぐさっと刺さったメグの両肩が小さく震えた。ひどい。

でもそんなものか。

（……一番ヤバいのは、都市ガスと引火して大爆発を起こす可能性。だとすると五人の中で速

攻で潰しておきたいのは）

「ベース担当のスズラン‼　馬鹿が自分から前衛に出てきたぞ。前に見ただろ、火炎放射器を最優先でぶっ潰せ‼」

滝壺《たきつぼ》は無表情で業務用冷蔵庫の大扉を開け、麦野《むぎの》はベース担当の腹を蹴って吹っ飛ばす。

「っ？　えう……ッ！」

ばたんと閉める。

火炎放射器を扱う上で一番怖いのは、手近な壁や障害物に間違って炎を当ててしまって自分を巻き込む自爆だ。つまり狭い密閉空間に閉じ込めてしまえばもう使い物にならない。

シュガッッッ‼‼‼　と、太い光線が空気を焼いた。

麦野沈利《むぎのしずり》の『原子崩し《メルトダウナー》』……ではない、い。

「チッ‼」

『ふざけ、このっ……開けろコラ「光子実包《フォトンバレット》」‼‼‼』

火炎放射器や酸素アセチレンバーナーとは明らかに違う。銀色の冷蔵庫の内側から外に向けて、灼熱《しゃくねつ》の光線が鋭く突き出たのだ。

身をひねってギリギリでかわし、麦野《むぎの》は掌《てのひら》を向ける。

改めての『原子崩し《メルトダウナー》』。

極太の閃光《せんこう》が何本も放たれ、様々な角度から冷蔵庫をぶち抜いた。一切トリックのない串刺しマジックの完成だ。

「滝壺《たきつぼ》テメっ、ドヤ顔決めて思いっきり予測外しやがっておしおきかくていだア‼」

「えー？」

「とにかく一人撃破！　……そういえばどうすんだ芸能人殺しちまったけど。こんなクソでも『表』の学校にゃファンいなかったっけッ？」

「超こっちも一人です」

同じ人間が出したとは思えないほど鋭い悲鳴と絶叫。『窒素装甲《オフェンスアーマー》』で腕力を強化した絹旗《きぬはた》が、ドラム担当の首根っこを掴《つか》み激しく熱した業務用オーブンの中へ頭から放り込んだのだ。

三対二。なのに速攻でベース担当が死亡したせいで、百合《ゆり》っぽくつるんでいたドラム担当が一人孤立化したらしい。そこを絹旗《きぬはた》が容赦なくトドメを刺したのだ。

「やっ
すぐそこを極悪な高圧電流の紫電が突き抜け、麦野《むぎの》は慌てて身を低くする。

やった、と明るい声を出す暇もなかった。

二人殺してもまだ終わらない。

「ああもう‼　悪徳カルトだの殺人ガールズバンドだの、ビ、ビリビリ、高圧電流なんか大嫌いだ！

二度と見たくねえ‼」

麦野《むぎの》はヤケクソ気味に叫んで物陰から手だけ出し、『原子崩し《メルトダウナー》』を連続で撃ち返した。

ギター担当のメグ、ボーカル担当のサキ、シンセサイザー担当のユアミ。

敵はまだ半分以上残っている。

『アイテム』側は四人なので大した人数差でもない。油断すればひっくり返される。

「フレンダ！　殺人ロケット花火で弾幕!!　ヤツらを裏口に近づかせるなよ。退路を塞いだら私と絹旗《きぬはた》で前に突っ込む!!」

「結局了解」

「超了解です」

とはいえ双方のムードは違う。何しろ二人立て続けだ、自然と場の流れも片方に傾く。

「やることない」

照準支援担当の滝壺《たきつぼ》はぼーっと立っていた。それが端的に趨勢《すうせい》を示していた。『サディスティックドールズ』側は人数が減ってカツカツなのに、『アイテム』側は役割がなくて最前線でアイドルタイムに突入した待機メンバーまで出てきている。

ガシャガシャ!!　という機械音があった。

おそらく改造レーザーポインターを仕込んだショルダーキーボードを構えるシンセサイザー担当のユアミの傍《そば》に、金属の脚を使って蠢《うごめ》く強烈な舞台照明が集まってくる。

「攪乱《かくらん》して巻き返す!!　ぼくがストロボ連写で視界を塞いでレーザー光で眼球攻撃するから、サキとメグはその隙に……」

「アホか」

麦野《むぎの》沈利《しずり》が吐き捨てた。

学園都市《がくえんとし》でも七人しかいない超能力者《レベル5》の一人、『原子崩し《メルトダウナー》』。

「……脅《おび》えが透けたら負けの始まりって悪党の理屈は、腐った正義の皆々様にゃ浸透してなかったかア？　閃光《せんこう》の出力勝負で私に勝てるヤツなんぞ存在する訳ねえだろうが!!⁉??」

ボバッッッ!!!!!!　という爆発が作り物の閃光《せんこう》をかき消した。

フレンダがポテチ缶ほどの携行ロケット砲を撃ち込み、麦野《むぎの》が『原子崩し《メルトダウナー》』を解き放ったからだ。スチールラックが弾《はじ》けて吹っ飛び、電子レンジや炊飯器が空中分解して壁に刺さる。

あの密度で横殴りに鋭い破片が散らばれば誰も無事では済まない。特に立ったままでは。

灰色の粉塵《ふんじん》が晴れる。

辺りに転がっているのはゴロゴロした瓦礫《がれき》と、先に昏倒《こんとう》させて床へ安全に寝かせておいた一般のコック達と、後は突っ立ったまま破片の雨を浴びた悪党どもの血まみれの死体。

コック達は別口で『交渉係《きようはく》』でも雇えば穏便に黙らせられるから気にしなくて良い。

虚空《こくう》に視線をさまよわせたまま、ジャージ少女の滝壺《たきつぼ》が呟《つぶや》いた。

「一人足りない」

「チッ。仲間を盾にして破片をしのぎやがったな、ギター担当だけ消えてやがる!!」

5

麦野《むぎの》沈利《しずり》は厨房《ちゅうぼう》の扉に肩から体当たりして広いフロアへ飛び出す。

ここは二五階。つまり前後左右どこに走っても脱出できない天空の孤島だ。さて、捕まったら一発で死ぬこの状況でメグが本気で生き延びたいと考えるなら、どこへ向かうだろう?

(……チームワークが乱れて孤立した状態なら屋上からヘリで逃げるって線は考えにくい。ストレートに考えるなら地上を目指す。さらに言えばエレベーターは『かご』がやってくるのを待っている余裕がないはず。階段だって二五階分も駆け降りるんじゃ時間がかかりすぎる)

「だとするとエレベーターシャフト。ただし『かご』がやってくるのを待たず、ワイヤーを摑《つか》んで垂直に滑り降りるのが一番高速で手っ取り早く地上へ逃げられる!!」

ビ――――――、と間延びした警告ブザーが鳴り響いた。火災報知機ほど切迫した響きのないその音色の正体は、おそらくエレベーターの緊急停止を知らせるものだろう。やはりエレベーターシャフトから滑り降りるための準備を進めている。麦野《むぎの》は壁の見取り図を一瞥《いちべつ》し、一番近くにあるエレベーターホールを目指す。とにかく走るしかない。

「邪魔だ伏せてろッ!　ああもう!!」

麦野《むぎの》は混雑の中を駆け抜け、通路の真ん中で呑気《のんき》に話している若い男女を腕一本で横にどけて、目の前にあるのが乳母車だと気づくと慌てて人間離れした動きでその真上を大きく飛び越す。実際にやってから、そんな感性がまだ自分の中に残っていたのかと麦野《むぎの》はちょっと驚いてしまった。あるいは『表』の学校も、何も与えてこなかった訳ではないのか。

(……こっちは日陰の裏稼業《うらかぎょう》なんだ、ド派手で面倒《めんど》臭《く》せえ人質作戦なんか真っ平だぞ。そんなウザい展開にされてたまるか。必ず今このタイミングで全員仕留める!!)

走りながら、麦野《むぎの》はいつでも『原子崩し《メルトダウナー》』を撃てるよう右手に意識を集中。そのまま一気にエレベーターホールへ飛び込む。店舗の並びや順路などの都合があるのか、いくつかあるホールの中でもこっちは人気《ひとけ》がなく静まり返っている。

「逃げんなメグ!! これはテメェらから売ってきたケンカだろうg

叫んで、麦野《むぎの》の言葉が途切れた。

赤。

鉄錆《てつさ》び。

何かが倒れていた。それは人間の死体だ、脈や呼吸を確かめるまでもなく死んでいた。

エレベーターの緊急停止を伝えるブザーは今も続いている。金属製の扉は半開きだった。つまり順当に脱出作業は進んでいたのだろう。

なのにこうなった。

一八〇〇万ボルトの超高圧電流を射出する殺人エレキギターを使う暇もなく。

ギター担当、メグの上半身には複数の深い傷があった。おそらくは鋭い刃物を使った刺し傷。どこからどう見ても殺意の塊だった。一般人が恐怖でパニックに襲われて刃を振り回したのではなく、最初から殺すつもりで急所の一つ一つへ正確に深く突き込んだ傷だ。

誰かに殺された。

でも誰が？

エアコンの冷風とは種類の違う空気の流れを感じた。屈《かが》んだまま目をやってみれば、ビルの中と外を隔てる分厚い強化ガラスが切り取られていた。一辺一メートルの正確な正方形。

（……あそこか）

ここは二五階なので、もちろん馬鹿正直に飛び降りたとは思えない。下手人はウィングスーツでも着込んでいたか、大型の貨物ドローンみたいな機材にぶら下がって脱出したのか。

何にしても、原始的に足跡を追う方法で追跡するのはもう不可能だ。

いつまでも睨《にら》み続《つづ》ける麦野《むぎの》の携帯電話が着信音を鳴らした。

『電話の声』からだった。

『例の「サディスティックドールズ」をちょっと調べてみたけど、「アイテム」が手を下すまでもないみたい。無駄骨だし手を引きなさい。払ったコスト回収できなくなるわよ』

「……詳しく説明しろ」

『この街の「正義」が動き始めた』

端的だった。

そしてゴロゴロとした異物感を拭えない言葉。

『だから「サディスティックドールズ」は触れる必要ないわ、こいつときたら。一般人を巻き込み人質まで取って、歪《ゆが》んだ正義に過ぎなかった彼女達は別の世界の品格を傷つけた。だから、後は学園都市《がくえんとし》の、私達とは全く異なる巨大な歯車がヤツらを抹消する』

「……そうかい」

麦野《むぎの》はそっと息を吐いて、そして言った。

「ただ関わるなっていうのは、ちょっとだけ遅かったみたいだ」

『？』

音声だけでは伝わらないだろう。麦野沈利《むぎのしずり》は携帯電話で自分の足元を写真撮影した。

そこには真っ赤な血文字で大きく書かれていた。

ふ　み　こ　ん　だ　な

第二章　第四権力

1

「大丈夫ですよ、『サディスティックドールズ』についてはきちんと片付けましたから」

『勝手な事を。こちらまで・線が・繋《つな》がりは・しませんか？』

「絶対にないです」

女性声優っぽい明るい合成音声を耳にして、携帯電話を手にした少年は苦笑していた。

いかにも怪しい会話だが、馬鹿正直にデフォルトの通話機能なんか使わない。実際にはアバター店員アプリを活用していた。ブティックや化粧品店で縦長の大きな液晶画面に3D店員を映しリモートで客の相談に乗る業務用サービスだが、必要な手順さえ踏めば普通のスマホやタブレット端末で誰でも簡単に利用できる事は意外と知られていない。使い捨てのアカウントを一つ挟む事でいざ通信内容が外部に露見しても双方しらを切れるように整えてある。

お互いの素顔や肉声を知らずにやり取りできるサービスというのは、非常においしい。

　マスコミ関係者はその仕事柄、様々な連絡手段を確保している。密告者が安心して情報提供してくれる環境作りもそうだし、こっちから各出版社へ連絡を取る時もそう。

　場所は第四学区だった。

　食にうるさい特化型の学区の中でも、さらに極彩色の中華街だ。

　周囲の景観に合わせてか、三枚羽の風力発電プロペラも赤く塗り分けてあった。

　小さな公園、ともまた違う。黒土の地面に色とりどりの花々が植えられているその場所は、誰でも自由に休息が取れる屋根付きの東屋《あずまや》だった。今はまだ早朝で涼しいが、日中になればセンサーで自動検知して天井のスポットクーラーが作動するはずだ。

　本来は花《はな》を愛《め》でながら中国茶《ちゅうごくちゃ》を嗜《たしな》み、碁を打って静かな時間を過ごすための公共設備である。ただそれも流石《さすが》にまだ始発も走っていないような時間帯では利用者はいないだろう。

　八月三〇日、早朝。

　具体的には朝の四時半。

　中学生の少年、鉤山佐助《かぎやまさすけ》はアバター店員アプリを使ってどこかと連絡を取りながら、身《み》を屈《かが》めて何か作業をしていた。

　具体的に言えば、土を掘っている。

　鉤山《かぎやま》の逆の手には、真っ白なつるりとした刃物が握られていた。刃渡りはざっと三〇センチ以上。非金属、セラミックスの包丁にも似ているが、正体は違う。

『能力だけで・殺せば・「書庫《バンク》」の検索で・すぐバレます。しかし・組み合わせた・凶器は・物的証拠に・なりますよ』

「もちろん考えています。あっはっは、物証なんか残しませんよ」

生分解性プラスチック、と言えばさぞかし最先端のハイテク技術に聞こえるかもしれないが、実際には生クリームからでも作れる。

そして素材さえ用意できれば後は好き放題だ。

例えば3Dプリンタで形を整え、仕上げに砥石《といし》で丁寧に研げば大型ナイフの出来上がり。たとえ人を殺しても一番の証拠の凶器は現場の第九学区から遠く離れた土の中に埋めれば各種微生物に喰《く》われて分解する。

「本当は、こういう『例外の処置』は我々の正義にはそぐわないんですがね。うちらはもっと文明的に写真で殺す専門職なんですから」

『ぶん・めい・てき』

「何か言いたそうですねその口振り」

彼らは『フリーズ』。

フリーライター、フリーカメラマン、フリードローンオペレータ。

三人組で活動している、圧力なき報道陣だ。

間違いなく『正義』の一角。

決定的な写真を撮って社会の悪を始末できればそれで良し。プライドある報道陣として、深追いも追い討ちもしない。ただし決定的な写真を突きつけても、なおもみ消しを実行する巨悪の場合は『例外の処置』が発生する。

つまりはこの手で直接殺害して終わらせる。

全てを失ってもまだ人生をやり直せる『写真』と、本当に命を奪ってしまう『殺害』。これでも『フリーズ』は一線を強く意識して標的の末路を選択している。

パンパンと手《て》を叩《たた》いて黒土を落とし、ウェットティッシュで掌《てのひら》を拭《ぬぐ》う。爪の間に少し土が入ったようだが、まあこの程度ならカメラ機材をいじくる上で障害にはならないだろう。

これで証拠は消え去った。

後は時間の流れに任せればナイフそのものが土壌細菌やバクテリアに喰《く》われて完全に消滅するため、その表面にある指紋などのリスクは全部無視して構わない。

『それでは・引き続き・お願いします。本題の方を』

「お探しの件については仕事を続行しますね、もちろん殺しじゃなくて情報のお仕事」

アバター店員アプリからログアウトし、鉤山《かぎやま》佐助《すけ》は靴底で黒土の地面を踏みつけた。

埋めたナイフは放っておいても勝手に消滅してくれる。

その上で、だ。

「……高潔な皆様の指示に従っていたら夏が終わっちゃうよ。『アイテム』の動きは？」

「拾っているわよ」

傍《かたわ》らにいるのは派手なスーツの女だった。

冴谷《さえたに》メリュジーヌ。

フランス人の血を一部引いている金髪女子高生の手にあるのは三〇センチくらいの樹脂の筒だが、タイトスカートのデキる社会人がコーヒー詰めて持ち歩く細長い水筒ではない。

これもまた『取材道具』の一つ。指向性の高いガンマイクだ。

『結局歪《ゆが》んだ正義を掲げる「サディスティックドールズ」のギター担当は同じ正義サイドの誰かさんに殺された。けどその「正義」サイドがどこの誰かは「電話の声」も知らない、か』

本来なら警戒心の強い野鳥の音声などを遠方から精密に録音するための代物だ。木製テーブルの上に置いて向きを合わせた指向性の高いガンマイクは三〇メートル以上離れたこの距離でも、分厚い強化ガラスを挟んだコンビニ店内の音声を正確に捕捉する。

どういう訳か、『アイテム』は固定の隠れ家を持たず二四時間営業の民間商業施設を頻繁に移り歩いているらしい。ノリは丸っきり夏休みの家出少女で、今はコンビニの窓辺にあるイートインコーナーに入り浸っている。

窓辺のスツールに腰掛け、細長いカウンターにほっぺたを押しつける格好で体を投げて暇を持て余しているのはフレンダか。一体何を見ているのか、横に倒したスマホへ気だるげな視線を投げている。それだけだと夏休みの終わりに憂えて窮屈な学生寮を飛び出し、ネットサービスの無料枠にひたすらしがみついて時間を潰す無害な家出少女にしか見えない。

しかし会話は物騒だった。

『……あの「電話の声」が情報面で後れを取るなんて話がほんとにあると思う訳？　結局やっぱり私達、あいつに何か操縦されているんじゃあ』

くすりと笑って冴谷《さえたに》は呟《つぶや》いた。

「ハズレ、」

鉤山《かぎやま》佐助《すけ》も冴谷《さえたに》メリュジーヌも学校は別々だが、中高の新聞部という共通項がある。

そして『三人目』も。

「軍資金が減ってきたわね」

「いつものアップローダーは？　『文秋』辺りも退屈してるし、そろそろストックしてある写真をいくつか放流してやろう」

新聞部、なんて言葉は寂れて久しくなった。

手元の携帯電話やスマホで何でも見られるこの時代に、学校の廊下に張った壁新聞なんか誰が読む？　無理に電子版のサイトに移行したって大した活動はできない。学校裏サイト対策の新ルールが何故《なぜ》か『正義』の校内報道に牙《きば》を剝《む》いてくるからだ。

でもだからこそ、隠《かく》れ蓑《みの》としてはぴったり。

複数の学校の新聞部が結びついて水面下でネットワークを築き、各校のインフラを使って企業幹部や芸能人のスキャンダルを追って、匿名扱いで写真週刊誌の編集部へ送りつけてトドメを刺す。そういう活動の拠点には。

「常盤台の新聞部ってどうなったっけ、スカウト」

「返事が遅れているのは、それだけ真剣に吟味してるんでしょ。潜在的な反乱分子は確実にいる。向こうも向こうで場が荒れているみたいだから最終的に合流するかは未知数だけど」

報道陣が追いかけるのは真実の全てだ。

故に、扱うのは加害者だけではない。被害者側も徹底的に掘り下げる。

取材用のメモ代わりに使うスマホの録音アプリには、年老いた男性の言葉があった。

ガールズバンド『サディスティックドールズ』の関与が疑われる、スクラップ工場での大量殺人に巻き込まれた一般工員、その父親だ。

『もうやめてくれ。どこの誰だか知らないが、私達は静かに暮らしたいんだ。アンタらの勝手な犯罪の言い訳に、死んだあの子を使わないでくれ!!』

録音アプリを立ち上げたまま、スマホを手にした鉤山《かぎやま》はそっと瞳を閉じた。

噛《か》み締《し》める。

「……ほんとは悔しいに決まっている」

「ええ。だけどそう言ってしまったら、父母も共犯者になってしまうものね」

「これは被害者遺族からの声には出せないゴーサインだ。きちんと汲み取って行動に移してやるのが正義ってもんだろ」

被害者代理。

それが『フリーズ』のスタンスだ。

彼らは自分で直接復讐《ふくしゅう》を遂げられない人の無念を晴らすためなら、どんな事でもする。

感謝は求めていない。復讐案件《ふくしゅうあんけん》が起きればまず疑われるのは遺族なのだから、下手な事は言って欲しくない。誰にも気づかれず、ただ心の中で噛み締めてもらえればそれで十分。

『サディスティックドールズ』のタスクは無事に閉じた。

次の悲劇に立ち向かおう。

冴谷《さえたに》メリュジーヌは指向性の高いガンマイクの位置を微調整していく。

『静電聴覚《エレクトロリーディング》』。

彼女の能力は、人間の体表で弾《はじ》ける静電気の音を正確に聞き分けて筋肉や関節の動きを予見するという代物だ。直近の行動を百発百中で読んでクロスカウンターを決められる反面、静電気の音があまりにも微弱過ぎて、敵の胸板に耳を押しつけるほど近づかないとそもそも聞き取れないという欠点がある。つまりガンマイクでも使わないと実用のしようがない能力だ。

(まあそれを言ったら、俺の能力も似たようなもんだが……)

「……ウワサの学園都市《がくえんとし》第一位、一方通行《アクセラレータ》には絶対『何か』あるが、いきなりあそこに手を伸ばすのは難しい」

「そうね」

「そのための実績作りだ。七人しかいない超能力者《レベル5》だって、マスコミの力があれば自由自在に殺せる。こいつをいったん実証して、もうちょい大人達の協力を取りつける環境を整えよう。幸い、第一位はあっちこっちから恨まれてるしな。ヤツに取りかかるのはそれからだ」

鉤山佐助《かぎやまさすけ》もまた、商売道具の一眼レフのファインダーを覗《のぞ》く。お月様の表面にある足跡を激写できそうなくらい巨大な望遠レンズをつけた代物だ。

「……まずは情報的に優位に立とう。具体的には、『アイテム』がどれだけこっちの情報《じょうほう》を摑《つか》んでいるか徹底的に調べる」

「それで？」

「『アイテム』がこっちの情報をすでに摑《つか》んでいるとしたら、雲隠れしても意味はない。どこかの誰かさんと同じように、闇討ち凶刃《きょうじん》の餌食《えじき》になってもらおう」

「私達についてまだ摑《つか》んでいないなら穏便に雲隠れすると」

「そうだよ」

「冗談。どうせ撮った写真と音声を最大効率でネットにばら撒《ま》くくせに。どっちみち先はないわね、彼女達」

その時だった。

どかっ、という鈍い音と振動があった。

(何だ……？)

鉤山佐助《かぎやまさすけ》はすぐ隣に腰かけている冴谷《さえたに》メリュジーヌからよそに視線を移し、そこで凍りついた。

「うぅー、あのコンビニ冷房利《き》き過《す》ぎだろ。あれじゃのんびり寝てられん、外の空気浴びないと体がガチガチに強張《こわば》るっ」

麦野沈利《むぎのしずり》。

超危険人物がいきなり距離一メートル、同じ東屋《あずまや》のベンチまで迫っていた。

2

東屋《あずまや》のベンチへ雑に腰かけつつ、麦野沈利《むぎのしずり》は不機嫌だった。

原因は携帯電話だ。

学園都市《がくえんとし》の外、麦野本家《むぎのほんけ》と繋《つな》がっている。

『おいたわしや……。まったく栄光ある麦野本家《むぎのほんけ》のお嬢様ともあろう御方が、よもや住む家を失って街中のジャンクフードな店舗を転々とする生活を送ろうとは』

「うるせーぞ貉山《むじなやま》、お前敬意はどこやった？」

麦野《むぎの》は思わず低い声で呟《つぶや》いていた。

今の『おいたわしや』は上流階級語の『嘆かわしい』だ。声色が温和だからといって額面通りに受け取って、読み方を間違えてはいけない。

執事の貉山《むじなやま》としても、普段は麦野《むぎの》の携帯電話に『直接』連絡は寄越さない。方々間接的に手を尽くし、ようやく異変を感じ取っての決断だったのだろう。

その声色には憐《あわ》れみが込められていた。

決して、本来ならば執事がご主人様に向けるような感情ではない。

セレブ非常事態である。

『もし本当に必要であれば我々から支援物資をお送りしますよ。キャンピングカーか、大型トレーラーに2×4工法の簡易家屋組み立てキットを積んで輸送させても構いません。学園都市《がくえんとし》は閉鎖体質の極みではありますが、正規ルートの物流サービスは生きておりますからね』

「冗談だろ……？　本家の施しなんか手放しで受けてみろ、本気で末代まで笑い者だぜ」

『それを聞いてわたくしは強く安心いたしました。たとえ屋根のない無残な暮らしに甘んじても、お嬢様には誇りある麦野本家《むぎのほんけ》の一員として恥を慎むお心が残っておられるご様子』

「貉山《むじなやま》」

結構本気で説教しようとしたら、まさかのあっちから電話を切られた。

筆頭の執事とはいえ使用人風情《しようにんふぜい》が、本家の跡取り娘に対して。

「やろっ……」

思わず携帯電話を握り潰そうとして、寸前で踏《ふ》み止《とど》まる。今のは表立って何でも口には出せない貉山《むじなやま》なりの発破だ。麦野本家《むぎのほんけ》における現状の扱いを端的に示してくれたのだし。

家とは単なる寝起きする場所ではない。

腕時計やバッグと同じく、上流階級にとっては割と大きなステータスでもある。

(なんつー『優しさ』だくそったれ。ったく、早いトコ次の隠れ家を見繕わねえとな)

3

そう、『アイテム』は四人もいるのだ。

誰かに注目していると、別の誰かを見逃してしまうリスクは存在する。

東屋《あずまや》のテーブル挟んで凶悪犯の向かい。負のマスコミ二人は仲良く小刻みに震えていた。

「(だだっ、だだだだだ何でいきなり麦野沈利《むぎのしずり》が出てくるっ？　四人全員あのコンビニにいるんじゃなかったのか!?)」

「(知らないわよ私に聞かれても私の担当は音声だけだし。カメラ担当のあなたが電話に集中しているのが悪いんでしょ！　四人の中で話している人に偏りあるなとは思っていたけど)」

もちろん声には出さない。

何しろ距離一メートル、そんな余裕はない。並んで座る鉤山《かぎやま》とメリュジーヌはお互いの背中に人差し指を押しつけ、モールス信号みたいにつついてこっそりコンタクトを取る。

固定の防犯カメラはなく、わずかな道路のひび割れのせいでドラム缶型の清掃ロボットや警備ロボットが近寄らない死角のスポットに居座っていたのだが、今では彼らが恋しくなってきた。これでは悪党が自発的に立ち去る理由がない。

「あふぁ、あ……」

一メートル以内の至近で、電話をしまった麦野《むぎの》沈利《しずり》は呑気《のんき》にあくびをしていた。

檻《おり》も柵もない不思議な動物園で、寝そべって暇そうに大口を開けているライオンの前に立たされたような気分。だがひとまず相手に警戒心はない。

バレてはいない、のか？

何か狙いがあって音もなく近づいてきた訳ではないようだ。どうやら知らぬ間にコンビニを出た麦野《むぎの》は、たまたま目についたこの東屋《あずまや》に腰を下ろしただけらしい。

大丈夫だ。

平気。

『サディスティックドールズ』殺害と『フリーズ』を直接結びつける情報の動線はどこにもない。凶器は生分解性プラスチックのナイフで、今土の下で形を失っている最中なのだ。決定的な物証さえなければ自分達に疑いがかかる事だってありえないはず。

麦野《むぎの》沈利《しずり》はおっかない。

が、こういう読み合いには特化していないと思う。

脳筋っていうか何でもバトルで解決っぽい香りがするしッ!!

怪しいのは端から全部殺す、という暴挙に出るリスクを否定できないのが非常にアレだが、一方で、たとえ『暗部《あんぶ》』系組織でも一般人への無差別な危害が許されている訳ではない。

だから大丈夫なんだ、確定を取られない限りは。

流れはこっちに傾いている。

必死になって安心材料を探し求めていた鉤山《かぎやま》佐助《すけ》だったが、その時だった。

「むぎの、こんな所にいたの？」

「そうだけど」

さらに誰か来た。

（……たきつぼ、りこう）

『アイテム』では直接戦闘は控える代わりに、後方で思考と索敵を担当していた、はず。

今度はガチの情報分析特化型だ。

4

『メジャーとかインディーズとかじゃないっ、やっぱり時代は音楽や動画サイトを組み合わせた総合アーティストだよ！　中でも「サディスティックドールズ」はほんとヤバい。新曲の「何色《なにいろ》の鞭《むち》」もサイコーだったし、夏休み最後の日に配信イベントもやるんだって!!　たのしみー☆　そうだっ君も一緒に観《み》なーい？』

「えっ」

それとっくに死んでんだけど、とはクラス委員の白鳥《しらとり》ちゃんには言えないらしい麦野《むぎの》。

電話の向こうが平和にきゃぴきゃぴしすぎている。

『ケータイスマホ文化に押され気味なここ最近のネット喫茶はホームシアターのレンタルとかもやってるからさ、結構気軽にライブビューイング環境は揃《そろ》えられるんだよ。ねーえー、「サディスティックドールズ」の配信イベント大画面で一緒にでっかく楽しもうよー？』

「ああいや電波が電波がもしもしアレ聞こえないなアンテナ弱い困ったなー（ブツッ）」

割と無慈悲に断ち切ったが、そもそも『あの』麦野《むぎの》が白々しい演技を一枚噛《か》ませているのがすでに普通の状態ではない。こんな死の猛獣でもそれなりに『表』には気を配る訳か。

「むぎの」

滝壺理后《たきつぼりこう》は無料通話アプリを閉じるまできちんと待ってから声をかけていた。

『暗部《あんぶ》』なのにお利口さんか。

「むぎのもこっちに？　あのコンビニ冷房効き過ぎだよ、あんなのエコじゃない」

「ったく、チビで皮下脂肪の薄いフレンダや絹旗《きぬはた》が最後まで残ってるなんて絶対変だぜ。自然の摂理に反してる……」

「そんな事言ったら可哀想《かわいそう》だよ、おっぱいの大きさは寒さ耐性とは関係ないよ」

「バカども血の涙を流すぞ」

適当に言い合いながら、ジャージ少女の滝壺理后《たきつぼりこう》は麦野《むぎの》の隣にちょこんと腰かける。

これで二対二。

しかも相手は直接戦闘専門の『アイテム』だ。

ほんの五分前まで安全地帯だったはずなのに、地獄の東屋《あずまや》になってしまった。

だらだらだらだら、と。

鉤山佐助《かぎやまさすけ》の全身から汗が噴き出す。

「（……どうしよう。ねえこれどうしよう!?　ねえッ!?）」

金髪美女の背中に指先でぐりぐり意志を伝えようとしたら危険な感触があった。勢い余ってブラのホックを外してしまったらしい。なのに冴谷《さえたに》から反応がない、ゼロである。

多分束《つか》の間《ま》、思考が体を抜けてどこかに漂っている。

懐《ふところ》から再び携帯電話を取り出し、イライラしながら操作を始めた麦野《むぎの》の隣で滝壺《たきつぼ》は表情もなく首《くび》を傾《かし》げて、

「……ねえむぎの、『暗部《あんぶ》』はナメられたらキホン『報復』だっけ？」

「シマ荒らしは抗争の合図だぜ。横から人の仕事を奪いやがって、どこのクソか知らねえが絶対に思い知らせる。……そうだ後始末係のヤンキーどもかき集めとけ！　あるだけ全部だどうせ破片がそこらじゅうに飛び散るだろうから回収と洗浄にゃ人数いるだろうしよッ!!」

ドカ！　と麦野《むぎの》が携帯片手にテーブルを蹴り、必要以上に小さくなるマスコミ二人。

距離一メートル以内、汗だらだらの作戦会議があった。

「(……あれあれ？　もうこれだけで警備員《アンチスキル》に通報できそうなレベルの会話なんだけど)」

「(……ダメよ『何の』後始末かって話を具体的に言っていないわ。彼女ギリギリ周到よ)」

しかし何にしたって助けは欲しい。

どうにか警備員《アンチスキル》か風紀委員《ジャッジメント》にでも通報して後は全部押しつけられないか。

鉤山佐助《かぎやまさすけ》は祈るようにテーブルの下でスマホを操作するのだが、圏外と表示されていた。日本の首都東京の、それも科学技術の最先端である学園都市《がくえんとし》のど真ん中で？

「うるせえなとにかく全員だ!!　外部の業者もスタンバらせろ、ああそうだ花露腐草《はなつゆくちくさ》とかいう

専門家もみんな!!」

しかし何故《なぜ》か麦野《むぎの》は構わず携帯電話に怒鳴りつけている。

彼女の帯域だけは無事だ。不自然に。

こいつがやっちゃってんじゃんジャミング!!

「ふー。連絡事項は大体こんな感じか」

「あんな風に当たっちゃったらヤンキーさんが可哀想《かわいそう》だよ」

「だな、非はこっちにあんだし後でなんか差し入れするか。……本気で怒りぶつけるべき相手は仕事奪ったクソ野郎って相場が決まってるしよ」

「むぎの」

というか、このままだと『アイテム』四人が全員この東屋《あずまや》に集まりかねない。そして『フリーズ』は取材のプロだがマイクを持って正面から突撃はしない。だってそんなの怖すぎる。彼らは世間を騒がせたいけど自分の顔はさらしたくない派なのだ。

そうなると、死の東屋《あずまや》からいったんよそに移った方が良《い》い。そうすればいくらでm
「よおアンタ」

「っ」

ビクッと肩を震わせる鉤山佐助《かぎやまさすけ》。

こっちは致命的な一枚を撮る報道のプロなのだ、獲物の手の届く範囲で声をかけられる展開はあまり望ましくない。トラブルの予感大である。極大。

「金は払うから手伝ってくれよ。マスコミ関係だろ？　それもお上品に記事クラブへ出入りするような大手新聞の正社員じゃない」

バレてる。

結構良《い》いラインを突いてきてる……ッ⁉

「フリーの身軽さ利用して『暗部《あんぶ》』に片足突っ込んで、人の不幸を切り売りしてるスポーツ新聞だの写真週刊誌だのに根拠の乏しいトバシ記事を売りつけるか、あるいは後ろ暗い企業幹部や芸能人を直接脅して金《かね》を毟《むし》るかお好きなコースを選べる非合法記者《ブラックジャーナリスト》」

「……、」

答えられない鉤山佐助《かぎやまさすけ》と冴谷《さえたに》メリュジーヌ。

ジャージ少女の滝壺《たきつぼ》は無表情で首《くび》を傾《かし》げ、

「むぎの、何で分かるの？」

「お高いガンマイクくらいならまあ動画配信マニアなんかも持ち歩いているけど、静止画像、写真専門の一眼レフと組み合わせる素人《しろうと》はあまり見かけない。カラスだらけのこんな飲食街で野鳥観察って話でもなさそうだし」

麦野《むぎの》は退屈そうな顔で、

「正確な歳《とし》は知らねえが、大手新聞社と専属契約結んでいるならたとえフリーの学生戦力《バイト》でも会社から貸与された機材を使う。むしろガキなら絶対借り物に頼る。それなら管理ＩＤ打った防水ラベルを必ず貼ってるよ、このカメラレンズ一個だけで普通に札束積むレベルだぞ」

「電車で背面に変な番号ついたスマホやパソコンいじってるスーツのお姉さんみたいに？」

「そんな感じ」

滝壺《たきつぼ》はそのままパチパチと二回瞬《まばた》きして。

それから周囲に視線を投げた。

「……この辺に芸能人でも来てるのかな？　中華街のお忍びデート」

「やたらと顔が広いフレンダ辺りに聞けば？」

適当に言い合ってから、麦野《むぎの》と滝壺《たきつぼ》が二人して視線をこっちに向けてくる。

ぶわっと背脂出ちゃいそうだが顔には出さない鉤山佐助《かぎやまさすけ》。

真夜中に芸能人の不倫を狙っていたら、ご本人様に見つかってそのまま巨大な四駆で追い回された時の話を思い出した。迫りくる死のヘッドライトと必要以上に分厚いバンパーを。

今回はあれ以上だ。

麦野沈利《むぎのしずり》は、車止めの金属ポールで守られた公園に飛び込んだ程度では振り切れない。

「はは……。ええと、命より大切な写真が週刊誌に載るまではノーコメントで。今は一仕事終えて機材のメンテをしている最中なんだ」

（……くそっ。闇討ち専門の雨川と連絡さえつけば今すぐヤれるのに!!）

顔で笑って『三人目』を思い浮かべ、危うく舌打ちしそうになる鉤山《かぎやま》。

『サディスティックドールズ』最後の一人にトドメを刺した時に中心となったのも雨川創磁《あめかわそうじ》だ。ヤツの能力『対称斬撃《リモートマーダー》』はそういう揉《も》め事処理《ごとしょり》に特化している。

とはいえ、今はスマホを取り出していじるのも怖い。小さな画面をちょっと覗《のぞ》き込《こ》まれただけで怪しまれて致命的な展開になりかねない。

ジャージ少女は虚空《こくう》に視線をさまよわせてから、

「フレンダってテレビ関係にも知り合いいるの？」

「前に、落ち目の映画スターに用はないってブツブツ言いながらスマホの整理してたぞ。SNSのフレンド登録切って切って切りまくるヤツ」

「きぬはたには内緒にしていた方が良《い》いかもね、ケンカになりそう」

冴谷《さえたに》メリュジーヌの能力『静電聴覚《エレクトロリーディング》』だけでは『原子崩し《メルトダウナー》』と『能力追跡《AIMストーカー》』のコンビネーションを制圧できるとは思えない。

それは鉤山佐助《かぎやまさすけ》も同じだ。

『呪縛激写《バインドスクープ》』。

精神系能力の一種で、『知られる恐怖心』を軸にしたもの。つまりカメラで写真を撮った相手に不可視かつ心理的な圧を加え、意のままに人をリモートコントロールする力だ。ただし写真なら何でも良い訳《いい》ではない。流石《さすが》の彼にも偵察ドローンと連動するだけで国家を一瞬で制圧できるほどの才能はないのだ。

実際にはいくつかの条件を満たす必要がある。

一つ、被写体が今撮影されていると気づいていない事。
二つ、それでいて被写体の視線はこちらにきちんと合っている事。
三つ、被写体自身が致命的と感じる個人的スキャンダルの瞬間を押さえる事。

……つまりすでに同じ現場にいる麦野《むぎの》や滝壺《たきつぼ》は、今から操るのはほぼ不可能だ。この至近距離から巨大な一眼レフカメラを向けて、相手に気づかれず視線をもらうのは難易度が高過ぎる。ましてや致命的な個人的スキャンダルの瞬間を押さえるだなんて。

冴谷《さえたに》と鉤山《かぎやま》は互いの背中にぐりぐり人差し指を（強めに）つつき合い、

「（……だから念のためにペンカメラも持ちなさいっていつも言っているのよ！）」

「（……あれはボタン押したら回しっ放しの『動画』だから、俺の能力には使えない！）」

よって。

これはまず間違いなく、だ。

今考えなしに東屋《あずまや》から走って逃げ出したり、まして叫んで摑《つか》みかかったりしたら、あくび混じりで『原子崩し《メルトダウナー》』を撃ち込まれておしまいだ。

(でもまだ。遠く離れたコンビニにいるフレンダ=セイヴェルンと絹旗最愛《きぬはたさいあい》なら縛って操るチャンスがあるんだ、ヤツらの共倒れだって十分に狙える!)

滝壺《たきつぼ》は無表情ながら興味深そうな目でテーブルの上にある撮影機材を眺めて、

「すごい。スマホのレンズも高品質化したのに、それでもでっかい一眼レフを使うんだね」

「みんな同じスマホを使うとそこが平均値になっちまうから、集団の中から頭一個飛び出るのも大変になる。結局プロは専門機材を使うしかなくなるんだろ」

麦野《むぎの》は呆《あき》れた調子でテーブル上のカメラバッグや大型バッテリー、指向性の高いガンマイクなどに視線を投げて、

「……しっかし、八月末っつってもまだ夏だぜ。よくデカいカメラやガンマイクなんか持ってじっと待っていられるな。今はもう写真も音声も好きなように捏造《ねつぞう》できる世の中なのに」

「ええ、まあ。確かに記事や写真はコンピュータで捏造《ねつぞう》もできるけど」

鉤山《かぎやま》は小さく笑って指を振る。

爪の間に黒いゴミが入り込んでいるのに自分で気づいて軽く落ち込んだが。

「並大抵の推論や意見なんて、ピンチになった政治家が自分から大量にフェイク記事をばら撒《ま》いて『みんな嘘《うそ》っぱちだ、私はフェイク記事の被害者なんだ‼』と叫んだら真実まで一緒に埋

もれてしまうリスクもある」

「ま、本物の動画に生成ＡＩっぽいコードや痕跡を外から注入しちまえば、ファイルの真偽なんていくらでもひっくり返せるはずだしな」

「そう。信憑性《しんぴょうせい》なんか人気次第って世の中がすぐそこまで迫っている」

それだけ言ってしまえば、記者やカメラマンなんてもはや意味はないのかもしれない。

滅びゆく職業の一つなのかもしれない。

ただし、

「だから、より一層『本物』の写真の威力は上がっている」

「……ふうん」

「手作業の本物こそ、大量のフェイクを打ち破る唯一無二の破壊力を秘めている。腹黒い権力者が大袈裟《おおげさ》に小細工を弄すれば弄するほど、本物を使ったクロスカウンターの破壊力はむしろ跳ね上がってくれるんだ。俺達はそう信じている」

麦野《むぎの》はベンチに腰かけたまま、大きな胸を押し潰すようにしてテーブルに突っ伏すように体を投げた。自分の両腕をクッション代わりにして、ニタニタと笑う。

「面白い」

しまった有用である事を示したらますます逃げられなくなる。

もうサインではなく、金髪碧眼《きんぱつへきがん》の女子高生から背中をつねられた。ご褒美《ほうび》以上の出力で。

改めて、人差し指で強めにぐりぐりコンタクトされる。

「(あなた自分の能力でケアしなさいよ私はその間にテキトーな仮病で帰るからっ!!)」

「(アホか今不自然に席立ったら化け物どもから怪しまれて一発アウトだよ！　分かんだろ俺の能力はこういう正面衝突シチュ向けじゃない!!)」

「ともあれ滝壺《たきつぼ》、使い物になるならこいつらの頭を借りよう」

「大丈夫かな」

「何撮られたって同時配信だのクラウドだのネット上に投げられなければ平気だよ。手元のデバイス見て、ヤバい録音録画があったら機材をぶっ壊せば安全は保てる」

図星だった。

さっきから撒《ま》き散《ち》らされている分厚いジャミングはこれか。手慣れ過ぎだろ！

「そもそも写真週刊誌か芸能人ご本人様か、どっちと取引するかで頭悩ませるような非合法記者《ブラックジャーナリスト》なら分類的には『暗部《あんぶ》』の一味だよ。つまり同じ穴のムジナ」

「でもむぎの、言っても彼ら『正義』のマスコミなんでしょ。怖いよ？」

「人のウワサも七五日」

無表情でくいくい相棒の上着を引っ張る滝壺《たきつぼ》に、麦野《むぎの》は小さく囁《ささや》いてから、

「……でも各種マスメディアから個人扱いのブログまで、あんなに炎上してたスキャンダルがある日突然一斉に鳴りを潜めるのは、別に流行が去ったからじゃない。この先は踏み込むなっ

て誰かが号令して線引きするからだよ」

記事クラブなんかじゃないぞ？　と麦野《むぎの》はニヤニヤ付け足しつつ、

「大手の会社が守ってくれる訳じゃないから、場末のマスコミこそ引《ひ》き際《ぎわ》の嗅覚は絶対に備わっている。できないヤツは車ごとダムにどぼんとか空港にある旅客機の馬鹿デカいエンジンに体ごと突っ込むとか、『謎の不審死』で淘汰《とうた》されるだけだ」

「そうなると、むぎの」

「隠し撮り専門の後ろ暗いマスコミをこうしてしっかり正面から見てツラ覚えたんだぜ？　余計な暴露したらどんな報復が待っているか、想像できねえとは言わせないぞ」

「はははは、は――……」

冴谷《さえたに》メリュジーヌは硬い笑みを浮かべた。

演技かどうだったか付き合いの長い鉤山佐助《かぎやまさすけ》にも判断できなかった。

どれだけ脅されても良い。この東屋《あずまや》さえ安全に切り抜けたらこっちの闇討ちターンだ。

「じゃあいくら払う気なの。お金使い過ぎると、家計簿つけてるフレンダがまた怒るよ？」

「大丈夫だよ金はあるんだ使う場面がないだけで」

呆《あき》れたような滝壺《たきつぼ》の言葉に、麦野《むぎの》は小さく舌を出す。

それからテーブルに置いた携帯電話に囁《ささや》いた。

「おい『電話の声』」

『気安く呼ぶんじゃないわよ、こいつときたら。や・く・わ・り！　本来だったら私からアンタ達に依頼を送りつけてコントロールする関係性でしょ忘れたの？』

麦野《むぎの》はうんざり気味な表情で携帯電話に言う。

「例のビル、現場の防犯カメラは？」

まあそれくらいなら当然対策は講じている。

そしてずっと何も言わないのは逆に不自然だ。

警戒して聞き耳を立てている、という印象を持たれてもまずい。二人は目配せをし、そして冴谷《さえたに》メリュジーヌの方が口を開いた。

「何の犯罪を追っているか説明してほしいんだけど……」

とっかかりは慎重に。

天然なのか狙っているのか、麦野達《むぎのたち》はまだ何の事件か具体的な説明をしていない。

萌《も》えベルズもナイフも殺人事件も、今自分からカードをめくったら全部地雷の即死案件。

「犯罪にも種類があるし。防犯カメラだけで何でも暴けるなら、マスコミはなくなるわ」

「そうだな……。防犯カメラの位置に気を配り、顔を隠して、死角となる柱の裏で上着を頻繁に着替えるとかすれば『カメラからカメラへ辿《たど》って犯人の自宅まで追跡』は阻止できるし」

鉤山佐助《かぎやまさすけ》も追従する。

これで会話の輪ができた。

しれっと演技はしているが、本物でも開示して問題ない情報であれば混ぜ込んでしまって構わない。そちらの方がむしろ自然になる。

のだが、

「殺しだよ。……てかああいうエンタメ系の商業施設なら、どうせ分かりやすい天井設置の他にもあんでしょ？　迷惑動画配信者対策とかで。壁の隙間辺りに直径二ミリのレンズが」

「っ」

（知らないぞそんなカメラ!?）

5

「むぎの汗すけ」

「ちくしょうわがまますぎだろ私の体、さっきまでエアコン寒すぎだったのによ……」

「ふふふ、ブラ紐《ひも》すけてる。夏だからって白い服一枚だからだよ」

こっちはそれどころではない。

鉤山佐助《かぎやまさすけ》は危うく息《いき》を呑《の》むところだった。壁に二ミリのレンズって何!?　冴谷《さえたに》メリュジーヌがさっきから何度もこちらに視線を投げてくる。明らかに混乱して指示を求めている。

携帯電話から洩《も》れ出《で》る女性の声がここまで聞こえてきた。

『ダメだねー。だって場所は萌《も》えベルズでしょ？　等身大のポップやら巨大なバルーンだかがそこらじゅう乱立してて防犯カメラの画角を遮ってる。エレベーターホールのトコも天井から釣《つ》り糸で吊るした飛行城の馬鹿デカい模型が邪魔してて何にも映ってない。レンズ隠してあるから一般の店員さん達も知らないってのが裏目に出たわね、こいつときたら』

（あ、焦《あせ》らせやがって……）

「指紋は？」

「むぎの、刺し傷が一九ヵ所もあるのに返り血まみれで逃げる人影は全く目撃されていないんだよ？　絶対『準備』してから事に及んでいる、指紋なんて残すほど甘い連中じゃない」

『電話の声』の前に滝壺《たきつぼ》がさっさと答えてしまった。

手元の動画に釘《くぎ》づけのご主人様からどうにか注目を集めたい飼い猫みたいになっている。

そしてまあ当然だ。

指紋なんか基本も基本である。鉤山佐《かぎやまさ》助《すけ》と冴谷《さえたに》メリュジーヌは揃《そろ》ってホッとするが、

「おい『電話の声』、じゃあ床に毛髪は落ちてねえのかよ？　あるいは足跡でも良《い》い、靴底の模様を調べりゃメーカーとサイズは分かる。購入店舗を特定する事で犯人絞り込めんだろ」

……そこまで万全だったたっけ？

『フリーズ』の中で少しずつ不安が膨らんでいく。

メリュジーヌに背中をつねられながらも、鉤山《かぎやま》は危険を承知で探りを入れる。

恐る恐る。

「あー、でも、仮にエレベーターホール？　そこに毛髪が落ちていても、すぐ犯人とは断定できないよな。エレベーターは人の通り道だから一日にたくさんの人が往来するし、エアコンの風に乗って運ばれてきたかもしれないし」

「一〇〇人でも一〇〇〇人でもリストに載ったヤツは全員調べりゃ良《い》い。どうせやるのは『下部組織』の連中だしな」

「むぎの、そこまで多くはならないよ。定期的に清掃ロボットが行き交っているはずだから、犯行一時間前より昔は無視して良いはず」

笑顔で鉤山佐助《かぎやまさすけ》は頷《うなず》いた。

「そ、それって何人くらい？」

「さあ。正確な統計なんか取っていないけど、エレベーターを使ったのが抜け毛の人ばっかりでなければ、まあ一〇人いれば良い方？」

「はは。良かった、良かった。数は絞られるみたいで……」

テーブルの上に置いた指向性の高いガンマイクはスイッチを入れたまま。冴谷《さえたに》メリュジーヌのワイヤレスイヤホン越しに、遠く離れたコンビニではこんなやり取りが続いていた。

『超そういえば下部組織の装備どうします？』

『何でも3Dプリンタで作ってくれる「武器屋」にネット注文して。今こんな状況だからこっちで作ってやる余裕ない訳よ』

『……工作樹脂で作った実銃なんて超あてになります？　強度的に』

『へえー、結局ヤンキーどもの心配をするとは大した成長ね。なら「武器屋」は刃物や鈍器くらいに留《とど》めて、火薬使うオモチャは「戦時《せんじ》工廠《こうしょう》」に依頼出しておいてちょうだい』

コンビニのイートインでフレンダ＝セイヴェルンがノートパソコンを広げて笑っていた。

憮然《ぶぜん》とした絹旗《きぬはた》の顔色が怪訝《けげん》に変わる。

『なら自分で超注文してくださいよ』

『こっちはこっちで先にもっと優先的にやっておかないとまずい仕事がある訳』

『？』

『結局アンタの話よ』

ピッ、とフレンダは絹旗《きぬはた》の顔を指差して、

『八月が終わったら学校始まるでしょ？　でも結局、今の今まで機密研究所で監禁されてきた絹旗最愛《きぬはたさいあい》には学歴が一切ない』

『おっと超そういえば』

『このままだと記録が悪目立ちして「暗部《あんぶ》」での活動にも差《さ》し障《さわ》る訳。書類を書き換えてどこかテキトーな学校に通っている事にしてしまった方が安全よ』

『あの麦野《むぎの》でも「表」の学校の事情に超巻き込まれていましたっけ？』

そんな訳で、だ。

フレンダはこれまた胡散臭《うさんくさ》い業者への依頼書を作成しようとしているらしい。

『絹旗《きぬはた》ー、今から適当にＩＤ作らせちゃうけどアンタ結局ナニ学区の小学校行きたい？』

『どこでも良《い》いなら中学校で超お願いします……ッ!!』


騒がしいコンビニとは裏腹に。

『電話の声』とかいうのが冷静に言った。

『……全身に大小一九ヵ所。結構ハードな滅多刺しなのに、実行犯側は汗も唾液も床に散らしていないんだよ？　毛髪なんてまず無理。仮に、返り血対策で暗殺直前に薄手で小さく畳めるレインコートかウィンドブレーカーでも着込んだとしたら、頭もフードで覆ってる』

いや。

実際にはそうではないのだが、まあ無理に訂正して正解に導く必要はないだろう。

床から毛髪が採取されていなければそれで十分。

『足跡も怪しいかなー？　エレベーター前だから、清掃ロボットが行き来しているって言ったって抜け落ちた髪の毛よりは膨大な数になるはず』

「しかも」

冴谷《さえたに》メリュジーヌがそっと差し込んだ。

リスクは承知だが、それでも流れを正解から遠ざけたいのだろう。

「全部調べたところで、靴底の痕跡は指紋やＤＮＡほどの決定打にはならないわ。大量生産された安い靴だと買った個人までは特定できないかもしれないわよ」

「確かにな」

神妙な顔で呟《つぶや》く鉤山《かぎやま》はガッツポーズを我慢するほどだが、対して『アイテム』勢はさほど衝撃を受けた感じでもない。

ここまでは前提の確認。

麦野《むぎの》や滝壺《たきつぼ》は、これらを踏まえた上での本命をすでに見据えている顔だ。

麦野《むぎの》は自分の携帯電話に目をやっていた。

状況は一点に集約していく。

「……カギは凶器の刃物、か」

『そゆこと。そいつが見つかれば一気に防波堤は崩れるんだけどね、こいつときたら。素性さえ分かれば後はいくらでも追い込める。一応死体は残っている訳だし、傷と刃物を照合すれば事件に使われたものかどうかはすぐ分かる』

すぐ。

分かる。

「でっでも、犯人だって手袋くらいはしているんじゃあ……？」

『だから？』

笑顔の鉤山佐助《かぎやまさすけ》に対し、『電話の声』は冷淡だった。

思ったよりも強固で、口を挟んでも流れを変えられない。

『たとえ手袋しても指紋や掌紋が採取できないだけで、掌《てのひら》で触れた場所は分かるのよ。……あと麦野《むぎの》、さっきから気になってたけど現場協力者は自分で援護してね、こいつときたら』

口振りは軽いが、結構強めの警告だった。

『私はあくまで「アイテム」担当。下部組織のヤンキーどもと一緒で、正規メンバー以外の情報保護はこっちの仕事じゃないから』

「……お前みたいな腹黒特権階級サマが一体誰の保護をしてるんだよ？」

空気が危険にピリつくが、それくらいで動じる超能力者《レベル5》ではないらしい。

麦野《むぎの》は半信半疑といった表情で頬杖《ほおづえ》をついて、

「にしても、手袋ねえ」

『床に一ミリ以下の革の破片がパラパラ落ちてるから、多分安物の革手袋。一応合皮じゃなくて本物ではあるらしいけど。ああいうのはすぐ表面にひびが入るからねえ。ただ安物は安物だからこそ大量に出回っているだろうし、購入記録から犯人を特定するのは多分無理』

「ダイレクトに指紋は採れない、手袋の購入記録も無理。となると狙いはＤＮＡか？　例えば手袋を貫いて滲《にじ》んだ汗からナイフのグリップに残った遺伝子を採取するとか」

滝壺《たきつぼ》が奇麗に畳んだハンカチの角を使って麦野《むぎの》の頬から浮いた汗《あせ》の珠《たま》をそっと吸うと、そのまま二人してハンカチ争奪戦のじゃれ合いになった。

「……しかしできるのか、そんな事？」

演技で情報を引き出すつもりだったが、実際に鉤山《かぎやま》の口から出た声はほとんど素だった。

何とも言えない。

何しろ学園都市《がくえんとし》の技術進歩は早すぎるのだ、特に『暗部《あんぶ》』まわりは。

昨日までの安全圏が明日も続くとは限らない。

『やっぱ難しいんじゃない？　純粋な汗からＤＮＡを抜くのは多分無理。厳密には汗じゃなくて肌の表面から剝がれた一ミリ以下の皮膚片……つまり「細胞」を狙うんだけど、間に布挟むと繊維がフィルターになって浄水器みたいに堰《せ》き止《と》めちゃうから。まして革は水《みず》を弾《はじ》くし』

「……、」

この安堵《あんど》感《かん》は、暴力だ。

危うくメリュジーヌの涙腺が緩むところだった。泣いたらそこでバレてしまうので要注意だとは分かっていても。

が、

「カメラチェックカメラチェック」

ビクッ!!　と震えたのは麦野《むぎの》……ではなく、冴谷《さえたに》メリュジーヌの方だった。

視界に入っても無視していた。まさか、自分に来るとは思っていなかったのだろう。相手に気づかれず目線をもらった状態で、かつ『弱み』となる一瞬をレンズに捉える。そうすれば対象の全身を物理的に縛り上げられる。心拍数や発汗量といったレベルでまで。

これが鉤山佐助《かぎやまさすけ》の『呪縛激写《バインドスクープ》』。

冴谷《さえたに》メリュジーヌの場合は麦野《むぎの》達《たち》に内緒で仲間の背中に指でサインを描いている行為そのものが『致命的な弱み』として機能する。……つまり今、鉤山《かぎやま》は身内であるメリュジーヌを脅迫できる環境を整えた事になるのだが？

「(ちょ、あな……)」

「(今は俺の用心深さに感謝しろっ)」

とにかく冴谷《さえたに》メリュジーヌが我慢できず『泣き』に入るのを防げれば生き残れるのだ。

しかし、

『だから「暗部《あんぶ》」の動画捜索屋は骨格を狙う』

またおかしな方向に話が転がった。

鉤山佐助《かぎやまさすけ》は、顔の皮膚全体が冷たくなるのが自分で分かる。

金髪碧眼《きんぱつへきがん》の美女冴谷《さえたに》メリュジーヌがとっさに取り繕おうとして、躓《つまず》く。

「こっか、え？」

『手袋の跡は採れるって言ったでしょ。狙いは刃物のグリップで、握った時の力の分布から掌《てのひら》の骨格を逆算するって訳。学園都市《がくえんとし》の常識でーす、こいつときたら』

「むぎの、手は骨や関節がたくさん集まった人体の中でも特に複雑な骨格部位だっけ？」

「ああ、半端《はんぱ》なヤンキーが拳振り回すとむしろ自分の指を折るっていうアレか」

『そゆこと。掌認証《てのひらにんしょう》の材料は静脈だけとは限らないの。あれだけ複雑に密集していれば、歯型と一緒で骨の並びから個人を識別・特定するのは決して不可能じゃなーい☆』

全員の会話を聞いて整理し、麦野《むぎの》が低い声で呟《つぶや》く。

「……そういう意味でも、やっぱり凶器のナイフが最優先だな」

『探し物は結構鋭利だよ、しかも重たい。藪《やぶ》を切り開いて山を歩くためのデカい鉈《なた》とか、牛骨まで砕いて切断できる肉切り包丁とか、あの系統かな？　ステンレスにせよセラミックスにせよ頑丈で熱にも強い素材だから、紙やビニールみたいに燃やして即抹消とはいかない』

「学園都市《がくえんとし》は壁で囲まれた街だし、まだこの街のどこかにはあるはずよね……。じゃあゴミ処理場を調べるなり、川の底をさらうなり、何にしてもローラー作戦かしら？　ゆっくり時間をかけてでも確実に証拠を見つけるのが一番の近道ね」

言いながら、大丈夫、と冴谷《さえたに》メリュジーヌは祈った。

近いけど、微妙に逸《そ》れている。

この線で追われるだけなら自分達までは届かない。まさか凶器は生分解性プラスチックで、時間と共にじわじわ消滅している真っ最中だとは思わないだろう。

安心させろ。

そして時間に余裕があると勘違いさせ、浪費させろ。星の数ほどある基本無料のネットサービスが物語っているように、ロジックを設計すれば時間は搾取《さくしゅ》できる。

『へぇー、八月の終わりなのに肉まん超売ってるじゃないですか。中華街だから？』

『むぐむぐ。結局このお肉はほんとに北海道のブランド豚？　フレンダちゃんの科学捜査キットでDNAマップまで調べ尽くしてやる!!』

『超こらこら』

冴谷《さえたに》メリュジーヌの耳のワイヤレスイヤホンでは、今も指向性の高いガンマイクで拾ったコンビニの音声が届いている。

こんなものを捉えても打開のチャンスには繋《つな》がりそうにない。

でもあの間延びしたような時間感覚は参考になる。正直、死の匂いが強いこっちの東屋《あずまや》は何をするにも焦《あせ》って前のめりになりがちだ。どこまでやっても『普通』の範囲かを測った上で、ギリギリまでトークにブレーキをかけて邪魔してやれ。

滝壺《たきつぼ》は首《くび》を傾《かし》げて、

「でも、ナイフがもう処分されてしまっているとしたら結構行き止まりだね」

「金属のナイフをどうやって？　敵が鉄を溶かして抹消する『原子崩し《メルトダウナー》』級の高火力だとしたら、素直に能力使って殺せば良いだろ。ダサいナイフ使う意味が分からん」

「むぎの、別にナイフが金属製なんて誰も言ってない」

ぎくりとした。

鉤山《かぎやま》の心臓が跳ねる。

いきなり核心に寄せてきた。

現実にはこういう偶然があるから『暗部《あんぶ》』は油断できない。

ぐっしょり汗にまみれる鉤山佐助《かぎやまさすけ》だったが、そこで誰かが横から頭を肩に乗せてきた。

冴谷《さえたに》メリュジーヌだ。

背中に回した指でサインが来る。

「（……気を静めて感情を抑えなさい）」

「っ」

「（深呼吸。それから瞬《まばた》きの回数を意識するの。頬が引きつるのはそんなに怖くない、目が泳ぐのと呼吸が詰まるのさえ防げれば違和感は表面化しないわ）」

彼女のカウンセリングは絶対だ。

何しろ物理的に対象の肉体全般を一瞬でスキャンして精神状態まで把握するのだから。

肌の上を走る静電気の音を『聞いて』筋肉や関節の動きを正確に読み取る『静電聴覚《エレクトロリーディング》』だが、相手の地肌に耳を押しつけても不自然でなければ、指向性の高いガンマイクは必要ない。

そしてメリュジーヌの言う通りだった。

まだ終わっていない。

(情報面で不意に近づかれる事もあれば、こっちから遠ざける事もできるっ。まだだ。『アイテム』から決定的に急所を突かれない限りは怖くない！　安全にしのいで東屋《あずまや》を離れられれば、改めて闇討ちするチャンスが回ってくるんだから)

麦野《むぎの》はまだピンときていないのか、小さな子供みたいに唇《くちびる》を尖《とが》らせた。

これ以上答えに近づかれても困る。

ここはむしろ鉤山佐助《かぎやまさすけ》の方から口を挟んだ。思考の脇道へ誘うために。答えを言ってはダメだ、あくまでもヒントだけ。『獲物が自分で気づいた』ように思い込ませるのが重要だ。

「……金属以外だと、石のナイフとかガラスの包丁とかかな？」

「それだと融点は一四〇〇から一五〇〇度くらいだから、あんまり代用する意味がない」

「えー？　他になんかあるか？」

不貞腐《ふてくさ》れた麦野《むぎの》はいよいよ幼児退行していた。

自分の頭を隣の滝壺《たきつぼ》の肩に乗せ、さらにぐりぐり押しつけながら、

「まあ木を削って作ったナイフなら、斬るならともかく刺すくらいはできるし、焚《た》き火《び》で簡単

に抹消できるけどよ。でもそれじゃオモチャだぜ」

「あとむぎの、生分解性プラスチックも。専門的に聞こえるかもしれないけど、実際には生クリームを加工すれば台所で作れるしね。これなら斬って刺す全部できる」

「……、」

負け。

今下手にしゃべったら絶対に負け。

「でも地面に埋めただけじゃナイフは分解されても付着していた血痕は消えない。そうなると、そもそも刃に血はついていないのかな。ほらむぎの、例えば人形や写真に傷をつけると標的にダメージを与えるリモート攻撃の起点にしている、とか？」

……このジャージ女の勘が鋭すぎる!!

生分解性プラスチックもリモート攻撃も、今の今までヒントもなかったのに!?

当てずっぽうだか探知能力の一種だかは知らないが、それでもテーブル上に並んでしまったのなら無視できない意見に化ける。

危うく血走った目で睨《にら》みつけてしまいそうになるのを鉤山《かぎやま》は必死に堪える。これが安全な死角からいつでも闇討ちできるこっちのターンだとしたら、最優先で口を封じるところだ。

『対称斬撃《リモートマーダー》』。

『フリーズ』の三人目、フリードローンオペレータ雨川創磁《あめかわそうじ》の能力は、凶器を使って標的の影《かげ》を叩《たた》いたり刺したりする事で、標的本人の肉体にも同じ傷をつけるというものだ。正確にはプラシーボ効果や催眠暗示を使って物理的な傷を生む『精神が肉体を支配する』系の理屈らしく、発動すれば鉤山達《かぎやまたち》がナイフで刺しても有効なのだが。分かってしまえば回避も容易《たやす》いけど、初見ではまず警戒されない。そして何より、影を傷つけて殺すため凶器そのものには血や肉片などの証拠が残らないのも強い。

どこにいるか知らないが、雨川創磁《あめかわそうじ》とコンタクトさえ取れれば。

ヤツが箱の中に収めたネジや釘《くぎ》をありったけ地面にばら撒《ま》き、鋭い凶器の雨と麦野沈利《むぎのしずり》の影を重ねてしまえば。

あの凶暴な超能力者《レベル5》であっても即死だ。

それさえできれば一発でおしまいなのに、ヤツは一体どこで油を売っているんだ!?

「(……案外、遠くから東屋《あずまや》の様子見て回れ右したのかも。何しろドローン使いだし)」

「(……ほんとにそうだとしたら後でぶっ殺す)」

声には出さず、鉤山《かぎやま》とメリュジーヌはお互いの背中に人差し指でつついてコンタクト。フリードローンオペレータだと普通にありえる可能性だ。まあ三人横一列に並べられて何もできないよりは、どこかに潜んでもらった方がまだマシとも判断できるが。

一方、テーブル挟んで正面にいる麦野《むぎの》は眉をひそめて滝壺《たきつぼ》の肩から頭を浮かせる。

ちょっと残念そうな目をしているジャージ少女と改めて向き合って、

「しかし、生分解性プラスチックの凶器？　だとしたらまずいな、土の中に埋められちまったら後は勝手にゆっくり消滅していくぞ」

まずい。

正しい方向にぐいぐい寄せてきている。

「でっでも」

鉤山佐助《かぎやまさすけ》はむしろ前に出た。

正解ラインで確定する前にレールを切り替えてしまいたい、再び間違った方へ。

「学園都市《がくえんとし》は壁で囲まれた有限の街とはいえ、街中ひっくり返してもすぐには見つからない。私有地、下水道、植木鉢使えばビルの一室の可能性もある。ローラー作戦で一面掘り返すなら不発弾処理にせよ老朽化した水道管工事にせよ、まず書類の建前をじっくり固めて……」

「そうでもないと思うよ」

ジャージ少女は無表情なまま、すぐそこを指差した。

足元。

テニスボールくらいの塊が二つ三つ動いていた。

ネズミだ。それもハムスター以外の、あんまり可愛《かわい》くない方。

「わっ⁉」

「食品を扱う街並みならそんなに珍しくない」

見ている側が意外に思うくらいびっくりして飛び上がる麦野《むぎの》に対して、滝壺《たきつぼ》はさほど気にしていないらしい。

というかなんかちょっと嬉《うれ》しそうだ。

「ふふ、むぎのの弱点見つけた。私だけの秘密」

「うるせーなネズミの怖い話はクラス委員から色々聞いてんだよっ。ペストを広めた元凶とか、色々雑菌抱えているから噛《か》まれたらヤバいとか。その昔は戦車の配線食い破って立ち往生させたって伝説もあるらしいし。ああクラス委員が言うなら間違いねえ‼」

「……、」

滝壺《たきつぼ》が二本の枝で汚れたネズミを挟んで超能力者《レベル5》へ放り投げ、麦野《むぎの》が悲鳴を上げた。

どうも『表』のクラス委員の話なら何でも信じる相棒にイラついたらしい。

そのまま無表情で滝壺《たきつぼ》は言う。

「生分解性プラスチックっていっても色々あるけど、生クリ、ー、ム、を化、学的、に加、工、して、も作、れる。そういうのが材料の場合、小さな動物が嗅ぎつけてもおかしくないよ。ティッシュやペットボトルのキャップも道路脇の茂みから掘り返して見つけるらしいし。現場から離れた第四学区の公共スペースなら犯人は自分との繋《つな》がりを断って素早く刃物を自然分解できる」

説明しても（ベンチの上に両足を置いて小さくまとまり、空中避難を続ける）麦野《むぎの》がいつまで経《た》っても動かないので、滝壺《たきつぼ》は首《くび》を傾《かし》げ、適当な木の枝でネズミを雑に追い払った。

冴谷《さえたに》メリュジーヌは背中を丸めたジャージ少女へ声をかける。

「の、野良犬《のらいぬ》が生ゴミを埋めただけかもしれないわ。グロいの出てくるかも？　生分解性プラスチックって言ったって生クリームを使ったかはまだ確定していないんだし」

「乳製品以外だと、材料《ざいりょう》を揃《そろ》えるのが大変。わざわざ避ける理由がない」

そのまま枝の先端を突き立ててザクザク掘っていく。

なんかぶちぶち細い糸が千切れる音が混じるのは、髪の毛より細い雑草の根のせいか。

ベンチの上に両足を置いた麦野《むぎの》は怪訝《けげん》な顔で、

「おいそのまま続けるのか？　犯人が何メートル下まで掘ったか分かんないのに」

「多分そこまで深くない、ネズミ達の鼻で気づけたくらいだし」

暇だけどネズミが群がっていた辺りに手を突っ込みたくないのか、手持無沙汰な感じで麦野《むぎの》が口を開いた。

「生クリームの生分解性プラスチックに3Dプリンタを使った刃物成形。敢《あ》えて民間レベルで全部揃《そろ》えてアシがつきにくくしてやがる……」

「でもむぎの、そうまでしてギター担当を殺したメリットは？」

「相手がプロなら誰でも良かったはずだ、余計なトラブルを背負ったって得にはならないんだから同業者とかち合うような依頼を受ける意味がない」

冴谷《さえたに》メリュジーヌがそっと口を挟んだ。

「犯人自身に目的がないなら、誰か他の人の願いを叶《かな》えたのかもね」

「依頼された殺人？」

麦野《むぎの》が聞き返すと、金髪碧眼《きんぱつへきがん》の冴谷《さえたに》が頷《うなず》く。

「そこまで強く結びついている必要さえないかもしれないわ。犯人からすれば、無念の遺族を見て親切心を出してあげただけって事も考えられるしね」

冴谷《さえたに》メリュジーヌがくすりと笑ってそう付け足した。

ふむ、と麦野《むぎの》は小さく（まとまったまま）頷《うなず》いて、

「しっかし、だとしたらギター担当を殺した犯人はよっぽどの馬鹿だぜ」

「？」

「だってそうでしょ。誰もそんなの望んでない、遺族もやめろと言っている。だけど犯人だけが聞き入れないんだ。世の中に溢《あふ》れ返《かえ》ったフェイクニュースだって問題だけど、それ以上に正しい情報を見せても歪《ゆが》んだ見方しかできない馬鹿野郎の方がよっぽど厄介だ」

冴谷《さえたに》メリュジーヌは渾身《こんしん》の力で表情を動かさないようにしていた。

自分はどうだろうか、と鉤山佐助《かぎやまさすけ》は思う。

ややあって、だ。

木の枝を使って黒土を掘っていた滝壺《たきつぼ》の動きがふと止まった。

とびきりの嫌な予感に、鉤山佐助《かぎやまさすけ》と冴谷《さえたに》メリュジーヌはとっさにテーブル上の一眼レフカメ

ラやガンマイクを手に取ろうとして、手と手がぶつかる。

「(今甘酸《あまず》っぱいコトしてどうするのよ！　しれっとブラのホックも外してくれたしあなた私に惚《ほ》れてんの⁉)」

「(そんなの根に持っていちいち噛《か》みつくんじゃ、ああタイミング逸した……っ‼)」

ベンチの上で体育座りみたいな格好になったまま、麦野《むぎの》が黒土の穴を覗《のぞ》き込《こ》んで呟《つぶや》いた。

「……あったぜ、おい」

6

まずい。

最高にまずい。

頭では分かっていても、鉤山佐助《かぎやまさすけ》は動けなかった。

ハンカチで自分の手を包んだジャージ少女が手を突っ込むのをただ見ている事しか。

滝壺理后《たきつぼりこう》はグリップを摑《つか》んで目の高さまで持ち上げる。

刃渡り三〇センチ以上。片刃の分厚い刃物だ。金属製ではないが、それなりに重い。3Dプリンタを使って作成したためか、刃の切っ先からグリップの根元まで、全部含めて一個の塊だった。複数の部品を組み合わせてネジで固定している訳ではない。

そして白い樹脂製のナイフは、この短時間であちこちひび割れを起こしていた。

今にもボロッと崩れてしまいそうだ。

「わっ」

「チッ。変に怪我《けが》はするなよ滝壺《たきつぼ》、お前のＤＮＡが混ざったらいよいよ面倒臭くなる」

（……そう、まだだ）

鉤山佐助《かぎやまさすけ》は必死に冴谷《さえたに》メリュジーヌに目配せした。

（自分からボロを出すな、敵の標的設定はまだ完全に詰め切れていない!!）

携帯電話のレンズで状況を確認しているのか、『電話の声』とやらも呆《あき》れているようだ。

『おいおいおい……。刃の部分は一番薄くて脆弱《ぜいじゃく》っていってもマジか、こいつときたら。バクテリアに喰《く》われてボロボロになっちゃうと死体の傷口と照合できなくなるわよ』

「例の手袋の跡は？　掌《てのひら》の骨格分布から個人を特定するってヤツ」

『やってはみるけど、どうだかね。……食品専門の第四学区だから生ゴミ食べる土壌微生物を人工散布してるな。グリップ表面を薄く削られちゃうと手袋の跡は採取できなくなるわ』

「役立たず」

『んだと、こいつときたら!!』

誰も見ていなければ、鉤山《かぎやま》は思わず相棒とハイタッチでもしていたかもしれない。

勝った。

逃げ切った。

ついつい、といった感じで鉤山《かぎやま》はテーブル上の一眼レフに手を伸ばしてしまう。まだだ。にやけるな。この東屋《あずまや》から離れれば、その時こそ今度はこっちの闇討ちターンだ。

(最優先はやたらと鋭い滝壺理后《たきつぼりこう》、続けて最大殺傷力を持つ麦野沈利《むぎのしずり》。あとは残り物も雨川《あめかわ》の能力に相乗りして俺が全部殺すッ！　滅多刺しだ。手こずらせやがって。こっちは正義だぞ、絶対に正しいんだ。暴力しか使えない悪党集団が写真と暴力を使い分ける『フリーズ』に敵《かな》うはずねえだろうがアあああああ!!)

と、その時だった。

「そのナイフを埋めた人がギター担当を殺した犯人なんでしょ？」

「？」

死体の傷との照合も、グリップ部分にあった手袋の跡からの掌《てのひら》の骨格個人識別も難しい。しかしこの状況で滝壺理后《たきつぼりこう》は言ったのだ。

しれっと。

さも当然に。

「なら決定的だよ。これで完全に『暗部《あんぶ》』の実行犯は詰めた」

7

『超じゃじゃーん、超絶キケン凶悪犯心理くーいず☆』

『あア⁉　結局暇だからって雑誌コーナーにある本あれこれ買ってんじゃないわよ。どれだけ基本無料にしがみつくかの勝負なのに、見事にコンビニの術中にハマってんじゃない！』

『質問に対する答え方であなたの凶悪犯度が分かります、ですって。超えーと』

『結局人の話を聞けってこの……』

『ざざん‼　問題・居酒屋で殺人事件が起きました。でも何故《なぜ》か遠く離れた家にいた、関係ないおじさんが逮捕されました。さて警備員《アンチスキル》は何を勘違いしてこんな事になったでしょう？』

『んんー？』

『あれ、ひょっとして制限時間とか決めた方が良《い》いんですかね超これ？』

『結局おじさんは焼肉を食べていたから』

『……、』

『おいちょっと』

『あのー、ええーっと……超いやこれこいつは参りましたね……』

『結局さっさと答え言って。私の凶悪犯度はいくつよ絹はｔ、コラ無言で目《め》を逸《そ》らすな‼』

8

滝壺《たきつぼ》理后《りこう》は木の枝をくるりと回した。

足元の黒土の地面を掘って、白いナイフを見つける時に使ったものだ。

その先端でこつこつとナイフの柄を叩《たた》く。

そして、

「むぎの、見える？　黒いゴミがついてる。多分革手袋の欠片だと思うけど」

「あ」

思わず、だった。

麦野《むぎの》沈利《しずり》ではなく、鉤山《かぎやま》佐助《さすけ》が声を出していた。

「人間と一緒で動物の細胞からもＤＮＡは採取できる」

あのコンビニでフレンダ＝セイヴェルンが暴れていたではないか。

肉まんに入っているお肉は本当に宣伝通り北海道のブランド豚なのか。科学捜査キットを使ってＤＮＡマップを全部調べ尽くしてやる、と。

そして『電話の声』も言っていた。汗そのものではなく皮膚片からＤＮＡを採取すると。つまり生き物の皮から。

「生分解性プラスチックそのものは土に埋めておけば勝手に崩れていくけど、グリップ表面についたゴミはそうじゃない。普通にそのまま残るんだよ」

ワイヤレスイヤホンからは、テーブルの上に置きっ放しにしているガンマイクで拾った、遠く離れたコンビニの声が冴谷《さえたに》メリュジーヌの耳まで届いていた。

『そんなせがまれたって超そんな答え本には書いていないんですよ！　被害者に借金があったからとか、実はおじさんは双子とか、警備員《アンチスキル》が無能だとか、そんなのばっかり。心理学のプロの目から見ても測定不能なんじゃないですか闇が深すぎるフレンダさんの凶悪犯度⁉』

『こんなの全然普通の考え方だって！　結局牛一頭で何百キロもお肉は取れるんだよ？　同じ牛さんから切り分けたお肉はＤＮＡが全く一緒なんだから、自宅でビール呑《の》んで酔っ払っていたおじさんは実は居酒屋にいたんだろって勘違いされたんじゃなくて⁉』

知ってか知らずか。

滝壺《たきつぼ》は表情もなく言った。

「革手袋の細かい製法までは知らないけど、裏表共におんなじ動物の革を使っていると思う。つまりナイフのグリップについたこれと同じＤＮＡのゴミをつけている人間は、全く同じ革手袋をはめていた事になる」

鉤山《かぎやま》は自分の両手に目をやる。

爪の先が黒かった。

いや厳密には、爪の間に一ミリ以下のわずかなゴミが潜り込んでいる。石鹸《せっけん》で手を洗うだけではなかなか取れない所に。

麦野《むぎの》沈利《しずり》の表情が無になった。

目が笑っていない。

全く。

「……ふうん」

目と目を合わせてくる。

鉤山《かぎやま》佐助《さすけ》は目《め》を逸《そ》らした。制御不能な汗が顔いっぱいに噴き出していた。

きちんとＤＮＡマップを照合するまでもなかった。

9

ガァっっっ!!!!!! と。

『暗部《あんぶ》』のケダモノどもがテーブルを乗り越え、即座に襲いかかってきた。

10

麦野《むぎの》が電話で下部組織を呼んで、東屋《あずまや》周辺の死体や血痕の後始末を任せている中、だ。

「えー？　結局そんな事になっていたなら私も呼んでくれれば良かったのに」

「大丈夫なんですか、超マスコミなんぞに嗅ぎつけられるだなんて」

フレンダや絹旗《きぬはた》は何だか不満そうだった。

『電話の声』が言った。

『何だかほっこりしてるけど、ちなみに連中、三人いるって話じゃなかった？』

「おい……。最後の一人ってドローン使いだったよな。雲隠れされると面倒な遠隔攻撃を繰り返されそうだけどそいつ一体どこ行った⁉」

「こ、こ、ここだよー」

横合いからだった。

明らかに部外者だった。

ぶんっ、と大きな塊が放り投げられた。若い男の上半身だった。東屋《あずまや》のテーブルの上にぶつかって地面に落ち、下部組織がピカピカに証拠隠滅した現場に赤と黒を撒《ま》き散《ち》らす。

不快げにそっちに視線を投げて、麦野《むぎの》沈利《しずり》が固まる。

珍しかった。

「……何で、い、い、いるんだ？」

ぐる、という。

獣の低い唸《うな》りがあった。野犬に似ているが、でも違う。そいつが足元に侍《はべ》らせていた相棒は、すでに絶滅したはずのニホンオオカミだ。

「（超どう思います？）」

「（学園都市《がくえんとし》の草の根分けたってこんな鉄とコンクリの街で幻の生き物は見つからない。結局、野犬のDNAマップを徹底的にいじってムリヤリ先祖返り《アタヴィズム》させたって考えた方が確実）」

そのレベルで科学技術をオモチャにできる存在。

間違いなく『暗部《あんぶ》』関係者だ。

ニホンオオカミの主人はロングの黒髪少女だった。歳《とし》は高校生くらいか。胸の大きな体を包むのはどこかの学校の制服と思《おぼ》しき白地に青の半袖セーラーとミニのプリーツスカート。足回りは白系のブーツと膝下で留《と》める特殊なソックスガーターと黒の短いストッキングで飾っている。さらにその上から薄手のコートを羽織り、頭のてっぺんにハンチング帽を乗せていた。

涼しくなったとはいえ八月の終わり。コートの内側は電動の冷感グッズと銃刀法に反する小

道具でぎっしりだろうが。

「むぎの。彼女は知り合い？」

滝壺《たきつぼ》が冷静に尋ねた。

ジャージ少女は闇医者や武器屋など、『暗部《あんぶ》』で金を払って繋《つな》がっているサービス業の、という意味合いで質問したのかもしれない。

だけどフレンダや絹旗《きぬはた》の台詞《せりふ》を思い出してみれば良い。

たとえ悪目立ちしないよう書類上のものでしかなかったとしても、『アイテム』の少女達もまたどこかの学校に在籍している。

こういう可能性も浮上する。


「白鳥熾媚《しらとりおきび》。アンタは表の世界で普通に生きてるクラス委員だろうが!?」


対して、だ。

傍《かたわ》らにニホンオオカミを従える少女はくすりと笑ってこう言った。

白鳥熾媚《しらとりおきび》。

優等生のクラス委員が確かに。

「当方は『探偵』」

それもまた、典型的な記号ではあった。

すなわち悪党とは敵対する『正義』の代名詞、その一つ。

「『フリーズ』とかいう獲物を目の前で奪われた負け犬だよー☆」

第三章　古典に回帰すれば『暗部《あんぶ》』のオモチャは増える

1

麦野《むぎの》沈利《しずり》と学校。

それも非人間的で無機質な進学校。

食べ合わせはとことん悪いが、学園都市《がくえんとし》は学生の街であって能力開発だって学校の生徒を対象に行われる。『暗部《あんぶ》』で活動するにせよ悪目立ちして表の書類から浮いて見えてはリスクにしかならないため、一応は表の学校に在籍し、最低限出席日数にも気を配る必要はあった。

七人しかいない超能力者《レベル５》が在籍しても『目立たない』学校だと自然と数は絞られる。

しかし、本当に最低限だ。

一週間の中では顔を出している日にちの方が少ないどころか、一週間丸々顔を出さない事すら珍しくない。管理の甘い学生寮にもほとんど帰っていない。当然ながら、同じクラスの中でも麦野《むぎの》の顔を知っている人間はいないだろう。せいぜい、超能力者《レベル5》は特権階級で羨ましいな、くらいの認識しかなかったはずだ。もちろん麦野《むぎの》の方からも歩み寄らない。爽やかな印象の白系半袖セーラーには似合わない漆黒のストッキング。迎合する気がないのは明白だった。ちょうど良《い》い感じの制服がなく、ウェスト基準でサイズを決めると大きな胸の辺りで布が引っ張られておへそがちらちら見えてしまう。

ところが、たった一つの例外があった。

麦野《むぎの》の顔を見かけるたびに、ずだだと走り込んで声をかけてくる女子がいるのだ。

白鳥《しらとり》熾媚《おきび》だった。

『一応これでもクラス委員だからねー。当方としてはやっぱり動向ってのが気になっちゃうんだよ、不登校気味のお友達とか』

『論理で考えよう。髪や爪のお手入れ状況見る限りお金に困ってそうな感じじゃないけど、そういえば他の日って何やってんの？』

『えーっ⁉　こんなお高い香水持ってきちゃダメだよ、先生に没収されたら悲惨じゃん！』

鬱陶しい事この上なかった。そもそも『暗部《あんぶ》』に身を置く人間的には、心配性だろうが好奇心だろうが人の生活空間へ必要以上に探りを入れる存在は具体的なリスクでしかない。

何でこんなに絡《から》んでくるのだ？

『実は当方、探偵みたいな事やってるんだ』

白鳥《しらとり》熾媚《おきび》はにまにま笑いながらそんな風に言っていた。

人生相談は悩みを解決する方法である一方、それ自体がアキレス腱《けん》にもなりかねない。『暗《あん》部《ぶ》』だったらこんなべらべら勝手にしゃべる探偵に依頼を出す人間がいるとはとても思えないが、表の世界では事情が違うのだろうか？

『クラス委員だから自然と悩みを聞く機会が多くなっちゃってさ。何か本当に困った事があったら相談してよ、当方は何でも解決しちゃうからね！』

ただ、ふと麦野《むぎの》は思う事があるのだ。

そういえば。

この薄っぺらな学校の中で、先生も生徒も誰も顔と名前が一致しないくらいの希薄な環境で、それでも白鳥《しらとり》熾媚《おきび》という名前は頭の中に入っているな、と。

『暗部《あんぶ》』でなら利害で結びついた知り合いくらいたくさんいるけど。

そういえば、表の世界で繋《つな》がる『友人』は彼女くらいのものかもしれない。

2

第四学区、早朝の中華街だった。

血まみれの東屋《あずまや》を挟んで、『アイテム』と『探偵』が対峙《たいじ》する。

「……遺伝子検査に防犯カメラ網、科学捜査全盛のこんな時代に推理の出番なんてないと思うかもしれないけどさ、意外とそうでもないんだよね」

くすくす笑って、凶暴なニホンオオカミを足元に従えた探偵の少女は言う。

「そういう当たり前の公共サービスを受けられない後ろ暗い連中だって、仲間を殺した抗争相手や身内の裏切り者を正確に特定する必要はあるんだもん。つまり外の世界の法律や条例が全く通じない陸の孤島なんて今でもハイテク都市のそこらじゅうにある。需要がある限りお仕事はなくならない。推理が『暗部《あんぶ》』のオモチャになるのは結構皮肉だけどね？」

ありえない場所に、ありえない人物。

麦野《むぎの》沈利《しずり》にとっては『暗部《あんぶ》』の事件現場も表の学校のクラス委員もそれだけなら珍しくないのに、組み合わせによって強烈な違和感が頭を揺さぶりにかかる。

「驚いてる？」

声色自体は全く同じだった。

陽の当たる教室で必要以上のお節介をぶつけてくる、クラス委員と。

「まあこれまで当方を捕捉できなくたって不思議はないと思うよ。住んでいる世界が違うから。

同じ『暗部《あんぶ》』に属していてもね、論理で言ったらこっちは『正義』サイドなんだ」

「……、」

「普通の警備員《アンチスキル》や風紀委員《ジャッジメント》にはできないコトを代わりにするのがお仕事。だから獲物である悪人側から捕捉できるようには作られていない。特に悪人を一方的に追跡して人生にトドメ刺す探偵としちゃ、そんな逆転現象が起きたら商売上がったりだしねえ」

「……結局、一体何しに来た訳？」

「『正義』の探偵はいつでも事件を追っているものだよ」

余裕の笑みで白鳥《しらとり》熾媚《おきび》が視線を投げたのは真っ赤に染まった東屋《あずまや》のテーブルまわりだ。

「まあ今回の事件は色々やりづらいのは想像つくよー。殺し屋の『サディスティックドールズ』、写真で殺すマスコミの『フリーズ』、そして『探偵』の当方。いずれも君達『アイテム』とは違うカテゴリの集団だ」

白鳥《しらとり》熾媚《おきび》は小さく笑った。忠実《ちゆうじつ》に侍《はべ》るニホンオオカミの頭を手慰みに撫《な》でながら、

「つまりは『正義』」

変化があった。

麦野《むぎの》の顔面から音が出ないのが不思議なくらいだった。

「ははっ、耳にしただけで顔をしかめたね。でも意識的にせよ無意識的にせよ、自分ではっきりしている訳だ。君達『アイテム』はどれだけ悪人を殺したとしても、絶対そんなフィールドでは生きられないってさ」

「……まるで自分の正義だけは超揺るぎないって感じですね。三人目を殺しておいて自首もしないで、その辺に転がっていた肉の塊を拾って勝手に動かしておきながら」

「二人殺した犯人とその一味が何言ってんの？」

きょとんとしたまま探偵は言った。

こういう正論を何も包まずさも当然のように突き刺す辺りは、確かに正義臭いか。

「……でもつまり、だから今回の事件って『アイテム』の出番はないはずだったんだよね。半《はん》端者《ぱもの》の正義『サディスティックドールズ』を始末して場を調整するだけなら、正義が正義を殺せば済む。そうなっていないって事は、ふむ、意外と別の側面があるのかも……」

一人で呟《つぶや》いて。

それから『探偵』白鳥熾媚《しらとりおきび》は再び顔を上げた。

「ともあれ、こうなっちゃうと実は当方あんまりやる事ないんだよね。『フリーズ』……ああそこでビニール詰めにされている死体三つ分ね？　そこのマスコミ連中のリーダーさんにちょっと話を聞きたかったんだけど、君達の方が一歩早かったみたいだし」

『探偵』は困った顔だった。スーパーの特売の卵が売り切れていた、くらいの残念度で。

「そんな訳で今回はお開き。探偵たる当方にちょっと時間を与えてくれれば、今君が巻き込まれている事件についてもうちょっと論理で整理した情報を渡してあげられるよ？」

「……おいおい」

呆《あき》れたように言って、麦野《むぎの》沈利《しずり》は一歩前に出た。

あっちの事情なんぞ知らないが、同業者であれば容赦なしだ。『原子崩し《メルトダウナー》』ならいつでも真正面の少女をすり潰して消滅できる。

そう、できる。

『表』の学校。

一般のクラス委員に向けるべき、人間の情さえ捨てれば。

「その背中が見えなくなるまで黙って待つとでも思ってんのかよ？　雑に煙や閃光撒《せんこうま》いただけでいつでも逃げられるニンジャじゃねえんだ、実際の戦闘じゃ不利な状況から安全に逃げ切る撤退戦が一番苦労させられるんだぜ」

「そうそう、『サディスティックドールズ』について変な勘繰りしているようだけど、君達の『電話の声』は別に意地悪して個人情報を隠していた訳じゃないよ。彼女はきちんと調べて本当に何も見つけられなかっただけ」

麦野《むぎの》の沈黙が鋭さを増す。

すでにこの時点で笑って流せない点がいくつもあった。

『アイテム』が『サディスティックドールズ』を追っていた事を把握しているのもそう。

『電話の声』という単語をさも当然のように知っているのもそう。

そして、麦野《むぎの》達《たち》も把握できない『電話の声』の行動まである程度把握しているのも……。

白鳥《しらとり》熾媚《おきび》は屈託のない笑みを浮かべて。

それでいて、即座に見抜いた。

「あはは｜。ブラフって思ってる？　ま、迷路の中にいる『アイテム』に検証材料ないか」

「この野郎」

「煽《あお》ってるよん？」

くすくす笑って、黒髪の探偵少女が口の中で何か呟《つぶや》いた。

直後の出来事だった。


ゴァ!!!!!!　と。

巨大な炎の壁が麦野《むぎの》達《たち》四人へ一気に殺到してきた。

その時、とっさに動いたのは『窒素装甲《オフエンスアーマー》』の絹旗最愛《きぬはたさいあい》だった。彼女は東屋《あずまや》を支える柱の一本に蹴りを放ち、へし折って、屋根全体を大きく崩したのだ。

そいつを、四人全員を守る盾にする。

炎の壁は左右へ大きく流れる。爆風は弱い方へ流れていく特性があるものだ。

でもそれが限界だった。周りにいた『下部組織』の焼ける音や匂いが伝わってくる。

オレンジ色の分厚い壁の向こうから、笑みを含んだ声が飛んできた。

「……自由自在に炎を生み出す発火能力《パイロキネシス》、だなんて思わないでね？　その程度の浅い考えで突っ込んでくると普通に死ぬよー」

「っ」

炎の壁では『原子崩し《メルトダウナー》』は弾《はじ》けない。

このまま撃ち込んでも構わないが、相手は本当に音源に立っているのだろうか？　全然関係ない一般人でも脅してスピーカーやモバイルを持たせている可能性もゼロではない。

「(……滝壺《たきつぼ》っ、ヤツの正確な位置は？　何か分からねえのか⁉)」

「(『体晶《たいしょう》』使って良い？)」

「そこまでする必要ないよ。負担デカいんでしょそれ」

白鳥蠟媚《しらとりおきび》の声が割り込んできた。

耳《みみ》が良《い》いのか、こちらの思考や行動までを言葉単位で先読みしているのか。

「当方からコンタクトは取るから。時間をくれればもっと論理で整理した事件の情報を渡すって言っているでしょ？　何しろ当方は『探偵』だからね」

気配が遠ざかる。

舌打ちして麦野《むぎの》は掌《てのひら》を炎の壁に向けるが、そこで動きが止まった。

ガタンガタン！　と、列車の金属車輪がレールと噛《か》み合《あ》う音がここまで響いてきたのだ。

「だから言っただろう、今日はお開き。夏休み中とはいえ背広の人達は関係ないし。そろそろ通勤ラッシュになっちゃうからさ、これでも正義を名乗る側としちゃ一般人を好き勝手に巻き込む訳にもいかないんだよ。そっちの悪党サイドとしてはどう？」

完全に遊んでいる口調だった。本気でこのまま立ち去るつもりらしい。

まだ白鳥《しらとり》織媚《おきび》の能力の詳細は暴けていない。初見の今なら、やり方次第ではこの場で今すぐ『アイテム』の数を減らせるかもしれないのに。

麦野《むぎの》はとっさに叫んだ。

「合流場所は⁉」

「推理してみなよー。当方の事でも調べてさ」

3

『アイテム』の四人は第七学区に場所を移した。

下部組織が奇麗に清掃はしているものの、一応事件を起こした現場からは離れる必要があった。そんな訳で今『アイテム』が集まっているのはコインランドリーだ。とはいえ汗と泥にまみれた野球部《やきゅうぶ》御用達《ごようたし》の、ただ業務用の洗濯機が左右の壁にずらりと並んだハコモノではない。ピカピカに磨かれたお洒落《しゃれ》な喫茶店が併設してある新しい休憩スポットだ。

より正確には、業務用の洗濯機をずらりと並べたランドリールームとは分厚いガラスを挟んで向かい側にある喫茶待合スペースだった。普通の喫茶店と違うのは天井から液晶モニタがぶら下がり、洗濯完了したお客様番号を逐一表示してくれるくらいか。

女性専用という看板が表にかかっているせいか喫茶店っぽい待合スペースは甘ったるい香りで満ち満ちていて、業務用の洗濯機では結構えげつない下着やネグリジェがぐるぐる回っている。路上でティッシュでも配るための仕事着か、やたらとスカートの短いメイド服や、スクール水着とエプロンといった組み合わせのおかしい衣装を洗濯しているところもある。

でもって、

「むぎの、寝ちゃダメ」

「何でだよ甘えん坊かよ!?　私は寝るぞ洗濯から乾燥まで全部で八〇分もかかんだろ！」

こっちは『フリーズ』とかいう職業ストーカーどもが出張ってきたせいで、朝四時台から仕事をさせられているのだ。『暗部《あんぶ》』なのにマジメの極みかよ。麦野《むぎの》でなくても眠くてイライラするだろうし、彼女であれば普通の人よりもっとイライラする。

まだまだ八月三〇日は始まったばかりだ。

絹旗《きぬはた》は滝壺《たきつぼ》から借りたジャージ上着を丸めて枕を作っていたし、テーブルの下でぶらぶら揺れている麦野《むぎの》の足はもう靴も履いていなかった。少女達は徹底的に寝る構えである。

が、

「全部終わってから三〇分以上放置していると、数の限られた洗濯機を占拠されないよう係の人に洗濯物を持っていかれる。全員で寝過ごしたら着替えを紛失するかもしれないよ」

沈黙があった。

新しい火種が発生した。

「……誰か一人が起きてりゃ良《い》いんじゃね？」

「具体的に誰が？」

ばぢっ、と同じテーブルで少女達の視線がぶつかる。誰だって寝たいのだ。これは、じゃあどいつを生《い》け贄《にえ》に捧《ささ》げるのかと同義である。

「貢献度で決めよう！　私と滝壺《たきつぼ》はコンビニの外で『フリーズ』と戦ってた。じゃあ絹旗《きぬはた》はその時何してた？　はいイートインでだらだらしてたこいつに決定私は寝るッ!!」

「超ちょっと待てこら第七学区の方のコインランドリーは元々私の隠れ家だったんですよ。貢献度の話を持ち出すなら超私に感謝しろってんです!!」

「きぬはた、私は番号札を持ってカウンターからカレーライス運んできた」

「そんなので帳消しにされてたまるもんですかッ、そもそもそれ普通に滝壺《たきつぼ》さんの超カレーでしょう!?　てか超何で朝からカレーなんですか!?」

「？　ホテル朝食では定番だよ？」

無表情でしれっと言って銀色のスプーンを差し込む滝壺《たきつぼ》。というのも、彼女達にも事情がある。ここは喫茶店ではあるものの、コーヒーや紅茶一杯で時間を潰す、が使えないのだ。とにかくみんな今すぐ寝たいのでカフェイン入ったものを摂取したらこれすなわち死である。

「おっ落ちる……っ。寝落ちしちゃいますよこれじゃ！　頭重い、超なんか話しかけてきてくださいエンドレスでそうしないと私達の洗濯物がああああ」

「うるせえな滝壺《たきつぼ》と一緒にアレでもやってろよものまねジャンケンゲーム……っと」

「むぎの」

言いかけて、麦野《むぎの》が言葉を切った。

どこの誰から聞いた情報か思い出したのだろう。今はもう、『表』の学校の人間だから、というのは何の安心材料にもならない。

『探偵』白鳥熾媚《しらとりおきび》。

しばし感情の読めない顔で黙った後、ぱたっと麦野《むぎの》はテーブルに突っ伏して、

「……、私は寝る」

「この暴君すごい勢いで超話の流れをねじ曲げましたよ」

「むぎのも葛藤しているんだよ、色々」

「超私はしんみりムードに騙《だま》されませんけど。なに一人で一抜け宣言してんですかッ⁉」

とにかく『アイテム』勢としてはバカ高いオレンジジュースや軽食などを選ぶしかない。カウンター奥の冷蔵ケースでありふれた二リットルの紙パックがばっちり見えてる。高級趣味だけど何でも良《い》いから散財したい訳でもない麦野《むぎの》的《てき》には苦虫嚙《か》み潰《つぶ》すモードが止まらない。そしてここまでしたのなら絶対寝たい。

と、そういえばこれだけの騒ぎに参加していない人がいる事に絹旗《きぬはた》は気づいた。

「あれ？　超フレンダさんは？」

「陽の当たる世界で地獄でも見てんだろ」

4

フレンダ＝セイヴェルンは口から半分魂《たましい》が溢《あふ》れていた。

比喩ではなく白目《しろめ》を剝《む》いている。

第一三学区にある小学校の学生寮だった。動物のぬいぐるみやキャラクターグッズが目立つのは、果たして妹本人の趣味なのか周りで買い与えているフレンダ達の『小さな子とはきっとこうであろう像』なのか。金魚とカブトムシが仲良く暮らすその一室、勉強机の上はノートにドリルに教科書、後は朝顔の観察日記まで山積みされていた。

夏休みの宿題だった。

ただしフレンダの宿題に朝顔の観察日記はない。こいつは小学一年生の妹のものだ。

「……ほら見ろ結局こうなった。私は手伝わないぞ、って事前に散々釘《くぎ》を刺《さ》したのに……」

「大体、お姉ちゃんは八月三一日に泣きつくなって言ってた。今日は三〇日、まだ約束違反にはならない！」

まだ七歳の妹が小賢《こざか》しい事を言い始めた。

『暗部《あんぶ》』にどっぷりのお姉ちゃんとしては地味に心配になってくる。

妹は首《くび》を傾《かし》げて、

「大体、何でお姉ちゃん後ろから抱きついてくるの？」

「結局、こうして膝の上に乗せておかないとアンタ絶対脱走するでしょ。すぐそこにおでかけ靴を揃《そろ》えて置いてあるのが不穏すぎる訳よ」

「ふふー、今日はとくとうせきっ☆」

そんな訳でフレンダは後ろから両腕を妹の腰に回し、絶叫マシンの安全バーのごとくがっちりホールドであった。ここが何階かに関係なくちょっと目を離すとベランダから脱獄しかねない、と同じ家族から不信の表明喰《く》らっているのに何故《なぜ》かこの扱いで小さな妹は玉座でご満悦モードになって軽めの体重を預けてくるが。両足なんかぱたぱたである。

「てか、結局ほとんど手をつけてないじゃん。どうして今日まで宿題やらなかった訳？」

「大体、やるつもりはあったし」

まだ七歳の小さな姫は人様の上で唇《くちびる》を尖《とが》らせて、

「でも一日これだけっていう量をこなせない日の方が多かったの。ちょっとずつなんだけど、予定がどんどんずれていって」

計画は立てたが、そもそも自分にこなせるキャパを設定し間違えたパターンか。

呆《あき》れるフレンダに妹は言う。

「でもでも、日曜日は一発逆転デーとしてキープしていたから、巻き返しは図れるはずだったんだけどなー」

日曜日を保険にしたのが間違いだ。いかに夏休みでも日曜日はお休みという精神はすでに学校生活で刷り込まれている。ここで一念発起しようと意志を保てる方が珍しいくらいだ。

「気がつけばもうこんな絶壁だし」

ぐじっ、と妹は目尻に涙を浮かべ。

そして両足をピーンと伸ばし、最後はヤケクソ気味に七歳がこう叫んでいた。

「大体、夏休みが毎日楽し過ぎたのがいけない!!　こんなの私のせいじゃない!!」

「……結局まあ誰もが通る道のド真ん中を突っ走った訳ね」

ともあれ、これを片付けない事には始まらない。

この局面で呼び出されたのはお姉ちゃんなら助けてくれるという信頼の裏返しと判断しよう。

フレンダは妹と二人羽織りモードで大雑把にテーブルの上の山を教科ごとに仕分けして、

「じゃあお姉ちゃんが計算問題やっちゃうから、アンタは漢字の書き取りやって」

「自分の名前を漢字で書きましょう。……大体これどうしよう？」

全部アルファベットの金髪碧眼妹《きんぱつへきがんいもうと》が呆然《ぼうぜん》としていた。

小学校の計算問題くらいなら別に難しくはないのだが、何分量《なにぶん》が量だ。しかもウルトラ当たり前の事を何度も何度も真面目に問《と》い質《ただ》されると、だんだんフレンダの頭の中で日本語が怪しくなってくる。これぞリアルなゲシュタルト崩壊。小学一年生の宿題で一問でもしくじったら姉の沽券《こけん》にかかわる、というプレッシャーも乗っかる。

(ヤバいヤバいヤバい……。こう、結局これ、単純行動を延々繰り返すテレビ工場のベルトコンベア箱詰め作業みたい……。頭がぐるぐるするうー)

と、ここで新しい刺激があった。小さな姫がメジャーを取り出したのだ。まだ七歳の指先を迂闊《うかつ》に切らないよう、学校側は金属ではなく布のものを用意したらしい。

「あとこれ！　大体、身長を測るんだって」

「？」

「夏休みに成長の記録をつけるのだ」

……七歳ってそんな朝顔《あさがお》の蔓《つる》みたいににょきにょき身長伸びたっけ？

疑問だが過ぎた時は戻らない。ひとまず今の背丈だけ測り、夏休み初日まで一週間ごとに逆算した数値を書くとフレンダは方針を決める。一学期より縮まなければ怪しまれないはず。

いったん玉座モードから小さな妹を解放して、壁際《かべぎわ》で身体測定開始。

「じゃあ結局ピンと立って、今からメジャー出すから、はいそのまま体の動き止めてー」

「んぅー」

「結局爪先で立つんじゃねえし」

背比べで優位に立てるのは体育会系の男子くらいだと思っていたのだが、そういう訳でもないのだろうか？　『暗部《あんぶ》』にどっぷりのお姉ちゃんには七歳の世界が思い出せない。

「大体、すーぱーもでるはスラリとしているものだし」

「ああそう」

一体どこで仕入れた単語なのやら。

と、なんか七歳の妹が布のメジャーで遊んでいた。自分の体にぐるぐる巻きつけている。

「……結局何してんの？」

「大体、オトナがこんな事するのを私は知ってる。スリーサイズって言うんですって！」

まだ七歳の妹を生温かく見守る事にした。

少なくとも、メジャーでぐるぐる巻きになったミイラ少女はオトナの証《あかし》にはならない。

5

昼前。フレンダがコインランドリーに帰ってくると、ようやくの作戦会議となった。

何らかのフェアかコラボなのか、麦野《むぎの》は洋風の喫茶店に似合わない冷や汁のお椀《わん》を摑《つか》んでいた。ほぐした焼きサバはフレンダのオススメトッピングだが麦野《むぎの》には全く刺さっていない。

「さて、これからどうするかだけど」

「……あの『探偵』は超どうするんですか？」

絹旗《きぬはた》は横に倒したスマホを眺めていた。映画マニアからソシャゲユーザーに鞍替《くらが》えしたのではなく、どうやらマイナー映画の紹介を専門的に行うVRチューバーを眺めているらしい。

画面を見ながら絹旗《きぬはた》は全体に提案する。

「推理してみろ、でしたっけ。向こうに超ペース摑《つか》まれたままじゃどこでカチ合うにしても、今のままじゃ頭からトラップに突っ込む羽目になると思いますけど」

当然、携帯電話から『表』のアドレスに連絡したり書類上の住所を探っても無駄だろう。

あの『探偵』は『サディスティックドールズ』や『フリーズ』とやらとは状況が少しだけ違う。具体的には、目の前で誰かを殺したり『アイテム』の手柄を横取りした訳ではない。

とはいえ、見ていないところでどれだけ命を奪っているかは未知数だし、昨日殺していないからって明日も殺さないとは限らない。

そもそも『探偵』がこちらの情報を握っている以上、宙ぶらりんにはしておけない。

「結局、待ち合わせねえ……？」

フレンダは胡散臭《うさんくさ》そうな顔で切り出してきた。ここからが本題だと言わんばかりに。

「『フリーズ』三人目の、名前何だっけ？」

「雨川創磁《あめかわそうじ》だよフレンダ」

「そうそれ滝壺《たきつぼ》。結局そいつの死体は下部組織に後始末を任せていたはずよ、にも拘《かかわ》らず実際には例の『探偵』が投げ込んできたって話じゃない。じゃあ白鳥熾媚《しらとりおきび》とやらは、一体どうやって下部組織から死体を強奪してきた訳？」

「下部組織の話によると、路肩に停《と》めた作業バンに積み込んでいる最中に、突然大量の水が押し寄せてきて車ごと流されたと」

「……私達が見た炎の壁じゃない」

麦野《むぎの》がぽつりと呟《つぶや》いた。

俯《うつむ》いたまま、いつもよりさらに低い声で。

『……自由自在に炎を生み出す発火能力《パイロキネシス》、だなんて思わないでね？　その程度の浅い考えで突っ込んでくると普通に死ぬよー』

ただのハッタリじゃなかった。

表の学校でもあんな能力を見た覚えはない。白鳥燠媚《しらとりおきび》の能力は強能力《レベル3》『圧縮打点《インパクトコンプレッサー》』、せいぜい金槌《かなづち》も使わず念じるだけで釘《くぎ》を打《う》てるとかいう空気操作でしかなかったはず。

誤魔化していたのか。

つまりは自覚的に欺いていた。口では笑って無害なクラス委員を名乗りながら。

こちらが『暗部《あんぶ》』と知っていて、一段高い位置から。

「あのデモンストレーションの怖いトコは結局それだけじゃない訳よ」

本来ならカムフラージュのための『表』の学校生活に足をすくわれる。

フレンダは本調子ではない麦野《むぎの》を見て何を思っているのか。やや呆《あき》れのニュアンスを含んだ視線を送って肩をすくめると、

「死体が上半身だけだったのはまあ良《い》い、麦野《むぎの》の『原子崩し《メルトダウナー》』以外にも高火力はあるだろうし。でも結局改めて確認したら、アホの右手の親指が切り取られていた。明らかに意図的だよね？　これ、警備員《アンチスキル》辺りに送りつけられたら結構まずい展開になる訳よ。雨川《あめかわ》ヤったのは『探偵』だけど、芋づる式に麦野《むぎの》が殺した二人の捜査も強化されちゃうだろうし」

『アイテム』は時代劇のサムライや西部劇のガンマンではないので、殺した後の死体は回収して表の世界に出ない形で葬《ほうむ》らないと安全を保てない。消し去るべき死体を横取りされてパーツ

を持ち去られるのは、即死レベルではないがかわすのも難しい厄介事の到来を意味する。

『正義』。

『探偵』白鳥《しらとり》熾媚《おきび》。

ヤツは『暗部《あんぶ》』の悪党《はんにん》が何をされると嫌がるかを本当に心得ている。

滝壺《たきつぼ》は感情なく首《くび》を傾《かし》げて、

「でも脅迫とか特にないね？」

「そこまで馬鹿じゃないだろ。『電話の声』の存在にも気づいているっぽかったし。ストレートに警備員《アンチスキル》へ送りつけたって圧力がかかる事くらいは『探偵』も理解してる。どれだけ証拠の輸送ルートを偽装したって逆に辿《たど》られるリスクが発生するから、ヤツも迂闊《うかつ》には行動しない」

「……今はまだ、超使い道を吟味しているってトコですか」

諸々《もろもろ》の計算が終われば、『探偵』は改めて迷わず動くだろう。後ろ盾である『電話の声』がうんざりして『アイテム』を切ってしまうくらいの、とてつもないアクションを。

麦野《むぎの》は重たい息を吐いて、

「リミットは知らねえが、速攻で決めた方が良《い》い。『探偵』に時間を与えたら終わりだ」

「結局、白鳥《しらとり》熾媚《おきび》が破れかぶれで死体の親指を表の世界に出したら？」

「勇み足で不発に終わる分には問題ない。『電話の声』にはデカい借りができそうだけど、上の階層を丸ごと全部敵に回す展開よりはマシ」

なら決まりだ。

スキャンダルに脅《おび》えて暗がりを逃走なんていうのは『アイテム』らしくもない。

むしろ、下手に情報《じょうほう》を摑《つか》んでしまった事を敵が死ぬほど後悔するくらいでちょうど良《い》い。

何にしても言える事がある。

白鳥熾媚《しらとりおきび》が表の世界で麦野沈利《むぎのしずり》と同じ学校に在籍しているという事は、九月一日のボーダーラインは『探偵』側も意識しているはず。そのタイミングで自分から学校を去るか、あるいは麦野《むぎの》を始末しなければ彼女だって自分の安全を守れなくなる。

こちらと同じく。

(それまでに『何か』が起きる、か)

今日は三〇日。麦野《むぎの》は少し考えて、

「……まずはあの『探偵』、ヤツの素顔が知りたいな」

「？　むぎののクラスメイトの白鳥熾媚《しらとりおきび》じゃなくて？」

「これまで何度特殊メイクにしてやられてきたんだよ？　専門家の確定が欲しい」

そんな訳で、携帯電話で諸々《もろもろ》連絡をつけてから足を運んだのは第九学区だった。外は炎天下なので日傘型の個人用ミストシャワーを手にしたフレンダは一人優勝ムードだ。前回のような地下鉄ではなく表の街並みを進むと電気街の異質な空気感がひしひしと伝わってくる。

「外出ると汗かくな」

「麦野《むぎの》結局ブラ透けてるー☆」

原色のアニメカラーだらけの街で『風紀委員《ジャッジメント》』の少女達が三人くらい固まって何やら風力発電プロペラの柱にビラを貼っていた。あれも公務だろうか。フレンダがちらりと見ると、意外にも行方不明者捜索のビラだ。

芳《かんば》しくないのか、女の子達は固まって何か話し込んでいる。

「……ちょっと絵里名《えりな》ちゃん、あなたの『予知能力《プレコグニション》』でパパッと分からないの？」

「うええ？　そ、そんなに便利な能力じゃないですよう。自分から選んで検索できる力なら、前のコロシアムやカジノだって大ピンチになる前に器用に立ち回れたはずですし……」

「起きるかどうかも確定していない三万年後の巨大隕石衝突《きょだいいんせきしょうとつ》とかがいきなり頭に浮かぶんだっけ？　しかもいつの間にか小さなきっかけで回避されているからほんとに予知が正しかったかも検証不能。はあ、私の『透視能力《クレアボヤンス》』より扱いにくいＥＳＰ系能力も珍しいわね……」

目的地は風景の中心である、次世代情報芸術総合タワーだった。

前にも足を運んだ萌《も》えベルズである。

滝壺《たきつぼ》が屋内でも傘を差している人を見て無表情に言った。

「フレンダ、その日傘嫌われてる。視線を集めているから注意」

「？」

「個人用のミストシャワーでしたっけ？　お店の前にも超ポスター貼ったり等身大ポップ置い

たりしていますからね。ジメジメした人達の集まりなのに湿気を嫌う文化なんでしょう」

アニメやゲームの制作会社が集まるフロアの一角にVRチューバーの配信スタジオがある。教室一個分のスタジオ本体と、分厚い防音ガラスを挟んで同じサイズの映像音響ミキサー室、後は自販機より大きなコンピュータを敷き詰めた冷却室とその他諸々《たもろもろ》で構成されている。

動画捜索屋の根城だった。

「なにー?」

出迎えたのは不謹慎Tシャツに擦り切れたジーンズを穿《は》いた、無精ひげの青年だった。口の端にはやたらと短くなった煙草《タバコ》まで咥《くわ》えている。

この中では唯一面識がなかったのだろう。何だかんだで新人の絹旗《きぬはた》がちょっとぎょっとした様子で壁の巨大なポスターと無精ひげを交互に見て、

「えっ⁉ 超ここってVRチューバーの配信スタジオですよね？ マイナー映画紹介チャンネルで有名な夏野《なつの》かかおの中身ってまさか……」

「ハハ、オレはただの振りつけ師だよ。ここは芸名出すのも憚《はばか》られるしくじりアイドル声優の再生工場なの」

やっぱり『暗部《あんぶ》』関係者だからか、笑いながら青年は恐ろしく失礼な言い回しをしつつ。

麦野《むぎの》は不機嫌そうな調子で、

「前は第一五学区にいただろテレビ関係に強い学区だとかで。場所を移すなら連絡しろよ」

「萌《も》えの中心はテレビの時代じゃなくなりつつあるからなあ。でもって、イラついているって事は何か急ぎのお仕事でもある訳？　動画捜索屋のオレに」

にへらと笑って尋ねる不謹慎Tシャツにジーンズの男に麦野《むぎの》は舌打ちし、口紅大のフラッシュメモリを放る。データの専門家に携帯電話やスマホを渡すほど危機管理意識は低くない。

片手で受け取った動画捜索屋は若手の映像スタッフを脇にどけて、

「ちょっとコンソール借りるよー……って馬鹿野郎!!　どこチマチマ調整かけてんだっ、揺らすのは胸じゃなくて背骨なんだよ！　ナマのモーションだけじゃかえって嘘臭《うそくさ》く見えちまうところを数値で補整するのがオレ達の仕事。画面の中で女の子がきちんと自然に『しな』を作れるかどうかが人気のカギなんだッ、画面の向こうに質量《おもさ》を感じられない内はどれだけ金かけてモデル組んだってただのデータの塊に過ぎねえんだよ覚えとけ!!」

意味不明なこだわりが響き渡る。

滝壺《たきつぼ》はそっと息を吐いて、

「今は馬鹿馬鹿しいけど、これAIが着こなして我は人を超えた神とか名乗って変に人気を集めちゃったら結構ヤバい事になりそうだよね」

「え？　人工知能って超ゴツくてマッチョな反乱軍を作って襲いかかってくるものなんじゃないんですか。機械が可愛《かわい》げで人類を支配する終末は映画でも超あんまり見かけませんけど」

男は手早く撮影機材のコンソールにフラッシュメモリを挿し、中にあった動画を吸い出していくつも並んだ液晶モニタに目を向ける。

「ふうん。顔も声も撮ってあるのにまだ個人を特定できていないんだ？　それでこんな場末に頼る羽目になった、と」

「骨格まわりから分かる事ある？」

顔や指紋の他に、立ち方や歩幅でも個人識別はできる。

VRチューバーはモーションキャプチャー、つまり人間の動きを組み込んだ技術だ。骨格や関節がきちんとしていないと可愛《かわい》らしさは演出できず、不気味なダンスに陥ってしまう。

ただし、

「加工の痕跡があるね」

「……、」

「歯医者の治療記録を検索しても何も出ない、大量のカメラレンズと連動した無人レジの無作為顔認識収集でも一致なし。よっぽど歯を大切にしていて甘い飲み物を嫌っているのか、あるいは定期的に自分の歯や骨の構造を丸ごとランダム更新している」

こういう検索除《けんさくよ》けの悪あがきとして『逃亡犯はわざと自分の奥歯を一本抜いておく』という珍説もあるようだが、頻繁に全身組み替えるというのは流石《さすが》に『暗部《あんぶ》』でも珍しい。

これについてはSNSカウンセリングのネット窓口にいた馴染《なじ》みの闇医者がこう言った。

『……まあ、聞いた話では相手は野犬の遺伝子をいじってニホンオオカミに先祖返《アタヴイズム》りさせるほどの腕を持っているのよね？　なら自分の歯型や骨格をいじって個人情報追跡を誤魔化すくらいは普通にやりかねないわ』

　フレンダは眉をひそめて、

「結局、表の学校に通っているんでしょ？　だったら『書庫《バンク》』に記録があるはずよ」

「むぎの。一つのＩＤで骨格が何度も変わればデータ改ざんアラートが点灯する。そうなってないなら、身体測定のタイミングで元データに骨格を戻す技術的な余裕があるんじゃ？」

　じゃあこいつは一体誰なんだ？

　クラス委員が頻繁に自分の骨格をいじっているのか、あるいは赤の他人がクラス委員と同じ骨格パターンに着せ替えをしているのか。

　動画捜索屋は肩をすくめて、

「個人を追ってもラインが途切れるなら、拠点を洗う方法もある。部屋の中から紙やデータを拾い集めるなり、どういうルートで部屋を借りられたのかお金の流れを追うなりね」

「……、」

「何かない？　こうして動画が残っているんだ、仕草や台詞《せりふ》からでもこいつの所属を明らかにするヒントが残っているかもしれないけど」

6

『そういえば、君の夢って何だっけ？』

オレンジ色に染まる放課後の教室で、白鳥《しらとり》熾媚《おきび》がそんな風に尋ねてきた。

最低限の出席日数だけを計算して学校に顔を出すだけの麦野《むぎの》は、クラスメイトどころか学校の先生すら顔と名前が一致しない。双方向で興味なしなら苦労もないのだが、生憎学園都市《あいにくがくえんとし》でも七人しかいない『超能力者《レベル5》』の一人というブランドは『表』の世界でも通じてしまう。

麦野《むぎの》は呆《あき》れた顔で、

『えーと、夢とかマジで語っちゃう系？』

『でもだってほら、これ書かなきゃいけない訳じゃん、進路希望調査票』

イカれているのは学校の方だった。一応きちんとした進学校を気取るなら、全校生徒についてはもうちょっとまともなデータを取ってほしいものだが。

白鳥熾媚《しらとりおきび》はにたりと笑って、

『参考までに。当方の夢はもっと立派な探偵になる事だよ？　にわかや通称じゃなくて、きちんと論理で固めた職業的なね』

『プロの探偵って……。おいおい、何する仕事なのか分かってて言ってんのかよ？』

『あはは。まあ華麗に密室や時刻表の謎を解く仕事じゃないだろうねえ』

照れたように笑って白鳥《しらとり》はそれ以上言及しなかった。学園都市《がくえんとし》の探偵が扱う仕事の中で一番多いのは不倫疑惑の尾行調査、という事情くらいは理解しているらしい。

『でもまあ、やっぱり肩書きがあるとできる事の幅が違うもんだよ。自称だけの探偵じゃあ手の届かないものでもね、プロってなったら変わるんだ』

『例えば？』

『いつの日か、君をきちんと暗闇から引き上げる』

『……、』

『君がどんな世界に首突っ込んでいるかは知らないんだけどねっ！　でも少なくとも学校以外に何か自分の世界を持っていて、それは放課後にコンビニでバイトをやっているなんて平和な話じゃないのは予想がつく』

本当に知ってしまったら、その時こそ全ての終わりだろう。

その夢は描く現実味がないからこそ価値がある。

『暗部《あんぶ》』とは縁もゆかりもない平和な学校の教室で、白鳥熾媚《しらとりおきび》は笑ってこう言ったのだ。

『ふふ。だから当方が君をお陽様の当たる世界に連れていって、真人間に戻してあげる！』

7

「ほう？　それで私の教室に足を運んだと」

それだけで空気が危険に張りつめた。

声を放ったのは和服を着た二〇代の女性だった。茶室で正座をして茶筅《ちゃせん》で抹茶を作っている姿だけなら、間違いなくお淑《しと》やかな部類に入るはずなのに。

殺しの匂いがする。

不謹慎にバトルを楽しむ爆弾魔《フレンダ》さえピシッと背筋を伸ばしてしまうくらいには。

麦野《むぎの》は呆《あき》れた顔で、

「分かってんだろそいつ殺人未体験《マーダーヴァージン》だよ」

「結局、頭には入っているけど……」

「立ち振る舞いや呼吸でそういう空気を作っているだけ。プロを騙《だま》してビビらせるくらいの挙措っていうのは、確かにお作法教室の先生っぽくはあるけどな」

『お作法教室』は茶道や華道の教室と同じ古民家に収まっていた。そういうイメージ戦略。顧客を集めるのに一番都合《つごう》が良《い》いからだろう。

風力発電プロペラの柱の群れよりも上に位置する、第三学区のハイテク高層ビルだった。

より正確には、屋上部分に丸ごと庭園付きの大きな古民家を移している訳だ。

ピリついた危険な空気を纏《まと》う和服美人。

……というのは、実は麦野《むぎの》からすればむしろ地元の香りがしてリラックスを促すものだった。何しろ明治や大正のロマンが漂う麦野本家《むぎのほんけ》は和洋折衷なギャング集団なので、大仰なお人形ドレスと和服が違和感なく同居した不思議な時空でもあるのだ。

「ここ」

VRチューバーの動画捜索屋と同じく口紅大のフラッシュメモリの動画のデータを渡すと、和服美人はタブレット端末の一点をほっそりした指で示した。

「会釈《えしやく》の時に一歩後ろに引いて指先を動かしているのは分かるか？　普通、頭を下げた相手を見れば顔まわりに注目するが、そこを逆手に取り、分かる人間のみサインを送る仕掛けだ」

このように、お作法教室ではあらゆる犯罪組織の『符牒《ふちよう》』を暴《あば》く仕事を請け負っている。金さえ積めば逆に符牒《ふちよう》のデザイン業務も行うらしい。芸能人のサインの設計を担当するデザイナーみたいなものか。

「他にも、会話の時は通常の鼻呼吸と口呼吸を切り替えて使っている箇所がある。これも『サイン』の一つ。モールス信号みたいに区切るポイントを知らせる事で、会話文を全く別の文章に組み替えられるようにしている」

麦野《むぎの》は眉をひそめて、

「具体的にこの『仕草』を使うこいつらは一体どこの誰なんだ?」

「ヒューマン自転車宅配サービス」

あっさり答えが出た。

「地味で埋没しそうな看板だが、ようは闇バイトの『斡旋《あっせん》』業者だな。複数の闇金と結びつき、借金で首が回らなくなった連中の名簿を預かる委託返済係でもある。返す金はないって居座った連中を専門に扱う訳だ、宝飾店や時計店を襲うように離れた場所から指示出しする」

名前を聞くだけで心当たりがあった。

同じ穴のムジナである『暗部《あんぶ》』の麦野《むぎの》沈利《しずり》は小さく呟《つぶや》いた。

「……となると『探偵』の拠点は第一六学区、か」

8

自転車屋さんが小学校や中学校の近くにできるように、お花屋さんが病院《びょういん》の傍《そば》に寄り添うように、大盛りが売りのラーメン屋さんや定食屋さんが運動部強めの学校の周りで展開されるように、商売には適した立地というものが存在する。

探偵業の場合は不倫調査や遺産問題の解決など人間のドロドロした部分と密接に関わるので、多くの客を獲得するためには欲望と密接に関わった学区へ自然と集まる事になる。

学園都市《がくえんとし》の歓楽街、第一六学区はその最たるものだ。

大きな観葉植物に事務机、それから応接用のガラステーブルや革張りのソファに、ちょっとお高いコーヒーメーカー。

探偵、というイメージはどうも昭和の古いドラマからあまり変わらないものらしい。内装業者に『探偵事務所っぽくよろしく』と頼んだらこんな風になってしまった。何だか問屋の倉庫にあったオフィス用品の売れ残りを大量に押しつけられた感もあるのだが。

ソファにはタオルケットが丸めたまま置いてあり、半分寝床状態なのは誰でも推測できる。床にある銀色の四角い金属バッグは簡易鑑識キットだし、空撮用ドローンも置いてあった。が、こういうオモチャを推理の現場で扱いたいならやっぱり専門家を雇った方が良《い》い。

壁のカレンダーには、消費者家電事故調査ラボのレンタル予定もあった。こっちは物理トリックの大規模な再現実験用だ。

とはいえ、探偵の場合は自分でギミックを使うより一通り仕組みを理解する事で、犯人側が使うならどう悪意的に応用してくるか、というシミュレーションの意味合いが強い。

ただ最大の特徴はそれらではないだろう。

びっしりと、だった。

壁一面どころか床や天井にまでべたべたと写真や手書きのメモが大量に貼り付けられ、それらの間をカラフルな紐《ひも》が繋《つな》いで関係性を可視化していた。

ガールズバンド『サディスティックドールズ』五人の顔写真と、会社の人と書いたメモで一つの塊。

科学カルトの教祖や巨大農業ビル『クローンコンプレックス』の写真で別の塊。

それを挟んで『アイテム』四人の顔写真。

さらに少し離れた場所に『フリーズ』の三人。

いくつかのカラフルな紐《ひも》はそこから外に伸び、まだ何とも繋《つな》がっていない。

(やっぱりタイムリミットは九月一日かなー……。当方も彼女も互いの正体知ったまま仲良く『表』のクラスメイトでい続けるのは論理で考えたらまあ無理だろうし。八月中に何かしらの決着をつけないと)

……奇《く》しくも、これは麦野《むぎの》が事件を追う時に情報を整理する方法と似ている。どっちがどっちに似たのかは不明だが。

「ふんふん♪」

『探偵』は素《す》っ裸《ぱだか》だった。湯上がり少女である。キッチントイレバスルーム、とにかく水回りを全部まとめたスペースと繋《つな》がるドアがあるのだ。テーブルの上に残っていた冷めたコーヒーを口にして、それから胃袋の刺激を和らげるために軽い食べ物を探す。

食の気配を感じたか、床のクッションで暇そうに伏せるニホンオオカミが顔を上げた。

この謎を解いたら大富豪の遺産が丸ごと手に入るミッションを一番乗りで解決したら、得たのは札束の山ではなくこのニホンオオカミと先祖返り《アタヴィズム》の研究ノートだった。どうもロマンを愛する大富豪的には札束の山には換金できない素敵なお宝扱いだったらしい。骨肉の争いをしたかった人達が仲良く揃《そろ》っていないと言うので探偵が引き取ってしまった。

素《す》っ裸《ぱだか》の濡《ぬ》れ髪《がみ》のまま頭にタオルだけのっけた黒髪少女は冷蔵庫の扉を開けると、体を折って中を覗《のぞ》き込《こ》み、

「ううー、知らぬ間に蓄えが減ってる……。犯人は当方か？　いや厚切りハムとベーコンを一気に食べたらこんなお美しいスタイルはキープできないはず。となるとこれは、ふーむ」

ぶつぶつ言って白鳥熾媚《しらとりおきび》は冷蔵庫の中へ虫メガネを向ける。

厳密には丸い外枠に沿って直径二ミリのレンズやセンサーをびっしり並べた多目的スキャナだ。映像の拡大縮小はもちろんとして、これ一つで指紋、血痕、足跡、汗や唾液の飛沫《ひまつ》、その他様々な情報を可視化できる。

波長はひとまず三八五と四五五ナノメートル。すると外へ引きずる跡が浮かび上がった。

床でビニール包装がぐしゃぐしゃに広げられたようだ。

さらに痕跡を追って白鳥《しらとり》が大きな観葉植物の植木鉢と壁の隙間を覗《のぞ》き込《こ》むと、分厚いハムやベーコンの包装だけが雑に押し込まれていた。

タオルを頭にのっけた少女は全裸で一度大きく頷《うなず》いた。

犯人は助手だった。

探偵《たんてい》が暴《あば》く真相はいつだって哀《かな》しいものだ。

「ロウゼキ！　こいつめえ、隠したってALSで痕跡調べれば分かるんだからなあーッ!!」

しらを切るニホンオオカミへ素《す》っ裸《ぱだか》のまま思い切り抱き着いて頬ずりすると、きゃいんくうんという弱った鳴き声が連発した。肌や濡《ぬ》れ髪《がみ》に残った水気をお見舞いされるのはもちろん、ボディソープやシャンプーの無駄に甘ったるい香りを擦《こす》りつけられるのも嫌なのだろう。

推理の世界に『ありえない』を持ち込んではならない。

犬や猫は意外と器用にドアや蛇口を操作するし、テレビやエアコンのリモコン程度なら自分で押してしまう。ニホンオオカミの場合はサンプル数が少なすぎて何とも言えないが。

一通り笑顔でおしおきを済ませると、（ハダカの）白鳥《しらとり》熾媚《おきび》はもふもふから顔を離した。

「とにかくロウゼキ、ちょっと安売店まで食糧調達に出かけよう」

わふ！　とニホンオオカミが嬉《うれ》しそうに吼《ほ》えた。ペットフードやオモチャがたくさんあるからか、ロウゼキはコンビニやスーパーよりディスカウントストアの方がありがたいらしい。この歓楽街には半ばランドマーク化した巨大な店舗がそびえているし。

頭のタオルを放り捨てて最低限の着替えだけ身に着ける。膝下までの特殊なソックスガーターと黒の短いストッキングの組み合わせはお洒落《しやれ》でカワイイのだが、着替える時は色々手間がかかるのが難点だ。油断するとあっさり伝線するし。革靴とブーツで迷うがブーツを選ぶ。

「……女の子のお洒落《しゃれ》はお金と時間と作業のコストがかかりますぅー、っと」

傍《かたわ》らにあったスマホをいじってＳＮＳで学校の連絡網グループにだけアクセスしておく。

『表』の学校でも優等生な辺り、麦野《むぎの》沈利《しずり》よりも両立は進んでいると評価できる。

夏はもう終わる。九月一日の事を真剣に考えなければならない時期だ。

（夏休み明けたらまた忙しくなるなあ。ま、学校も学校で人に言えない依頼の宝庫だけど）

白鳥《しらとり》燉媚《おきび》はニホンオオカミのロウゼキと一緒に探偵事務所を出る。

探偵事務所はネオン管と液晶看板で溢《あふ》れ返《かえ》った歓楽街の薄汚れた雑居ビルに居を構えていた。

風俗店と消費者金融が隣り合い、実質的に借金取りの家財道具換金窓口と化した質屋やスマホ修理《しゅうり》を装《よそお》って個人情報を引き抜きまくるモバイルショップなどが軒を連ねる魔窟である。ナゾの増改築で順路もおかしくなっているし。

「ふぁ、あ……。おあよー探偵さん……」

眠たげな顔で目元をごしごし擦《こす》り、薄いキャミソール一枚の爆乳お姉さんが表の狭い通路をうろうろしていた。爆というのは具体的にどれくらい爆かといったらまさかの一〇〇センチ超えである。別にキャミをめくって確かめた訳ではないが、多分ぱんつすらはいてない。

同じ雑居ビルのお店で働いている風俗嬢だ。

「あれー？　おねーさんこんな時間からお店に詰めているの？」

「仮眠取るだけならお店の裏でも構わないしぃ？　お外寒いんだもん」

薄手のキャミソール一丁でその辺をぶらつく風俗嬢は、探偵そのものより足元《あしもと》に侍《はべ》っているニホンオオカミの方が気になるらしい。見た瞬間に嬢がパッと顔を明るくしているところからも分かる通り、ロウゼキはすっかりこの雑居ビルのマスコットだ。

「あっ、助手さんだあ☆　ううー、今日もかわゆい！」

トラブル解決の相談を幅広く受けるのが探偵業だが、結局のところトラブルなんてその大半は人間関係に起因する。不倫調査、家出少女捜索、闇金の踏み倒し……。何にせよ警備員《アンチスキル》や風紀委員《ジャッジメント》が相手にしない隙間の人捜しを主とする探偵業では、鋭敏を極めたニホンオオカミの嗅覚も立派な武器だ。時に、指紋や血痕を浮かび上がらせる特殊光ＡＬＳより役に立つ。

さっきまでの眠気は吹っ飛んだのか、風俗嬢のお姉さんはにこにこ笑って、

「ロウゼキちゃん撫《な》でてい～い？」

「どうぞー」

きゃーかわいーきゃーきゃーきゃーッ‼　という黄色い声が渦を巻き、たくさんの手が四方八方からニホンオオカミを撫《な》でまくる。許可を出した途端、思ったより大勢の嬢が開いたドアから溢《あふ》れてきた。元々ちょっと目を離すと雑居ビルのあちこちでご飯やおやつやオモチャをもらってるニホンオオカミだが、どうもここ最近たちの悪い酔っ払いを撃退したのが印象的だったらしい。ナイト様か招き猫か、雑居ビルの女の子達からの扱いは微妙なところではあるが。

もういっそ油性ペンで眉を描いても良いからそれで許してくれ、とケダモノの瞳は訴えていた。尻尾も後ろ足の間に引っ込めてある。

（……あーあ、すっかり脅《おび》えちゃって。これが人間だったらお金をたくさん払ってでもやっていただくご褒美《ほうび》のはずなんだけどなあ？）

まあ人間の感覚を他の動物に押しつけるのもはた迷惑な話か。

探偵は哀れな助手に助け舟を出してあげるきっかけを探した。

「おっと何やらドタバタ慌ただしい音がするね。ロウゼキ」

適当《てきとう》に呟《つぶや》いて白鳥《しらとり》熾媚《おきび》は指笛を吹く。風俗嬢達の手で揉《も》みくちゃにされたニホンオオカミがこちらの足元へ駆けつけてきた、ダッシュで。つぶらな瞳は助かったと言っていた。

同じ雑居ビルの別のテナントに向かう。

ヒューマン自転車宅配サービス。

看板だけなら地味で埋没しそうだが、ようは非合法の闇バイトを『斡旋《あっせん》』する業者だ。モノを運ぶのではなく、自転車に乗ったヒト自体をスマホで気軽に取り引きするサービス。

『探偵』はドアから顔だけ覗《のぞ》かせて、

「なにー？　また『相談』？」

「いえ。今はお嬢が見つけてくださった、例の男の牙折ってるトコです」

えうううううあ!!　オアおらうえあおああああああああああああ!!　と。

ご近所迷惑な男の叫び声が薄っぺらな雑居ビルの壁を貫いて響いてきた。こういう時、近頃の闇金さんは哀れな犠牲者に内臓を売れとは迫らないものらしい。

もちろん闇バイト参加者の全員がこんな風に顔を合わせる訳ではない。

というより闇バイトは主犯がケータイの向こう側にいて正体を現さずに下《した》っ端《ぱ》の使い捨て実行犯を脅すのが最大のメリットである。つまりまあ、捕まった実行犯が何をしゃべったところできちんとかわすだけの仕組みは別に用意してあるのだろうが。

中でも特別に、命令を無視して夜逃げした手駒を捜し出すのが『探偵』の仕事で。

暗い一室に引きずり込んで徹底的に命知らずの牙を折るのが業者の仕事だ。

脱走自体はめったに起きる話ではないが、何しろ一人でも無事に逃げ切ると話が広まってみんな夜逃げに舵《かじ》を切《き》ってしまうので色々大変だ。

『探偵』の声色に、特に同情の色はなかった。

男が転落した理由は一つ、

「自宅学習ねえ」

ようは学校での『時間割り《カリキュラム》』に頼らない、裏路地で行う電極や暗示を使った脳の改造だ。属性的に脱法トリップ寄りか強化ドーピング寄りかは知らないが。

「自分で自分の頭をぶっ壊しまくった挙げ句、中古のワンボックスカーを改造したような劣悪非合法ラボに払う金が足りなくなって路上でひったくりをしていたそうですね」

「散々盗みを繰り返したのに、人に命令されて宝飾店を襲うのはあんなに嫌がるんだね」

半ば感心したような口振りで白鳥《しらとり》熾媚《おきび》は呟《つぶや》く。

それから、

「狙いはもう決まった？」

「素直にお嬢のオススメを採用する事になりました」

「それが良《い》いよ。あそこ、盗品でも構わず買い取るブラック店舗らしいから。宝石はごっそり盗めるし、警備員《アンチスキル》の注目が集まれば再捜査のきっかけになる」

「そこのひったくりも改めて捕まりますしね」

探偵は、犯人が最も嫌がる事を知り尽くしている。

これは『正義』なんだろうか？

そうなんだろう、と白鳥《しらとり》熾媚《おきび》は自問に自答する。

そもそも『探偵』の業務とは、公的機関である警備員《アンチスキル》が取りこぼした難事件を別のアプローチから解決して犯人を突き出す、言ってしまえば平和な世界のあちこちに空いた真っ黒な穴を裏技使って埋め直す『帳尻合わせ』だ。

そして正義の探偵・白鳥《しらとり》熾媚《おきび》はあらゆる謎と事件を解き明かすが、結果何が起きるかまでは責任を持たない。

連続殺人事件の謎に挑む探偵だって記者だって名物メイドだって、今犯人言い当てたらこれ絶対に死刑になっちゃうよねー、などとはいちいち思い悩んだりしないものだし。

多分どこかの下部組織なのだろう。派手なスーツのコワモテは呆《あき》れたように息を吐いて、

「……ま、ヤニとお酒とお○○○で汚れきった臓器なんてどうせ大した値段になりませんから。宝飾店や時計店でも襲わせた方がコスパは良《い》いですし」

「そう？　研究標本としてならドロドロに汚れた内臓の方が珍しくて需要あるかもよー。ほら、保健室のポスターとして飾ってあるニコチンとタールで真っ黒になった肺とかさ」

「そういえばアレ、どこから被写体調達しているのか知りませんが学園都市《がくえんとし》では何故《なぜ》か毎年新しいポスター刷っていますね。汚れた肺の写真を見せて警告を促すだけなら一〇年前の肺の写真を使い回しても構わないはずなのに」

「アレも統括理事がオーディションしてるのかね？　この肺が今年一番汚れてる！　って」

その時だった。

「あっ」

部屋の奥にいた取り巻きの一人が声を出した。

青年が派手なスーツの一人へ（物理的に）嚙《か》みつき、包囲を振りほどいて、事務所の出口に向かって走り出したのだ。

当然ドアの近くにいた白鳥《しらとり》熾媚《おきび》に迫る形になる。

「どけオラ‼」

「やだー」

男が袖の中から取り出したのはリレーのバトンみたいな道具だった。

ジャコン!!　というバネや歯車の音と共に、六〇センチ以上も伸びる。バイオリンの弓のように、目を凝らせば細い金属ワイヤーがピンと張ってあるのが分かるはず。

極細の刃がオレンジ色に発光して空気を焼いた。

電熱マチェットか。

3Dプリンタの工作樹脂特有の匂いがするし『武器屋』辺りでネット購入したのかも。

「闇バイトなんかやらないぞ。何がルールを守れだ、そもそも犯罪者が偉そうな事言ってんじゃねえ!!　俺は家に帰る、誰にも邪魔なんかさせn

がうツッツ!!!!!!　と。

爆発めいたロウゼキの咆哮《ほうこう》一つで、権利を主張する犯罪者は凶器を落としていた。

時間が止まり、すとんと尻餅をつく。

目尻には透明な涙の粒すら浮かんでいた。

何しろ、ペットショップで売っている飼い犬とは次元が違う。たとえ遺伝子操作によってカスタムしたニホンオオカミだとは正確に分からなくても、存在自体が伝説化している獣が放つ本気の威圧感は、一つの生き物としての本能が理解してしまうのだろう。

こういう理屈抜きの分かりやすさは重要だ。

銃社会の国の警察官がレーザーポインターを好んで使うのは命中率向上のためではない。赤い光点を胸や腹に浴びせる事で、実弾を叩《たた》き込《こ》まずに容疑者を戦意喪失に導けるからだ。

(当方の能力だと、威嚇でホールドアップの暇もなく犯人さんが挽《ひ》き肉《にく》になるからなあ)

探偵助手に必要なスキルは二つ。

何かと社会不適合な探偵の代わりに場を和ませて対人窓口を保つマスコット適性と、それから犯人が悪あがきをした際の物理制圧力である。

この二点を満たせるなら人間である必要は特にない。

「そして名探偵にとって一番の必須スキルは、観察眼でも記憶力でもないんだ」

ニホンオオカミの頭を優しく撫《な》でて、白鳥《しらとり》熾媚《おきび》は笑う。

うっすらと、酷薄に。

「……実際、探偵と『真相摑《つか》んだ雑な犠牲者』の違いは、正しい答えを知っても絶対に殺されない環境、安全地帯を整える点にある。現実の事件は謎を解いておしまいじゃない。むしろそこがスタートラインで、場を仕切って犯人を安全に制圧してようやく一人前ってコト。犯人と二人きりになって正面から問い詰めるなんていうのはもってのほかだね☆」

若い男はずるずるとテナントの奥へ引きずられ、そして扉が閉まった。

ひょこっと隣のドアから薄っぺらなキャミソール一丁の風俗嬢が顔を出してきた。

「こわーい話はもう終わった？　じゃあこの子貸して貸して、きゃー癒やされるっ、ロウゼキちゃんほらほら骨のガム持ってきたわよー☆」

あのニホンオオカミが元気に逃げ回っていた。

笑顔の爆乳お姉さんは多分身の危険を察知する本能が全部ぶっ壊れている。

9

「うへえ」

と絹旗最愛《きぬはたさいあい》が呆《あき》れた声を出していた。

八月末の歓楽街に真っ白な銀世界が広がっていた。

メートル単位の巨大な扇風機に似た人工降雪マシンをたくさん置いて、そこらじゅうに雪を積もらせている。大手ビール会社の巨大な陰謀らしい。第一六学区全体を巨大なビアガーデンに作り替え、販売促進イベントを展開している。バルガールとかいう薄着のお姉さん達が道のあちこちで新商品の缶ビールを配っていた。第三だか第四だか細かい数字は知らないが。

「うう、結局寒い寒い……」

フレンダが例のミストシャワーのついた特殊な日傘をわざわざ畳んで震えていた。

風に乗って空気中に散らばる細かい氷の粒が熱を奪っていくのか、おかげで真っ昼間、直射日光のギラつく炎天下だというのにちょっと肌寒いくらいだった。

「危ないなあ。この人工雪にビールの歩き呑《あるの》み、そりゃバナナの皮もねえのにそこらじゅうで人が転ぶわ」

「むぎの、一面雪景色だと警備ロボットも立ち往生だろうしね」

「お酒と水商売の街ですか、昼でこうなら夜は超どうなるんでしょうね？　この学区」

ナゾの高額バイトがひしめく第一六学区では、ネオンや液晶看板の光が景色を埋め尽くしてからが極彩色の本番らしいが。

流行発信基地の第一五学区とはまた異なる、猥雑《わいざつ》な香り。

ギラギラとした欲望を隠そうとすらしない街並み。

昼間でも普通に酔っ払いが多い歓楽街で、『風紀委員《ジャッジメント》』の山上絵里名《やまがみえりな》が雪景色の道端で直接ビラを配っている。さっきも見たのに向こうも頻繁に移動しているのか。

「すみませーん、この子は南沖鎖流鎖《みなみおきさるさ》ちゃんって言いまーす、誰か知りませんかー?」

「とにかく情報注入、今日中に二三の全学区に貼り出さないと」

「夏休み終わると人の流れが変わるから、それまでに有効な目撃情報を拾いたいわね……」

アルペンスキーみたいに平地でもスキー板で滑ったり、現代版かんじきのスノーシューなどを使って移動する人も珍しくなく、もっと言えば車道ではスノーモービルや雪上車まで行き来していた。あれは観光用のカートのお仲間っぽい空気もあるが。

滝壺《たきつぼ》はぼーっとした目で観察しながら、

「結構高そうだよね、どれもこれも」

「イベント熱って超恐ろしいです」

「きぬはた、これって映画館のポップコーンみたいなもの？　サッカー大会の応援グッズみたいに、旬が過ぎた瞬間にどこまで値が落ちるかなんて知らないけど」

「映画を悪いたとえに出すのは超ダメですよ滝壺《たきつぼ》さん。クセづいたらおしまいです！」

一塊で歩く『アイテム』勢の中では、フレンダ＝セイヴェルンは雪に慣れているのか、他の三人より足取りが安定してる。上からしっかり雪を踏みつけるのがポイントらしい。

そのフレンダがぽつりと呟《つぶや》く。

「……あの『探偵』、結局もしかするとどこかで関わった事あるかも」

「あん？」

「『アイテム』とは別系統で、鑑識業務の代行をしているって話をしたじゃん？　分業化が進んでいるから直接顔は合わせていないけど、『暗部《あんぶ》』で裏切り者を見つける時ネット越しに鑑識のデータを渡していたかもしれない訳よ」

だから手を抜く、というつもりもなさそうだ。

フレンダにとっては同じ世界ですれ違っただけの他人に過ぎない。

むしろバトルフリークで誰でも殺す麦野沈利《むぎのしずり》が何を考えているか見えない方が珍しい。

麦野《むぎの》は交差点でちょっと信号待ちするだけであちこちから近寄ってくる笑顔のバルガール達を片手で追い払いつつ、

「……ヒューマン自転車宅配サービスだったか」

「結局、案内所の派手スーツでも締め上げましょ。風俗関係以外にも、裏では色々なご職業までナビゲートをしてくれるっぽいし」

氷のブロックを積んで、切り出し、形を整えた巨大な宮殿や怪獣の横をすり抜けて麦野達《むぎのたち》は目的地を目指す。

汚れた雑居ビルだった。

「むぎの」

「分かってるっつの。ビル全体が『暗部《あんぶ》』のオモチャって訳でもねえんだろ?」

つまり（一応は）『表』の一般人（という事になっている繁華街の酔っ払い達）も行き来しているので、外から適当に砲撃して建物ごと崩落させる訳にもいかない。

そんな訳でまず一階正面から入ってすぐ横にある管理人室に押し入る。

「はいはい結局防犯カメラとエアコンAIのチェックチェック、と。全階層ずらっと並べて、ひとまず人影《ひとかげ》の被《かぶ》らない直線はここところかな」

コンピュータとスマホを繋《つな》げ、フレンダが頷《うなず》く。さらに横から覗《のぞ》き込《こ》んだ滝壺《たきつぼ》が指を差して

二、三の修正を入れてきた。精密なデータよりただの勘が勝ってしまっている。
「ぎええ、何だかんだで一番敵に回すと怖いのって実は超滝壺《たきつぼ》さんなんじゃあ……？」

「何だ今さら気づいたのかよ？」

しんがい、というジャージ少女のジト目は気づかなかった事にして、だ。

麦野《むぎの》は真上に向けて掌《てのひら》をかざす。

『原子崩し《メルトダウナー》』を立て続けに発射した。

極太の光線が雑居ビルを『縦に』貫いていくが、ひとまず死人は出ていないだろう。

ヒューマン何とかが慌てふためいている隙に、『窒素装甲《オフェンスアーマー》』で強化した腕力を使って外壁を強引によじ登った絹旗最愛《きぬはたさいあい》がビルの窓から（すでに巨大な穴だらけの）事務所へ滑り込む。

足で蹴って払い、責任者らしいコワモテを転ばせる。

うつ伏せに転がった男の心臓の位置に絹旗《きぬはた》は足を乗せた。

『窒素装甲《オフェンスアーマー》』が展開された状態で体重をかければ、床まで一緒に踏み抜く羽目になる。

「超メッセージよろしく。きちんと『探偵』まで届くなら生かしてやっても良いですよ」

「……お嬢か。ぐ、具体的に何を？」

「待ち合わせの時間と場所の設定を。例の『探偵』に住み家は突き止めたって伝えておいてください、主導権を握ったのは超こっちだってね」

10

八月三〇日、夜一〇時。行動開始だ。

たっぷり営業終了まで小洒落《こじゃれ》たコインランドリーで体を休めた『アイテム』の四人がようやくの行動に移る。

「むぎの、白鳥燐媚《しらとりおきび》の能力はどうするの？」

「……、」

ずっと仮眠していた訳ではない。

麦野《むぎの》だけはむしろ頭を悩ませている内に時間だけが過ぎてしまった。

「すでに分かっているだけでも、炎の壁、鉄砲水、後はカムフラ用に空気で釘《くぎ》を打《う》つ現象も起こしていたんだっけ？」

「ちょっと。結局、能力って一人に一つが原則でしょ？」

「でも、あれこれ四人で話し合ったけど、これといった答えは出ていなかったはず」

敵の能力が判明しないまま激突する。

一度は手玉に取られた凶悪な能力に、ぶっつけ本番で再び挑む。

死の迷宮に自分から飛び込むようなものだ。下手すると『アイテム』四人の中で、生きては帰れない人間も出てくるかもしれない。

「滝壺《たきつぼ》を中心に展開するぞ、面倒《めんど》臭《く》せぇが今は情報専門を立てるしかねえ！」

「結局それしかないかー」

フレンダは半ば呆《あき》れたように笑い、薄手のポンチョの中に細い腕を突っ込む。乱戦、かつ自分の身は自分で守るしかない。なので爆発物の数と種類を確認して安心したがるのかも。

路肩にある下部組織の四駆に向かって歩きながら麦野《むぎの》は仲間の顔を指差して、

「私とフレンダで前に突出して『探偵』を刺激するから、滝壺《たきつぼ》は分析を徹底。絹旗《きぬはた》は滝壺《たきつぼ》の護衛に専念しろ、誰も分析係に近づけさせるなよ」

「りょうかい」

「超了解です」

待ち合わせ場所は、第一六学区にある氷の宮殿だった。

分類的には多目的イベントホール。

学校の校舎くらいのサイズの、ギリシャ神殿風の構造物だ。全て自販機よりも巨大な氷のブロックを積んでから滑らかに切り出した代物らしい。

後ろ暗い待ち合わせの場所として使える事から分かる通り、セキュリティ難度は大したレベルではない。イベント日と重ならなければ氷の宮殿は静かなものだ。内部に明かりはなく闇の中に人の気配もない。最低限の常夜灯が足元の通路を照らし、非常口の緑や火災報知機の赤のランプが周囲の壁や床ごと闇をぽつぽつと染めるだけ。時折、太い氷の円柱や平べったい壁にプロジェクターで映像広告が表示されるのは機材の自動メンテナンスの一環か。

丸い柱に投射された映像広告から、近くアイドルのライブが予定されている事が分かる。

バルワイザーアイシクルシアター。

「……せっかく奇麗な名前にまとまっていたのに、頭に醸造メーカーの企業名がついちゃっていますね。風情《ふぜい》がない……」

「それだけ広告業は儲《もう》かるって話なんでしょ、きぬはた。命名権を預けるだけなら何も作らずにお金をたくさんもらえるんだし」

せっかく相手より先に来たのだ。

『アイテム』の四人は氷の宮殿の各所を見て回る。追加のトラップ、爆弾、隠しカメラ、あるいは伏兵や狙撃手などの有無を確認していくが、それらしいものは見当たらない。

三〇分ほど捜索活動を行った時だった。

滝壺《たきつぼ》が顔を上げた。

「むぎの」

ふっ、と。突然全ての明かりが消えた。

足元をぼんやり照らす最低限の常夜灯も、円柱の側面にあった映像広告も、非常口や火災報知機などを示すランプもまた、全て。

カメラやセンサーなどの防犯関係もまとめて死んだだろう。

硬い足音があった。

二種類あるが、片方は人間のものとは思えない。

「やあやあ」

どこかの学校のものらしき白地に青の半袖セーラーの上から、薄手のコートを羽織った黒髪少女。ただ今は内部に仕込んだ冷感グッズは必要なさそうだ。彼女は膝下までの特殊なソックスガーターで留《と》めた短い黒のストッキングと白いブーツで包まれた足で傍《かたわ》らに侍《はべ》るニホンオオカミをつついて軽くじゃれつきつつ、ニタニタと笑ってこちらに視線を投げてくる。

『正義』。

犯人が最も嫌がる事を職業的に知り尽くした、『探偵』白鳥織媚《しらとりおきび》。

「それにしても、お早い到着だねえ。一二時じゃなかったっけ？　自分で決めた待ち合わせより一時間も早いだなんて」

「……時間にうるさい優等生に見えるのかよ、私達が」

「全然見えにゃい☆」

「結局、犯人が最も嫌がる事を知り尽くした探偵でしょ？　時間ぴったりにのこのこ顔を出したらどんな罠《わな》や待ち伏せに頭からどっぷりハマるか分かったもんじゃない訳よ」

探偵は笑みの中に呆《あき》れの吐息を混ぜた。

調査のプロが、証拠の欠いた当てずっぽうのアマチュア推理を聞かされたような。

白鳥熾媚《しらとりおきび》は言った。

「それにしても、こっちから会いに行くって話だったのに」

麦野《むぎの》の悪態を聞きながら、『探偵』は笑って懐《ふところ》に手を差し込んだ。

「待ってられるか」

緊張が走るが、出てきたのは銃でもナイフでもない。鍵付きの手帳だった。

「……時間をくれれば、君達『アイテム』が巻き込まれている事件について情報を整理できると言っただろう?」

本当にそれしかないらしい。

続けてその顔に浮かんだのは、おかしな感情だった。

憐憫《れんびん》だ。

「しかし死ぬよりヤバい感じだね、『アイテム』って。あはは、死ぬほどを超えてる。まあ自分で気づいていたらこんなトコでのんびり井戸端会議なんかしてられないと思う。当方だったら自殺行為と覚悟してでも『外壁』に挑んでるよ。論理の話ならそっちの方がまだマシだ」

麦野沈利《むぎのしずり》の頭の中で、いくつかの思考《しこう》が弾《はじ》ける。

『アイテム』まわりがきな臭い方向に傾きつつあるのは、麦野《むぎの》だって確たる証拠まではないものの薄々感じ始めてはいる。では敵は『悪党』か、正反対の『正義』か、あるいは『電話の声』といった善悪を超越した上層なのか。

答えは『探偵』が持っている。

「……ここまで大仰に飾りやがって、アンタが何《なに》を摑《つか》んだと？」

「そうそれ」

パチンと探偵は鍵付き手帳の表紙を軽く指《ゆび》で弾《はじ》いて、

「確かに君達が時間をくれたおかげで、当方は『探偵』として色々動けた。君達『アイテム』が巻き込まれた事件の構図についても全部解き明かしたよ」

そこまで言って。

白鳥《しらとり》熾媚《おきび》は当たり前の確認を改めて行った。

「でも誰が、い、い、渡すと？」

「……、」

チャリ、という小さな金属音があった。ニホンオオカミの首輪だ。本来ならリードを繫《つな》ぐための金具に、別の物が固定されている。それは小さな鍵だ。

探偵は探偵で、鍵付き手帳をこれみよがしにさらしてから再び懐《ふところ》へしまう。

これは決裂ではない。

そもそも白鳥《しらとり》熾媚《おきび》は交渉すら求めていない。

あるのは挑発と宣戦布告のみ。

「結局ちょっと待ってください、あなたが『アイテム』とかち合う理由は超つまり何なんです⁉　今起きている事件について調べていたという事は、『探偵』自体は蚊帳《かや》の外《そと》にいるんじゃないんですか⁉」

「あっはは、当方は『探偵』だよ？　犯人が嫌がる事なら誰よりも論理を知り尽くしている。無駄に時間を引き延ばされて困るのはそっちなんじゃないのかな」

「……九月一日のリミットか」

「そゆこと。お互い学校生活って大変ダネ☆」

つまりどっちみち、麦野《むぎの》沈利《しずり》も白鳥《しらとり》熾媚《おきび》も退けない。

身近な隣人が降りかかる火の粉に化けたとしたら。敵は敵だ。払いのけなければこちらが火傷《やけど》し、火災に全てを奪われる。

認めろ。アレは、もう致死の敵だと。

たとえ『表』の学校を辞めて水面下に潜っても、敵が『探偵』であれば一点のヒントからどこまでも喰《く》らいついてくるはず。断ち切る以外に悪党が安全を確保する方法はない。

麦野《むぎの》沈利《しずり》が悪党だったから、ここまでこじれた。

もし普通の人か善玉だったら何もこうはならなかっただろうに。

「そして『探偵』が犯人を詰めるのに理由を組み立てる必要はない。これは当方の本能だ」

白鳥《しらとり》織媚《おきび》は笑って言った。

笑みの質が変わる。あるいは口では何を言おうが自分の世界が加速度的に壊れていく麦野《むぎの》沈《しず》利《り》の深層でも読み取っているのか。

冷酷に。

表の学校のクラス委員は確かに言った。

「奪ってみせろよ、悪党」

11

麦野《むぎの》沈利《しずり》は一瞬、自分がどこに立っているのか忘れていた。

頭の裏で何か声が聞こえた。

『クラス委員だから自然と悩みを聞く機会が多くなっちゃってさ。何か本当に困った事があったら相談してよ、当方は何でも解決しちゃうからね！』

そこは表の学校だった。

出席日数は本当に最低限留年しなければ良い。だから生徒も教師もほとんど顔と名前が一致しないくらいの状況だったが、一人だけ違った。

クラス委員。

麦野《むぎの》沈利《しずり》からすれば退屈極まりない、それでいて、彼女には絶対に進む事のできない別の道を歩いているはずの無害な少女。

『参考までに。当方の夢はもっと立派な探偵になる事だよ？　にわかや通称じゃなくて、きちんと論理で固めた職業的なね』

そのはずだった。

ならこれは？

今目の前に広がっているこの景色は何なんだ。

『でもまあ、やっぱり肩書きがあるとできる事の幅が違うもんだよ。自称だけの探偵じゃあ手の届かないものでもね、プロってなったら変わるんだ』

悪党には悪党なりの矜持《きょうじ》がある。

そのはず。

『いつの日か、君をきちんと暗闇から引き上げる』

だったら。

陽の当たる世界にいる人へ牙《きば》を剝《む》くのは。

これは。

この行為は、自分で自分を許せるものなのか？

『君がどんな世界に首突っ込んでいるかは知らないんだけどねっ！　でも少なくとも学校以外に何か自分の世界を持っていて、それは放課後にコンビニでバイトをやっているなんて平和な話じゃないのは予想がつく』

そして。

こいつがいなくなったら。

『表』の世界にあった細い細い糸。かろうじて残っていた最後の線が、

『ふふ。だから当方が君をお陽様の当たる世界に連れていって、真人間に戻してあげる！』

「麦野《むぎの》!!」

ばしんとフレンダがリーダーの背中《せなか》を叩《たた》いて、絹旗《きぬはた》と一緒に一歩前に出た。

とっくの昔に始まっていた。

『探偵』白鳥熾媚《しらとりおきび》が酷薄に嗤《わら》って囁《ささや》く声が、遅れて麦野《むぎの》の耳に届く。

「ロウゼキ、ゴー」

ガァ!!!!!!と。

粘ついたよだれを撒《ま》き散《ち》らし口を大きく開けたニホンオオカミが、川で平たい石を投げる水切りみたいに足元を疾走し、低い位置から伸び上がって麦野《むぎの》の喉笛に狙いをつける。

いちいち麦野《むぎの》の意志を確認している場合ではなかったのか。

「っ!!」

とっさに絹旗《きぬはた》が腕を水平に上げ、麦野《むぎの》とニホンオオカミの間に割り込んだ。

牙の群れによる強烈な圧搾音《あっさくおん》。

普通の人間なら太い神経を食い破られて地面に強く引きずり倒されていたかもしれないが、

絹旗《きぬはた》には『窒素装甲《オフエンスアーマー》』がある。

噛《か》まれたまま、逆にこちらから腕一本で吊《つ》り上《あ》げる。

「フレンダさっ、何か超テキトーな銃か爆弾でこいつを……ッ!!」

言葉が途切れる。

安心している場合ではなかった。

『探偵』の黒髪少女の指先がくるりと回った。キーホルダー状の輪っかで振り回されているのは子供向けの防犯ブザーに似ているが、違う。小型のスタンガンだ。

地獄が始まった。


ゴガッッッ!!!?⁇　と。


いきなり麦野《むぎの》の足元で分厚い氷の床が砕けた。爆炎と衝撃波が炸裂《さくれつ》し、超能力者《レベル5》の少女の体が空中でスピンする。

「超むぎ
叫んで手を伸ばそうとした絹旗《きぬはた》の小さな体が強烈な違和感に阻《はば》まれる。

パキパキパキパキ!!　と硬い音が連続する。

何が起きたかは分からない。だが『窒素装甲《オフエンスアーマー》』がなければ絹旗最愛《きぬはたさいあい》の体は液体窒素を浴びせた薔薇《ばら》の花のように粉々に砕けていたかもしれない。

「〜〜〜っっっ、超凍らせてッきた!?」

「注意して」

ジャージ少女の滝壺《たきつぼ》が遅すぎる警告を発した。

そう思ったフレンダだったが、直後に彼女の言葉を軽んじた事を後悔した。

こういう局面で滝壺理后《たきつぼりこう》が見せる第六感には、理屈なく即座に従わなくては確実な不利益を被《こうむ》ると過去の経験があれほど物語っていたのに。

『探偵』はスタンガンを放り捨て、また別の何かを手に取っていた。薄いコートの懐《ふところ》から取り出したのはデカいモンキーレンチだ。

ただし殴りかかるのではない。

ぐんっ!!　とフレンダの両足がいきなり氷の床から浮いた。

離れた場所にいたはずなのに。

背中から氷の円柱へ叩《たた》きつけられる。

「ぶっ⁉」

一瞬、だ。

強大な念動力《テレキネシス》で体でも掴《つか》んで振り回されたかと思ったフレンダだったが、でも違う。

「慣性の……っ？　結局、馬鹿デカい氷の宮殿自体を滑らせてぶん回したっていうの⁉」

「あっはー。この程度でいちいち驚くなんて、当方の能力を何だと思っているのかな？」

白鳥《しらとり》熾媚《おきび》。

　こちらには学園都市《がくえんとし》でも七人しかいない超能力者《レベル5》の麦野沈利《むぎのしずり》までいるのに⁉

『アイテム』四人を同時に相手取ってもお構いなし。

「があっ⁉」

　絹旗《きぬはた》が叫ぶ。謎の凍結現象を細かく検証する暇もなく、全方位から同時に見えない圧迫が襲いかかってきた。『窒素装甲《オフエンスアーマー》』の上からでも呼吸が詰まるという事は、おそらく軽自動車くらいならぐしゃぐしゃに潰せるほどの圧力のはず。

　あまりの事態に、絹旗《きぬはた》は確保していたはずのニホンオオカミを解放してしまう。

　薙《な》ぎ倒《たお》されたフレンダもまた、氷の床から起き上がる事すら忘れて目《め》を剝《む》いていた。

「結局こいつ……複数の能力を同時に使いこなすっていう訳⁉　かはっ、それもこんなイベントホールの敷地《しきち》一帯《いったい》を埋め尽くす強大な範囲攻撃で‼」

「当方だっていくらでも『下部組織』の突撃兵や狙撃手は調達できるんだよ？　なのに単騎で待ち合わせ場所までやってきたのは論理で不思議に思わなかったかな」

　再び傍《かたわ》らに寄ってくるニホンオオカミには視線も投げず、白鳥皛媚《しらとりおきび》は骨のオモチャの代わりにモンキーレンチを与えている。

　端的に言った。

「下手に仲間を大勢連れていても、当方が能力使うと巻き込んで全員すり潰しちゃうからだよ」

「っ⁉」

無能力者《レベル0》のフレンダの喉が干上がる。

そこまでの出力。殺傷力。

『探偵』は顔の前で二つの掌《てのひら》を合わせると、照れ臭そうに笑っていた。

「あっはは。ほら、曲がりなりにも『正義』を名乗る側としてはさ、流石《さすが》に誤射や誤爆で味方が全滅っていうのは後味《あとあじ》の良《い》い話じゃないでしょ？　だから当方にとっては、これがベストで最適の人数と布陣って訳さ。一人で前衛突出すれば最大出力を自由に振りかざせるうー☆」

警察や警備員《アンチスキル》と違って、探偵は基本的に単独行動で悪党を討つ。組織の力は邪魔こそしてきても役に立つ事などありえない。

白鳥《しらとり》熾媚《おきび》、こういう所まで徹底してくる。

やはり、相手の能力も知らずに正面衝突しても良い事はない。

小型スタンガンにモンキーレンチ。直前に出てきた小道具は怪しくはあるが、今はまだ確証がない。こちらの注目を誘うためのブラフの可能性だってある。

よって麦野《むぎの》沈利《しずり》は迷わず叫んだ。

「展開ッ！　手はずの通りにやれ!!」

「むぎ
「っ、超了解です!!」

何か言いかけた滝壺《たきつぼ》の手首を絹旗《きぬはた》が摑《つか》んで、強く引く。

元から『探偵』白鳥《しらとり》熾媚《おきび》の能力ははっきりしないままだった。だから麦野《むぎの》とフレンダが突出して敵を刺激し、滝壺《たきつぼ》が護衛の絹旗《きぬはた》を従えたまま徹底的に分析作業へ専念する。氷の宮殿・バルワイザーアイシクルシアターへやってくる前から方針は『アイテム』全員で決めていた。敵を分析し、味方の照準支援を手伝うだけなら最前線に出る必要はない。携帯電話があれば安全な後方からでも十分こなせる。

12

「超こっちです滝壺《たきつぼ》さん!!」

「案内任せた」

慌てて走る絹旗《きぬはた》と滝壺《たきつぼ》の背後で、さらに複数の爆発音が連続した。今のはフレンダの爆弾だったのか、正体不明の『探偵』の能力だったのかははっきりしない。分厚い氷の柱に亀裂が走り、天井から人間の体重より重たい塊がいくつも落下してくる。

それでも楽しげな答えは確かに聞こえた。

バトルフリークの麦野《むぎの》ではなく、『探偵』白鳥《しらとり》熾媚《おきび》の声が。

「ロウゼキ、ゴー」

ガォウ!!　と太い咆哮《ほうこう》があった。おそらく麦野《むぎの》やフレンダは白鳥《しらとり》熾媚《おきび》の猛攻に対処するので精一杯だ。明らかにニホンオオカミは防衛線を突破した。

こちらに向かって高速で疾走してくる。

絹旗《きぬはた》は強く背後へ振り返って迎撃の構えを取る。

巨大なケダモノに対する本能的な恐怖を、笛のように鋭い呼吸一つで抑え込む。

「滝壺《たきつぼ》さん超私の後ろに下がってください!!」

「ダメきぬはた」

何故《なぜ》か護衛の指示に従わない人がいた。

余裕をなくした絹旗《きぬはた》がとっさに年上の少女を怒鳴りつけようとしたところで、

「時間は限られた資源だよ。あの狼《おおかみ》に構って無駄に消費すると、前衛のむぎのとフレンダがやられちゃう。『探偵』、ヤツの未知の能力を最短最速で暴かないと」

ボンッ!! という水っぽい炸裂音《さくれつおん》があった。

滝壺《たきつぼ》が投げつけたのはレモン系炭酸飲料のペットボトルだった。

嗅覚が極端に鋭敏化した狼《おおかみ》は柑橘類《かんきつるい》の強烈な酸味を嫌う。腐った食べ物を本能的に避けるためで、これを利用したのがキャンプ場や山小屋に獣が近づかないよう散布する忌避剤だ。

「どれだけ訓練していようが、獣は獣」

無表情で呟《つぶや》いて滝壺《たきつぼ》は続けて何かを取り出す。ハンドクリームの容器だ。

匂いではないが、ケダモノは不自然に粘ついた地面をやはり嫌う。こちらは一度ハマれば死亡確定となる泥沼を避ける本能か。

「むしろ遺伝子いじってニホンオオカミ化した事が仇《あだ》になるように仕掛けるのが正解だよ」

ぎゃん、というひずんだ鳴き声があった。

ニホンオオカミは闇の奥へと逃げ込んだ。

「きぬはた、念のため周囲を警戒。脚のべたべた取れるまで本調子にならないと思うけど」

滝壺《たきつぼ》は無理に拘泥《こうでい》せず、コンサート会場で使う小さなオペラグラスを片手で取り出す。

ここからなら遠く離れた場所で戦う麦野《むぎの》とフレンダ、それから『探偵』白鳥《しらとり》熾媚《おきび》も良く見える。そしてようやくの本番だ。

「むぎの、フレンダ。二人とも聞こえてる？」

『結局感度良好って訳よ!!』

『いいから早くなんか情報出せッ!!』

すでに分かっているだけで、炎の壁、鉄砲水、空気の力で釘《くぎ》を打《う》つ、その他色々な超常現象を巻き起こしている。それだけ見れば一人に一つの法則を無視した『多重能力《デュアルスキル》』に見える。

ただし、だ。

一歩離れた場所で冷静さを取り戻せば、見えてくるものもある。

「白鳥《しらとり》熾媚《おきび》はやろうと思えば突撃兵や狙撃手の大量調達もできた。それでも一人でやってきたのは、自分の能力が強大過ぎて仲間を巻き込みたくないからだっけ？」

『それが何だッ⁉』

「なら、先に突出したニホンオオカミが探偵さんの能力に巻き込まれていないのは何故《なぜ》？」

そもそも違和感はあったのだ。

『探偵』白鳥《しらとり》熾媚《おきび》が自分は一人で戦うのが最適だと言い切ったあの時。

『助手』に相当するニホンオオカミはカウントしないのか？

共にこんな暗がりで命を預ける相手なのは丸分かりだ。なのに、たかが人間じゃないという だけで敵と一緒に巻き込んであっさり見捨てられるようなものなのか、と。

「つまり白鳥《しらとり》熾媚《おきび》は最初から知っていた。エリア一帯を埋め尽くすような大雑把な範囲攻撃を乱発したって、相棒のニホンオオカミだけは絶対に巻き込む心配はないって」

『それって結局まさか……』

「『探偵』の能力は人間の脳しか作用しない。だから獣のニホンオオカミは傷つけない」

『炎の壁も、洪水も、釘《くぎ》を打つのも、結局ただの精神系だった……？　そうか、リアルな錯覚を見せる能力ってだけなら確かに一人で一つの法則にも反しない訳よ‼』

『体にダメージが入るのは、悪い意味でのプラシーボ効果ってトコか。ちくしょうが‼』

白鳥《しらとり》の能力はあくまで精神系だ。これまで『表』の学校で板に釘《くぎ》を打っていたのは、何か 掌《てのひら》の中に小さな工具でも隠した別の手品か。多機能な万能ナイフやメガネ用のドライバーなど、工具類はやたらと小さくしたがるミニチュア化が何故《なぜ》か盛んな業界でもあるし。

　ともあれ、これで少しは流れが変わったはずだ。

　でもまだ最低限。

『探偵』白鳥熾媚《しらとりおきび》を撃破して『アイテム』全員の安全確認するまで、滝壺理后《たきつぼりこう》も休めない。

「でも超これでひとまず……」

　楽観に後押しされ、言いかけた絹旗最愛《きぬはたさいあい》の言葉が、途切れた。

　ガチッ、という硬い音があった。それは足音だ。だけど人間のものではない。

　ニホンオオカミのものでもない、い、い、い、い、い、い。

　タングステン鋼でできた缶切りに似た分厚く短い爪で氷の床を削り取るのは、同じサイズ、四本脚の陸上戦闘ドローンだった。がぎっがぢがぢっ、と鈍い音を立て、五、一〇、一五、二〇と金属の獣が顔を出す。明らかにニホンオオカミに付き従い、その周囲へと侍《はべ》っていく。

　内蔵スピーカーから一斉に探偵の声があった。

　あれだけやって、まだ終わらない。

　犯人が一番嫌がる事を知り尽くした専門家の嘲りが。

『あっはは｜。一匹狼《いっぴきおおかみ》なんて言葉があるから誤解されがちだけど、狼《おおかみ》は元々群れで活動する高度な社会性を持つ動物だ。だからロウゼキの頭の片隅にもそういう機能が備わっている』

「……、」

『ただ遺伝子工学的な先祖返り《アタヴィズム》で今確保してあるニホンオオカミはロウゼキだけでさ。もったいないだろう？　このまま機能を腐らせておくのも論理で考えるとアレだったし、当方も当方でドローンの操縦にはいまいち向いてなくてねー』

にたにたという粘ついた声だった。

『……だからロウゼキの脳にちょっと配線《はいせん》を繋《つな》いで、超音波とギガヘルツ帯の二つで陸戦ドローンの群れ《スウォーム》を操る術を与えてみた。今から始まるのは高度に組織された狼《おおかみ》の狩りの機械化だ。逃げ場はない。ただのプログラムに襲われるよりはおぞましい事にはなると思うよ？』

「超私の後ろに隠れてください！　滝壺《たきつぼ》さん早くっ!!」

『ま、窒素《ちっそ》の鎧《よろい》だけじゃ四方八方から飛びかかる狼達《おおかみたち》からお仲間さんは守れないだろうね』

とにかく走ってできるだけ距離を取るしかない。しかし、

「っ」

「滝壺《たきつぼ》さん？」

絹旗《きぬはた》が怪訝《けげん》な顔をしたが、滝壺《たきつぼ》にいちいち答える余裕はない。ジャージ少女は運動や直接戦闘を担当している訳ではないのだ。

当然相手はこちらの都合など待たない。

二、三機ほど獣型陸戦ドローンが目の前をうろつき、そして一機が強く踏み込んだ。低い位置から一気に伸び上がり、滝壺《たきつぼ》の喉笛を狙ってくる。

ニホンオオカミの動きそのものだった。

『窒素装甲《オフエンスアーマー》』で覆われた拳で逆に殴りかかろうとして、そこで絹旗《きぬはた》の小柄な体が硬直した。

ばぢんっ!!　と。

凶暴に弾《はじ》けた音の正体は高圧電流か。

空気中の窒素を強固に圧縮して作り出す『窒素装甲《オフエンスアーマー》』は、しかし数ミリの厚みしかない。例えば絶縁破壊を起こして大気を貫く高圧電流に対しては無力だ。

「っ、きぬはた!?」

返事などなかった。

氷の床に崩れ落ちた絹旗《きぬはた》を後ろから支える滝壺《たきつぼ》だが、それ以上何もできない。詰んだ。

戦況分析や照準支援を担当する専門家だからこそ、自分の窮地を滝壺《たきつぼ》理后《りこう》は強く鮮やかに理解できてしまう。窒素の壁はもうない。いくら小柄でも、ぐったりした絹旗《きぬはた》を抱えてニホンオオカミの本能で統率された二〇以上もの陸上戦闘ドローンから逃げ切れるとは思えない。遠くでは今も爆発と震動が続いており、麦野《むぎの》やフレンダが今すぐ救援に来られる状況ではないのも分かってしまう。

両手で仲間の体を引きずり、無理にでも持ち上げる。氷の宮殿にある四角い自販機の上にぐったりした絹旗《きぬはた》の体を乗せてしまえば、あの狼《おおかみ》には手出しできなくなるだろう。

だがそれが限界だった。

あの滝壺《たきつぼ》が珍しく顔《かお》を歪《ゆが》め、そしてずるずるとへたり込んだ。

右足のふくらはぎに異変があった。プロ野球では冬の間は試合をしない、の理屈だ。つまり氷の宮殿で極端に体を冷やされた中、運動に慣れない滝壺《たきつぼ》が急に走ったのがまずかった。

ちょっと前から足がつっていた。

手で足首を伸ばして調子を戻すだけの猶予を、あのオオカミ達は許してくれないだろう。

ジャージ少女は静かに思った。

(これは、おしまいかな……)

すぐには来ない。

複数のケダモノが連携を取ってこちらの逃げ道を全て潰してからトドメを刺すつもりなのか、あるいは獣の群れ特有の『間』や『譲り合い』でも顔を出したのか。

最後の時間はひどくゆったりしていた。

滝壺《たきつぼ》は瞳を閉じなかった。

絹旗《きぬはた》は『アイテム』の後輩だ。見殺しにして自分だけ生き残ったら麦野《むぎの》に合わせる顔がない。

でも、先輩を死なせて生き延びる苦しみを押しつけてしまうのは申し訳なかったか。

「まあ、でも」

そっと息を吐いて。

つったままの右足を投げ出したまま、滝壺《たきつぼ》は小さく笑った。

「悪党ってほら、勝手な生き物だから……」

そして。

ドカッ!!!!!!　と、恐るべき閃光《せんこう》が獣型陸戦ドローンをまとめて何機か貫通した。

「え……？」

滝壺理后《たきつぼりこう》は思わず声を出していた。

いいや、理解できなかったのは彼女一人だけではないらしい。

麦野《むぎの》ではない。彼女にはできない。

なのに何で？

何故今ここに凶暴な閃光を自由自在に操るバトルフリークの少女が立っている？

獣型陸戦ドローンの内蔵スピーカーから白鳥《しらとり》熾媚《おきび》の声があった。

『何だ？』

狼狽《うろた》えた声だった。

常に何でもお見通しだった『探偵』が、確かに崩された。

『何でそっちに麦野《むぎの》沈利《しずり》がいるの。ジジッ、今もこうして、くそっ、君は当方と向き合って戦っているはずなのにっ、ざざガガガギギ!!!!!!』

ガカカッ!! と。

掌《てのひら》から激しい閃光《せんこう》があり、陸戦ドローンはそれだけで沈黙した。

「つまり」

学園都市《がくえんとし》でも七人しかいない超能力者《レベル5》。

『原子崩し《メルトダウナー》』。

麦野沈利《むぎのしずり》……ではない?


「あのバケモノがもう一人いれば済む。そういう話でしょ? こいつときたら、」


注意深く観察すれば分かるはずだ。

少女がかざした掌《てのひら》ではなく、少し下、袖の中から閃光《せんこう》が放たれている事に。

そして殺傷力の正体が鋼板溶断用プラズマカッターである事だって。

さらに閃光《せんこう》が連射された。無人兵器に搭載された巨大なバッテリーやコンデンサが破裂して内部から爆発を起こす。ニホンオオカミがどうなったかまで滝壺《たきつぼ》には追いかけられなかった。

彼女の専門は人間であって動物は専門外だ。もし仮に脳を開発して微弱なAIM拡散力場を放射するケダモノが現れた場合どうなるかまでは予測がつかないが。

標的のAIM拡散力場を読み取る事に特化した滝壺《たきつぼ》は、たとえ『体晶《たいしょう》』を使わなくても肌感覚で分かる違和感があった。

あれは、麦野《むぎの》沈利《しずり》ではない。

それでいて、能力に頼らず誰の顔にも化けられる人間を彼女は知っている。

「は」

呆然《ぼうぜん》と、だった。

ジャージ少女の滝壺《たきつぼ》理后《こう》は呟《つぶや》いていた。

「はなの？」

視界が白で埋まった。

爆発的な閃光《せんこう》だった。より正確には足元に落としたスタングレネード。

だけど五感を奪われる直前、滝壺《たきつぼ》理后《こう》は確かに見た。ウィッグを外し、眉毛やまつ毛も全て捨て去り、完成前のつるりとした人形みたいな素顔をさらす誰か。

その口元が、小さく笑みの形を作ったのを。

アルミとマグネシウムが生み出した凄《すさ》まじい閃光《せんこう》の影響はせいぜい一〇秒以下。焼きついた残像を振り払うのだって一八〇秒もかからなかったはず。

すでに誰もいなかった。

後にはぐったりした絹旗《きぬはた》を守る滝壺《たきつぼ》理后《こう》しか残っていなかった。

13

舌打ちがあった。

常に冷静だった『探偵』にとって、あのニホンオオカミは特別な『助手』なのだろう。何か不測の事態があれば即座に救援に向かいたいと考えるくらいには。

「『犯行接続《トリックラボ》』」

白鳥《しらとり》熾媚《おきび》が告げる。

その一言で敵味方の全員が共通の認識に縛られる。

そう、自分自身さえ。

精神系能力としては、逆に宣告してしまった方が捕らえやすいのか。

「発火・殺害＝ディーゼル25。氷の宮殿の維持に使うスポットクーラーを動かす発電機に手を加えれば、その燃料を使って大爆発は生み出せる!!」

殺人トリックは世界《すべて》を支配する。

自由自在の攻撃が始まった。

だけど滝壺達《たきつぼたち》はすでにその仕組みの大半を暴いてくれている。

バトルフリークの麦野《むぎの》は獣のように吼《ほ》える。

「時刻表、窓辺に映る謎の人影、アリバイだあ？　所詮は精神系能力、体の痛みは思い込みがもたらす心因経路に過ぎない。理解を終えれば恐怖は霧散しちまうもんだぜえ‼」

「ふふっ。そうは言っても振り回されている間に受けたダメージは無視できないレベルに達しているだろう？」

『探偵』側の余裕もまた崩れない。

たとえ計画しかない殺人計画であっても今この瞬間だけは殺傷力が健在だ。

「……当方の能力の前では、説得力と実行力はイコールだ。誤認・人物＝ミラー03、当方が大きな鏡を持ち込めば君は一〇〇％必ず目標の位置を誤認するし、移動・遠隔＝ワイヤー19、細い糸を取り出せば小さな鍵やナイフの位置は自由自在に変動させられる。こういうのは単純で大掛かりな論理ほどブレは少ない。そして例えば」

「あっ⁉」

叫んだのはフレンダだった。

何があったのか、爆破専門の少女は慌てたように薄手のポンチョの中に手を突っ込む。

そして探偵の手の中では手榴弾《しゅりゅうだん》が躍っていた。

「このように。小道具を必要としない素手のトリックであれば、事前の仕込みをするまでもない。スリや痴漢なら必ず成功するよ。くふふー、この二つとも、意外なくらい容疑者集団の対人関係を引《ひ》っ掻《か》き回《まわ》して犯人さんからボロを出させるのに有効でねえ?」

くすりと笑って白鳥熾媚《しらとりおきび》は丸い爆発物に口づけする。

禁断の果実でも弄ぶように。

「……そしてこれで『説得力』は確保した。新しいトリックが浮上するよ? こいつで発火・殺害=ディーゼル25の条件は全部揃《そろ》った。発電機がどんなに強固な設計であっても爆弾が一つあれば前提は崩れるからね」

つまり、現実には。

麦野《むぎの》の足元で地下のガス管は破裂していないし。

氷の宮殿を支えるスポットクーラーを絹旗《きぬはた》に浴びせて凍結させたり、氷の塊を瞬間的に溶かして大量の蒸気の圧力で押し潰したりもしていないし。

巨大な氷の宮殿そのものだって実際には動いてフレンダを振り回してもいなかった。

「……トリックの乗っ取りや分岐の勝手な切り替えもアリなのかよ、探偵?」

小型のスタンガンがあれば、氷の中に埋まったガス管を掘り返さなくても電気的な刺激を与えて起爆できる。

　モンキーレンチがあれば、地面に強く固定している鉄骨のボルトを外して巨大な氷の宮殿を滑らせられる。

　そういう風に、『探偵』自らが小道具を持ち込む事で無駄な選択肢を増やしてしまう。早期解決を目指すはずの探偵が、場をより危険で厄介な方向に作り替えてしまう。

　あるいはそれも、間違ってはいないけど正解でもない推理を敢《あ》えて大々的に披露する事で、実際に使ったトリックを唯一知る真犯人を揺さぶる手段の一つなのかもしれないけど。

　睨《にら》みつける麦野《むぎの》に、クラス委員は涼しい顔だった。

「だったら？」

「材料の持ち込みありとかプロの探偵が聞いて呆《あき》れる。その場にあるモノだけで推理すんのがテメェの仕事だろ。実行可能なトリックを一つに絞って、それができるたった一人しかいない犯人を当てる。つまり悪党が敷いたレールの上から死の列車を一刻も早く止めるのがアンタの仕事なんじゃあねえのかよ」

「現実の事件じゃ一つの現場で実行できるトリックなんていくらでも湧いて出てくるよ。容疑者リストなんて分かりやすいものもない。完璧なアリバイ？　人の記憶なんていい加減だし、カメラの記録なんていくらでも捏造《ねつぞう》できるこの時代にそんなものどこにある」

「それでもレールを敷くのは悪党であってアンタじゃない。探偵ってのは基本的に事件を起こした側とは対立のスタンスじゃないとまずいだろ。悪意やトリックの存在に気づいた上で、都合《つごう》が良《い》いから事件を乗っ取って謎解き役の方から操縦しちまおうなんてのは論外だ」

「そうかい。でも探偵が動けば、結局誰かは死ぬだろう?」

くつくつと白鳥熾媚《しらとりおきび》は嗤《わら》って、

「探偵は犯人を自由に裁いて生死を握る役割だ。犯人が他の全員の命を握るようにね。そして保険金なり恨みなり殺さないと活路が開けないドン詰まりの犯人と違って、実は探偵には正しく犯人を言い当てて死刑にする他に、正しい、い、い、い、働きをしないという選択肢もある」

「テメェ……」

「何しろどんなに前代未聞《ぜんだいみもん》の大事件だろうが探偵側の認識は『仕事』の一つでしかないからね。火事を消せなかった消防士と一緒で、プロだからって失敗しても別に死ぬ訳じゃない。つまり間接的には、場の全員の命を握るのは当方だ。たかが善悪、全てはこの手の中にある」

現実の事件では、探偵が素晴らしい推理で真犯人を言い当てたって別にそこで終わってくれない。特に公的機関の介入を許さない密閉された陸の孤島や、『暗部《あんぶ》』の犯人当てでは。

探偵より真犯人が人気者などの理由で、周りの誰も正しい推理を信じなかったら?

捕まる事を恐れた真犯人が殺傷力の高い凶器を振り回して皆殺しに賭けたら?

証拠ありなしを脇に置いた水掛け論で探偵が真犯人に押し負かされたら?

「たとえ探偵が全員を一ヵ所に集めても、『安全な議論』をぶち壊す方法はたくさんある」

「……、」

「極端な話、探偵が真犯人の名前を言う前に不謹慎だの人の命を何だと思っているだの、普通の人なら誰でも怒る、当《あ》たり障《さわ》りのない事を叫んで探偵の顔を殴ってしまえばそれだけで達成だ。別に探偵を黙らせたって即座に怪しまれる訳じゃないからね。現実の事件では困った時に暴力に頼るのは真犯人だけとは限らないし。そして今のは殴られる方が悪いんだ、なんて空気が場の全体を支配した場合、探偵はどんな衝撃の真実とやらを掴《つか》んだところで発言権のない蚊《か》帳《や》の外《そと》さ。笑えない展開というのは、現実には、現実だからこそ普通にありえる」

　それよりもっと効率的な手段がある。

　確実に事件の進行を止めてみんなの命を守れる方法が。

「だから、トリックを暴いたからって無暗《むやみ》に公表しない方が良《い》い。すでに存在するトリックを探偵が勝手に上書きして再デザインしてしまう事で、最初に事件のレールを敷いた真犯人にすらコントロール不能の状況に追い込むべき。これで真犯人含めて場の全員は死の恐怖に縛られて行動できなくなるよ。一人で全部解決する必要ないし。人の命が惜しいなら事件の進行を強制的にストップさせるのが最優先であって、犯人当てのご指名なんてものは閉じた環境が解除されて警備員《アンチスキル》が大勢雪崩《なだ》れ込《こ》んできてからじっくりやれば良いじゃないか」

「でもって、恐怖に屈せず真犯人がまだ動くようなら、その時は探偵が真犯人を『遺書を残した殺人鬼』として密《ひそ》かに殺害すれば場の安全は保たれる。事件は解決するし、探偵だって捕まらないってか？」

「うん」

真《ま》っ直《す》ぐだった。

速攻で頷《うなず》く白鳥《しらとり》熾媚《おきび》に麦野《むぎの》沈利《しずり》は舌打ちして、

「大事なトコが抜けてねえ？　すでに起きた事件のトリック上書きして死の恐怖で犯人含めた全員を縛るって事は、犯人が死ぬのは最短でも三人目だ。つまり、お前自身が全然関係ない誰かさんを殺して第二の事件のPRしてるって話になるよな？」

「叩いてホコリの出ない人はいないよ、現場には哀れな真犯人さん以上に黒い人間もいる。ましてどこにも通報しない『暗部』で犯人捜しするならね」

そういう『正義』の形。

だから、クラス委員はそれができる探偵に自分を育てた。

能力を生み出す『自分だけの現実《パーソナルリアリティ》』すらそんな形に歪《ゆが》んでいった。

「くす。重要なのは説得力だよ？　物的証拠すら補強材料の一つに過ぎない」

「最初にあったトリックがワイヤーで首を絞める程度のシンプルな事件であったとしても、探偵が余計な事して窓枠に傷をつければこうアップグレードされる訳だ。ワイヤーは小さな隙間から鍵を室内に送り出して密室を作るために使われた、って。事件は先に起きているのに事実が後付けで分岐する」

「たはは、言うほど便利な能力でもなくて」

白鳥《しらとり》皺媚《おきび》は隠さない。

能力の詳細を言ってしまった方が、逆に麦野《むぎの》達《たち》が自縄自縛に陥ると考えたのか。

「あるかもしれない、その可能性もアリ、くらいの説得力じゃまともに機能してくれない。疑わしきは罰せずなんだよね、困った事に。だからこうやって」

『探偵』は手榴弾《しゅりゅうだん》のピンをあっさり抜く。

麦野《むぎの》の低い声を耳にしても、白鳥《しらとり》皺媚《おきび》の笑みは変わらなかった。

「絶対にこうだ、まで強く固定する必要がある。確たる証拠を見せつけて、当方と君で情報を共有する必要があるんだよ」

正義は悪の恫喝《どうかつ》には動じないのか。

それにしたってある意味において『暗部《あんぶ》』の悪党よりよっぽど異質な存在だ。

しかし手榴弾《しゅりゅうだん》を握り込む白鳥《しらとり》皺媚《おきび》には傷一つない。

爆発があった。

トリックの発生が優先された。

宣言通り、『探偵』はにたりと笑って粘ついた燃料っぽい炎の塊を振り上げて、

「だけど受けたダメージだけは本物だ。説得力は実行力で、そいつは当方が小道具をばら撒《ま》けばいくらでも補強できる。この炎を浴びればそのまま黒焦げだよ!!」

敵味方で同じ情報を共有する事で自分に有利な精神作用を起こす『犯行接続《トリックラボ》』。『探偵』白鳥織媚《しらとりおきび》にとって一番のスキルは記憶力でも計算力でもなく、一つの場に大勢の人間を集めて犯人当ての独演会を取り仕切る『話術』とみなしたのか。

麦野《むぎの》は掌《てのひら》を正面に向けて、

「だけどお前の『犯行接続《トリックラボ》』はただの精神系、こいつを物理的に防ぐ壁にはならねえ‼」

閃光《せんこう》の方が速かった。

直撃の一瞬手前だった。

ギュン‼　と。

探偵が流線形に溶けた。あるいはニホンオオカミ以上の瞬発力で。

気がつけば白鳥織媚《しらとりおきび》は口元に太く短いパイプを咥《くわ》えていた。

「チッ、何か吸ってやがるのか⁉」

「まさか。当方はドーピング兵ほど命知らずじゃないよ。でもこいつに何かあると君が無用な注目をした結果、集中力が途切れてしまえば攻撃を外すチャンスだって論理が浮かび上がるだろう？　他は知らない、でもここ学園都市《がくえんとし》ならありえる、と君自身が判定した。そして絶対にこうだ、まで当方と君の双方の値を上げられれば」

『犯行接続《トリックラボ》』。

殺すだけでなく生かす目的のトリックでも採用可能な能力なのか。つまり今のは白鳥織媚《しらとりおきび》が回避したのではなく、その通りに麦野《むぎの》側《がわ》が惑わされただけ。

もちろんそういう発動条件なのだが、麦野《むぎの》自身《じしん》頷《うなず》けてしまうのが腹立たしい。

「『犯行接続《トリックラボ》』、それじゃあ行くよ？　……殺しに使うのはこれ、氷の宮殿の温度管理を地味に支える大型送風機だ。つまり、気化した燃料は人工的な風によって操れる。そして密閉空間を満たした場合、どう素早く動いたところで標的は爆発を回避できないッ!!」

爆発物により詳しいからか、フレンダの両目が限界まで見開かれた。

心の縛りは仕組みが分かったところで即座に頭の中から振り払えるものではない。忘れようと強く思うほど逆に縛られる事すらある。

そして麦野《むぎの》は躊躇《ちゆうちよ》なく『原子崩し《メルトダウナー》』を発射した。

横合いへ、無造作に。

たったそれだけで命中率一〇割の気化爆発がいきなり消失した。

「なっ⁉」

「キホンは精神系。説得力は実行力で、そいつを与えるのは敵味方で共有している情報。さっきの手榴弾《しゆりゆうだん》だって実際に爆発した訳じゃあねえ。もっとシンプルに、現場に小道具を撒《ま》けば全く架空の殺人トリックに一〇〇％具体的な殺傷力が宿る、だろ？」

麦野《むぎの》は悪役らしくニタリと笑って、

「……なら建物の壁を大きくぶち抜くなり鉄橋を落として時刻表を乱すなり、前提となるロケーションやシチュエーションを破壊しちまえば良い」

「……なるほど」

「持ち込みできるのはテメェだけじゃねえ。山奥の別荘や時刻表がシビアな寝台列車に事件と全然関係ないザコがカバンに入る火炎放射器でも持ってきてたら最初の計画なんか全部ご破算だぜ。どれだけ緻密にトリックを組んだってドアがなければ密室にならねえし、列車が走らなきゃアリバイの誤魔化しもできねえ。クレバーな推理の天敵はマッチョな土建屋だぜ、たったこれだけで土台にある『荒唐無稽なトリック』の可否なんか簡単にブレちまう‼」

麦野《むぎの》沈利《しずり》は掌《てのひら》を正面に向けた。

白鳥《しらとり》熾媚《おきび》も応じるように両手を素早く動かし、手品師の指使いで、時限装置にも使えるロウソクや燃やせばすぐさま消滅する鈍器である電話帳などを取り出していく。

いくつもの閃光《せんこう》が炸裂《さくれつ》し、死のトリックが次々と表に放たれる。

しかし世界は反応しなかった。

フレンダが爆弾を使って氷の宮殿の柱をへし折り、壁を抜いて、前提となるロケーションに次々と変化を促したからだ。

たまたまだった。

フレンダの想像力を白鳥《しらとり》熾媚《おきび》が上回って出し抜いていたら、殺されたのはこちらだった。

ギュボッッツ‼‼‼ と肉《にく》が抉《えぐ》れる音があった。

不発に終わった『探偵』の脇腹を大きく焼き切った音だった。

麦野《むぎの》の脳裏に、ありえない声が明確に響く。

『ふふ。だから当方が君をお陽様の当たる世界に連れていって、真人間に戻してあげる！』

あるいはクラス委員の。

何かが終わった。

14

決着はついた。

ふらつきながらも絹旗《きぬはた》は自分の足で歩き、滝壺《たきつぼ》に支えられつつ、こちらに戻ってきた。

麦野《むぎの》とフレンダは氷の床に転がった『探偵』を見下ろしていた。

赤と黒が広がっていた。

「……超、殺してしまったんですか？　どういう事だったのか話を聞き出すべきだったかもしれないのに」

「そんな余裕あるかよ。加減してたらこっちが全員殺されてた」

吐き捨てるような麦野《むぎの》の言葉に応じる声があった。

脇腹を大きく抉《えぐ》られたクラス委員だった。

彼女は笑っていた。

「あはは。褒め言葉だよね、それ……？」

光も闇もたくさんの友達を持つフレンダには分かるのだろう、今の白鳥織媚《しらとりおきび》を包む空気は紛れもなく一般のクラス委員だと。彼女の根底は『探偵』ではなくおそらくそっちだった。

これが『正義』。わざわざ暗がりに価値を求め、人とは違う特別な裏事情を知る事で他者に対して優越感を得る『悪党』とは真逆の存在。

「ゆ、指は？」

それでも、フレンダは確認を取らなくてはならない。『悪党』として。

「結局、『フリーズ』の三人目。雨川創磁《あめかわそうじ》の右手から切り取った親指はどうしたの？」

「金槌《かなづち》で骨まで潰してロウゼキに食べさせたから、何も残らないよ……」

「……、」

「当方は犯人が、一番嫌がる事を知り尽くしているからね。下手に警備員《アンチスキル》に届けて良くも悪くも『確定』を出すより、いくら探しても見つからない方が論理がなくて怖いでしょ……。今当方が大丈夫って言ったって、どうせ一〇〇％は信じられないだろうしね。あはは、けふっ」

くぅん、という弱々しい鳴き声があった。

ニホンオオカミだった。先ほどまでの暴れ方からはほぼ遠い、まるで子犬が母親に甘えるような空気。こいつにとっては探偵と一緒にいる事が大事なのであって、それ以外はどうでも良かったのかもしれない。人が勝手に決めた善悪さえ。

「ロウゼキ……。彼らに鍵を」

鼻先をぐりぐり押しつけてくるニホンオオカミに、探偵は笑って頭《あたま》を撫《な》でる。

血まみれの掌《てのひら》で。

ニホンオオカミは座ったまま鼻先を大きく上に伸ばして麦野《むぎの》達《たち》へ首輪を誇示した。本来なら一番脆弱《ぜいじゃく》なはずの喉を。

麦野《むぎの》が金具から鍵を外すのを確認すると、倒れたまま白鳥《しらとり》熾媚《おきび》は小さく頷《うなず》いた。

「君ともお別れだ……。ロウゼキ、自由に生きろ。死出の旅まで付き合う必要ないよ」

小さく言っても、ニホンオオカミは従わなかった。

白鳥《しらとり》熾媚《おきび》は自分の指先を目元にやった。

透明な涙の粒。

それをニホンオオカミの口元へ運ぶ。

舌に乗せて嚥下《えんか》させる。

「これで当方と君は、一心同体。ずっと共に歩いていける。だからもう行って……」

そして、だ。

今度こそ、絶滅したはずのニホンオオカミはどこかに去っていった。

学園都市《がくえんとし》の誰も知らない暗闇へと。

見届けると、『探偵』は血の塊を吐いた。大きく。それでも震える手で鍵付き手帳を取り出すと、それを麦野《むぎの》の方へ放り投げる。

最初から秘密を隠すつもりはなかったようだ。

「結局何がしたかったのよ、アンタ……?」

「当方は『正義』の探偵だからね」

白鳥𡚴媚《しらとりおきび》はそう言った。

だから、『悪党』の集まりである『アイテム』の麦野沈利《むぎのしずり》が許せなかったのか。

そんな風に思った麦野《むぎの》だったが、

「……だから、君が羨ましかった」

言った。

はっきりと。

「今までずっと『正義』として探偵をやってきたけど、まあ、悪の味も悪くないね。想像していた以上だったし」

「……、」

「別にさ、当方は自分の論理で選んだ訳じゃなかったんだ……」

血を吐く唇からは、自嘲が混じっていた。

死の間際《まぎわ》にあっても自分を美化する事のできない、クラス委員の本当の部分だった。

「何しろ親がどっちも厳しくてさあ……。反抗期のきっかけを見失った臆病者としては、正義サイドに回るしかなかった。……探偵として悪党と戦っていたのだって、正義側に立ちながら悪の世界を覗《のぞ》くのが楽しかったから、っていうのが本音なんだよ」

「憧れるようなもんかよ、こんな世界」

「憧れるさ。……自分の意志で、悪の道を歩いていける。そんな自由な麦野沈利《むぎのしずり》に」

ニホンオオカミの首輪にあった鍵を挿し込む。

中のページはくり貫《ぬ》かれ、口紅より小さなフラッシュメモリが収まっていた。

「これは？」

「ナンバー1000だ」

口の端から赤黒い液体をこぼしながら、だ。

それでも探偵は笑っていた。

「ヤツらが来るぞ……。今回君達が見てきたのは『正義』の世界、だからその頂点が来る」

フラッシュメモリは手元にある。

が、麦野達《むぎのたち》の携帯電話やスマホには直接挿さらない。どこかでパソコンを調達する必要がありそうだ。何より、今現実の景色から四角い画面に視線を移す気分にはなれなかった。

『探偵』。

あるいはクラス委員。

白鳥《しらとり》熾媚《おきび》はもう保《も》たない。麦野《むぎの》自身《じしん》がこうやった。

「……けどまあ、当方のわがままに付き合ってもらったのは悪かったなあ。『悪党』の世界に憧れていた当方はこの結末で満足だけど、そっちはこれから色々大変だろうし」

「何が」

「君が困るだろ？『表』の世界との接点が切れてしまうんだから」

困ったような、白鳥《しらとり》熾媚《おきび》の言葉だった。

自分の体から大量に流れ出る出血よりも、そちらの方が大事だと言わんばかりに。

麦野《むぎの》沈利《しずり》は何も答えなかった。

「でもさ、得意な世界にばかり閉じこもるなよ。それ一見最もコスパが良く見えるかもしれないけど、実際には自分で自分の可能性を狭めて先細りしているに過ぎない。時間を重ねるごとに、どんどん自分が固まっていって、まだ見た事もない新しい事を始めるのが難しくなる」

血の海に沈んで動けないクラス委員は、それからよそに視線を振った。

フレンダ達に向けて。

「ここだけは、論理じゃない。当方の大事なクラスメイトだ……。君達に任せて良い？」

「モチ」

それだけだった。

泣き言も恨み節も命乞いもなかった。

本当に満足して死んだ人間には、そんなものは必要ないのかもしれない。

15

『正義』は笑って息を引き取った。『悪党』とは真逆。自分の歩んだ道を信じて常に前だけ見てきた者は、散り際にこそ真価を発揮するのか。

『アイテム』にはできない死に様だ。

残った四人全員が思い知らされた。

「……、」

初めての経験だった。

明確に、麦野《むぎの》沈利《しずり》はこの手で純粋な『正義』を殺した。

『探偵』。

そして表の世界の、何の危険もない学校のクラス委員を。

地獄に落ちるとは思っていた。

でも多分、ここは重大な分岐点だった。地獄の底が抜けた。まだ奥があるとは想像もしていなかった。そんな気分だ。

「ナンバー000」

あまりにも重たい沈黙を打ち破るように囁《ささや》いたのは、ジャージ少女の滝壺理后《たきつぼりこう》だった。

多分、死人と同じくらい付き合いの長い彼女にしかできなかった。

「白鳥織媚《しらとりおきび》は結果がどうなろうが最初から私達に教えるつもりだったはず。というか『探偵』的には、自分が死んでも構わなかったんじゃないのかな」

「自己犠牲の精神だって？　これだけド派手に暴れるのを見てんのに何で断言できる？」

「自分が生き残るだけなら、『探偵』がむぎのの前に出てくる理由がないから。生存より危険を承知で今起きている事件の真相を調べる方を優先した。むぎのに危機を知らせて、ありったけの力で分厚く備えさせるために」

麦野《むぎの》はわずかに黙った。

八月はもう終わる。九月一日になれば嫌でも学校生活が始まる。

だけど結局、本気で戦っていたのは悪党だけだった。探偵は善悪の全てを握り、誰を死なせるかを決められる、だったか。つまりその逆、誰を生かすかについても。

『いつの日か、君をきちんと暗闇から引き上げる』

これがその答えか。

友を死なせて生き残る。自分には絶対できないと思った事を他人に押しつけるのが。

（……、ほんとにくそったれだぜ。善玉）

「むぎの、フラッシュメモリの中身を見てみよう。どうせろくでもない事だろうけど、見ないで終わらせたらきっと『探偵』の期待を裏切る形になる」

「……だな。ちくしょうが」

短く吐き捨て、そして麦野《むぎの》沈利《しずり》は切り替えた。

それができてしまう自分自身の邪悪ぶりに心の底からうんざりしながら。

死体の処理に来た下部組織のヤンキーを呼び止め、薄型ノートパソコンを受け取る。

口紅より小さなフラッシュメモリの中には大量のファイルが格納されていた。

各ファイルを繋《つな》ぐのは『探偵』自身のテキストだ。


『ナンバー000。

これは警備員《アンチスキル》及び風紀委員《ジャッジメント》の無線通信でやり取りされる、数ある符牒《ふちょう》の一つである』

今ではデジタル信号の複雑高度な暗号化に頼る部分も多いが、それでも伝統的に、緊急無線は特別な略称や符牒《ふちょう》でやり取りする事で内容の傍受を防ごうという流れが今も続く。

しかし警備員《アンチスキル》や風紀委員《ジャッジメント》というのは、『アイテム』からすれば遠くにある存在だ。取るに足らない、とも言える。

それ自体だけなら。

『ナンバー000の特殊性を理解するためには、そもそも学園都市《がくえんとし》の治安維持組織についての説明が必要になるはずだ。

大人の警備員《アンチスキル》と子供の風紀委員《ジャッジメント》。

この街には二系統の組織がある事は誰でも知っている。校内での問題を解決する風紀委員《ジャッジメント》と街全体での凶悪事件に対処する警備員《アンチスキル》。こう書いてしまえば大人の警備員《アンチスキル》の方が権限は強く分厚く保護されているように思えるかもしれない。

でも実際には違う』

前提が、最後の一文で覆《くつがえ》される。

こう続いていた。

『そもそも学園都市《がくえんとし》はその名の通り、学生の街だ。

実に人口の八割。統括理事会は保護者から子供の命を預かる形で能力開発の研究を行い、同時に街の経済を回している。

よって、これは学生側の増長を防ぐ意味で伏せられてはいるものの、実際の優先順位は警備員《アンチスキル》より風紀委員《ジャッジメント》の方が上だ。

もし同じ凶悪事件の現場に居合わせれば警備員《アンチスキル》は身《み》を挺《てい》してでも風紀委員《ジャッジメント》を庇《かば》うはず。

そしてその逆があってはならない。

これが「正義」の側の理屈となる』

「？」

文章を読んでも滝壺《たきつぼ》は首《くび》を傾《かし》げていた。

冤罪事件《えんざいじけん》まで押しつけられて実験用のモルモットとして扱われそうになった滝壺《たきつぼ》からすれば、実感が湧かないのかもしれない。それは絹旗《きぬはた》も同じようだった。

「……『悪党』と違って、『正義』のサイドでは超そういう事になっているんですかね？」

『以上の前提を踏まえた上で、ナンバー000に言及する。

ナンバー000が意味するところはこうだ。

風紀委員の死亡を確認。

この一点のみの通達である。

学園都市《がくえんとし》において、あってはならない事が起きた。よって、警備員《アンチスキル》及び風紀委員《ジャッジメント》は緊急対応シフトに移行し、何があっても犯人確保を成功せよ。迷宮入りにする事は絶対に許さない。

これが一般レベルの認識だ。

でも実際は違う。

おそらくこれ以上については実際に無線を使う警備員《アンチスキル》や風紀委員《ジャッジメント》すら知らない。

その本当の意味はこうなる。

専用の風紀委員《ジャッジメント》選抜処刑チームを放て。あらゆる法律や条例は無視して良い、敵味方を問わず風紀委員《ジャッジメント》死亡案件に関与した関係者全員の息の根を確実に止めるか、統括理事の過半数七名以上の承認鍵を集めない限り、何があってもナンバー000は解除しない。

加害者はもちろん、目撃者、救助者など全員を疑え。実は裏で関係していたなどの取りこぼしを許すな。よって全てを殺して迅速かつ確実に治安を回復せよ。

以上が「正義」のルールである』

「結局、処刑チーム……？」

その直接的過ぎる物言いに、フレンダが眉をひそめた。

風紀委員《ジャッジメント》はそれだけなら取るに足らない存在だ。だが、それは敵にとっても同じだったのか。

『アイテム』が街の暗がりに潜んでいるのと同じく、今度の敵は善なる集団の中に隠れて強大な戦力を隠し続けてきた。

殺し屋でも、マスコミでも、探偵でもない。

『正義』の頂点がやってくると白鳥《しらとり》獵媚《おきび》は呟《つぶや》いていた。こういう意味か。

「あの『探偵』が生きようが死のうがわざわざ私達に見せようとしたんだ。私達『アイテム』とも無関係って訳じゃあねえだろ」


『現状、すでにナンバー1000は発令している』

重要な意味を持つ一文だった。


『負のマスコミ集団だった「フリーズ」は、この風紀委員《ジャッジメント》処刑チームから依頼を受けて死亡案件についての情報を集めていたに過ぎなかった。

本来であれば彼らの業務は情報収集までだったが、「フリーズ」が直接「サディスティックドールズ」の一人を処刑した事によって綻びが発生している』

滝壺《たきつぼ》がぽつりと呟《つぶや》く。

「『サディスティックドールズ』……」

ガールズバンドの五人とは麦野達《むぎのたち》『アイテム』も直接やり合っている。

彼女達がナンバー000の標的となっているのなら、どこかで風紀委員《ジャッジメント》を流れ弾にでも巻き込んだのだろうか？　だから『アイテム』まで火の粉が飛んできている？　しかし、第九学区の萌《も》えベルズで民間を巻き込む事はなかったはずだ。

そうなると。

まさか。


『発端は第四学区の巨大農業ビル・クローンコンプレックス』


一番初めだった。

科学カルトの総本山、すでにあそこから発生していた。

だけど本当に麦野達《むぎのたち》は何も知らなかったのか。常に視界の隅には情報があったはずだ。

麦野《むぎの》の頭にフラッシュバックがあった。


『あれー？　巡回の待ち合わせって上のデッキでしたよねえ？』

頭上から変な声が聞こえた。長い長いエスカレーターの反対側、下り方向からだ。夏休みなのに制服を着た女子が三人くらい固まっている。

原色のアニメカラーだらけの街で『風紀委員《ジャッジメント》』の少女達が三人くらい固まって何やら風力発電プロペラの柱にビラを貼っていた。あれも公務だろうか。フレンダがちらりと見ると、意外にも行方不明者捜索のビラだ。

昼間でも普通に酔っ払いが多い歓楽街で、『風紀委員《ジャッジメント》』の山上絵里名《やまがみえりな》が雪景色の道端で直接ビラを配っている。さっきも見たのに向こうも頻繁に移動しているのか。

『すみませーん、この子は南沖鎖流鎖《みなみおきさるさ》ちゃんって言いまーす、誰か知りませんかー？』

『とにかく情報注入、今日中に二三の全学区に貼り出さないと』

『夏休み終わると人の流れが変わるから、それまでに有効な目撃情報を拾いたいわね……』

では、いつまで経《た》っても見つからない少女は一体どうなっていたのか？

もう予想はできていた。

これもまた、麦野《むぎの》達《たち》『アイテム』が自分の口で言っていたはずだ。

自分達は、科学カルト・電子の海ハコブネ教団の総本山で何を呑気《のんき》に口走っていた？

『生《い》け贄《にえ》の儀式、ね』

『うえっ……、超どうやったら科学で説明つけられるんですかそんなの』

『きぬはた、世の中にはリトルグレイや太古の記憶を科学的って呼ぶ人もいるよ。「科学」は単語でしかないから、人によって定義や許容の幅は結構いい加減なものだし』

「まさか……」

フレンダが呆然《ぼうぜん》と呟《つぶや》いた。

「あの農業ビル。結局、他にも誰かいた？」

「……、」

麦野《むぎの》達《たち》『アイテム』は、『サディスティックドールズ』が乱入してきたせいで科学カルトの総本山クローンコンプレックスの中で直接は調べていない区画があった。

例えば、教祖が死んでいたフロアのさらに奥、金属製のドアの向こうとか。

あの奥。

麦野《むぎの》達《たち》は踏み込んでいないが、もし、そこに少女の死体が散らばっていたとしたら……。

答えが、あった。

すでに終わってしまった話が。


『そこを根城にしていた悪徳科学カルトの教祖が、オリジナルで作った生《い》け贄《にえ》の儀式を実行する事で自身の特別性を確保しようとしていた事実が判明。

「サディスティックドールズ」及び「アイテム」はほぼ同時期にクローンコンプレックスへ突入したが、すでに犠牲は出ていた。

風紀委員《ジャッジメント》・南沖《みなみおき》鎖流《さる》鎖《さ》の死亡を確認。

直接の実行犯である科学カルトはもちろんとして、阻止と救出に間に合わなかった両組織についても「事件関係者」に認定。

両者はすでに、ナンバー000の標的として非表示だが正式に設定されている』

理不尽な、という言葉すら出なかった。

多分それが言いたくて、『探偵』白鳥《しらとり》熾媚《おきび》はここまで調べてくれた。

そうして、お互いに偽りと分かっていても、それでも『表』の学校生活を麦野《むぎの》沈利《しずり》に譲ったのだ。自分自身の命を全部懸けて。

解き明かされた真実。

『正義』のルールではこうあった。

『ナンバー000では、風紀委員《ジャッジメント》の死に関わった者を全て報復・処刑し完全に取りこぼしをなくす事が求められる。

この場合、関係各位の悪意の有無は問題とはならない』

行間　二

『あ、危ないよう。鎖流鎖《さるさ》ちゃん』

『大丈夫だって。あたしだって「風紀委員《ジャッジメント》」なんだよ？　第四学区のクローンコンプレックスが臭いって話は摑《つか》んでいるんだ。誰かが中に入って実態を確かめなくちゃ』

『でも、こういうのは本来大人の警備員《アンチスキル》さんがやる事で……』

『……うちの学校からも何人か不登校が出てるの知ってるでしょ？　あの悪徳科学カルト、すでに学校の中にまで侵蝕《しんしょく》を始めてる。もうこれはあたし達、風紀委員《ジャッジメント》のテリトリーなのよ』

『でもでも』

『アンタだって違法なカジノの潜入捜査やってたじゃん。大人の警備員《アンチスキル》から要請受けて』

『う』

『絵里名《えりな》最近は高校生のセンパイ達ともつるんでるみたいだしさー。ガキ臭いチューガクセーとしては哀《かな》しい限りだよ。あたしだって置いていかれてたまるかっていうのよ。そろそろ何か大きな結果っていうのを出しておかないと……』

『じ、風紀委員《ジャッジメント》はそういうお仕事じゃないよ！』

『子犬系のくせして手柄はちゃっかりキープしている絵里名《えりな》には分かんないよ！』


『ねえ絵里名《えりな》』

『はい？』

『……アンタの「予知」には何にも出ていないのよね？』

『えと、はい』

『なら大丈夫だって！　アンタのカジノの時だって怖い予知は何もなかったんでしょ？　だから普通に助かった。ならあたしだって何も問題ないない!!』

『いやそのっ、私の予知はそんなに便利な代物じゃないし、カジノの時だって結構一歩手前のゾーンまでは片足突っ込んでいたっていうか!!　あうー……』

『あっはは！　信じているからね、絵里名《えりな》。アンタの予知を』


そして残された少女はのちに思い知らされる。

多分この能力は、少女本人しか守ってくれないと。

第四章　正義という名の凶暴な歯車

1

『フォックス・Ⅰ／／はあ。また出動なんですか？　ったく、今さっき案件を一つ片付けてきたトコなのに』

アプリストアに星の数ほど溢《あふ》れているゲームアプリの一つだった。

厳密にはパズルゲームのホーム画面にある簡易チャット。

この手の安いメッセージ機能は大手検索エンジンからテキストを自動収集されない。さらに運営スタッフの危機管理意識が低い場合、怪しいメッセージのチェックすらしていない。つまり色々素通りで、使い捨てのアカウントさえ用意すれば結構危ない取引の窓口にも使える。まあバレたらバレたでまた別のゲームアプリとアカウントに移れば済む話だし。

そして、横に倒したスマホを手に眉をひそめたのはミニスカートの白い軍服を着た女子高生だった。亜麻色の長い髪を平べったい一本三つ編み……通称エビフライにした色白の少女。名前はイノウエフォックス。

逆の手で無造作《むぞうさ》に掴《つか》んでいるのは、人間の襟首だ。透明なラップでぐるぐる巻きにしてあるが、これはあちこち鋭く切り裂かれて血や臓物がこぼれるのを防ぐためだ。

『(非表示設定)／／まだ終わっていなかったのか』

『フォックス・I／／今終わらせます。だから大変なんですってばハッカー炙《あぶ》り出《だ》すのって。外からわざわざ「書庫《バンク》」に侵入して、生徒達のＤＮＡマップを漁《あさ》ってやがったアレですよ』

ゴトンごとんと雑にプラスチックコンテナへ放り込み、それから横に倒したスマホの指揃《ゆびさば》きに再び集中する。片手で全部打てるレイアウトの方がありがたいのに、と唇《くちびる》を尖《とが》らせつつ、

『フォックス・I／／風紀委員《ジャッジメント》殺害の元凶は余さず処刑する。それがナンバー０００の定義です。科学カルトの教祖からリクエスト受けて、謎の条件に合った生《い》け贄《にえ》ちゃんを捜していたんでしょ？　この外部ハッカーさえいなけりゃ南沖鎖流鎖《みなみおきさるさ》が死』

『フォックス・I／／長文切れちゃいました（汗）。死ぬ事もなかった。しかるべき報いってのを演出するんですよこれから』

『(非表示設定)／／手早く。そのための君達だ』

『フォックス・I／／へいへい』

必要な連絡を終え、少女はＬＲ確定チケット獲得キャンペーンの誘惑《ゆうわく》に抗《あらが》ってアプリを閉じ

た。一見親切設計でも、冷静に計算すると普通に一〇〇連回して運で挑むより金がかかる。

少し離れた場所で壁に背中を預けたり作業テーブルに腰かけたり、思い思いにくつろいでいるのは同じミニスカートの真っ白な軍服を着た少女達。

彼女達は、四人で一組のチームとなる。

栗色《くりいろ》ショートヘアのヤマダコヨーテが額に手をやり、

「ここ最近は出番が多いのではないか？『風紀委員《ジャッジメント》』もナメられておるのかね」

「由々しき事態ですわね」

自分の肩を軽《かる》く揉《も》みながら言う銀髪縦ロールに小麦色の肌の巨乳少女サトウリカオンに、黒髪ウェーブの貧乳少女タナカジャッカルもまた頷《うなず》く。

「さっさと街に暴力を注入して、元のレアリティを取り戻そう」

それがつまり彼らの仕事だった。

犯罪者にやられっ放しで終わる。そんな事態を一つでも許してしまえばあちこちで増長が生まれ、反発へと成長し、やがては路上での犠牲者が当たり前になっていく。

だから、そうなる前に手を打つ。

警備員《アンチスキル》と風紀委員《ジャッジメント》では、実際の優先順位は風紀委員《ジャッジメント》の方が上。

知らなかったで済ませるほど甘くない。

愚かにも風紀委員《ジャッジメント》の命を奪えばどうなるかを、徹底的に思い知らせる。同じ組織の手で。

「ナンバー000は特別な非常事態を指す符牒《ふちょう》です、これがずっと常態化しちゃうんじゃ意味がなくなるんですけどねえ」

無意味な破損ファイルに偽装した資料を復号してからスマホで開くイノウエフォックス。

傍《かたわ》らにあるプラスチックコンテナの内部は赤と黒で埋め尽くされていた。腕も足も数は揃《そろ》っているが、一つとして無事なものはない。ザクザクと切り刻まれている。ここまでやって全ての肉がくっついているのはできるだけ痛む箇所を増やすためだ。

しかも、それでいて。

血まみれの口がパクパク動いていた。

まだ生きていた。

あまりにも切れ味が良すぎたのが、この場合は仇《あだ》となった。

「……、ぁ――――」

バタンと雑に蓋を閉めた。

そっちを見ないで。亜麻色エビフライのイノウエフォックスはその上から封印でもするように掌《てのひら》いっぱい使って荷札を貼りつける。

「その目障《めざわ》りなの、どこへ送りつける事にしましたの？」

「第九学区の萌《も》えベルズです」

イノウエフォックスの言葉を聞き、ヤマダコヨーテが眉をひそめる。

「……可哀想《かわいそう》に。あそこの連中は無関係だろが」

「死体一個を最大活用してあげませんともったいないですし、それが殺す側のお作法ってものでしょう？　今回のケースだと地下に潜む似たようなギークどもを丸ごとビビらせなくちゃ目的を達成できないですから。学園都市《がくえんとし》のハッカー連中を黙らせるためにはあそこが一番の広告塔です」

適当に言い合いながら、イノウエフォックスは壁にあった大きなボタンを押した。

がごんっ、という重たい金属音と共に壁一面が大きく動く。いいや、それは金属シャッターだった。彼らが佇《たたず》んでいたのはガレージだったのだ。

そして中央に鎮座しているのは三〇トン以上の複合装甲の塊だった。

HsAAT-07『ヒナワヅツ』。路面を削らないよう表面に分厚いゴム板を張りつけてはあるものの、巨大な砲塔を積んで履帯で動く対ドローン戦車である。

「名門校だぞ？　こんなものが隠してあるなんて誰も思わんだろうなあ」

ヤマダコヨーテがケタケタ笑いながら呟《つぶや》いた。

分厚い金属シャッターから外に広がるのは、真夜中の長点上機学園《ながてんじょうきがくえん》。歴史こそ浅いものの、純粋な能力開発分野では名門常盤台《ときわだい》や霧《きり》ヶ丘女学院《おかじょがくいん》に匹敵するエリート進学校である。具体的には主に運動部向けの部室棟の一角だ。

リーダーのイノウエフォックスはパンパンと手《て》を叩《たた》いて、

「ほら全員乗った乗った乗りました！」

「くそー、次はあたしがスコア獲《と》るぞッ‼」

促すと、少女達は砲塔や車体側などあちこちにあるハッチから履帯の戦車へ乗り込んでいく。

その動きは手慣れていた。こんなものを動かして学園都市《がくえんとし》を横切る事に、だ。

分厚い車内に潜った銀髪縦ロールに小麦色の巨乳少女、サトウリカオンはため息をつき、

「それにしても、やっぱり外にいる連中はあてになりませんわね」

「マスコミ連中の話？『フリーズ』とかいう……」

「『サディスティックドールズ』にしても『アイテム』にしても、獲物については言われた通りに個人情報や生活半径さえ蒐集《しゅうしゅう》していれば良かったのですわ。戦闘職でもないのに下手に直接手を出すから逆に噛《か》みつかれ、せっかく集めた情報がこちらに伝わる前に断ち切られる」

プラスチックコンテナについては、表に出しておけば貨物運搬ドローンが勝手に飛んできて荷札のバーコードを読み取り、夜空へ運び去ってくれる。

「もう三一日になってしまいました。夏休み最後の一日です。九月の頭からいきなり寝坊や忘れ物で大恥かくような風紀委員《ジャッジメント》は風上にも置けませんからね。始末の対象となりたくなければさっさと仕事を片付けて新学期に備えましょう！」

「了解ですわ」

「了解した」

「りょーかーい☆　スコアスコアハイスコア!!」

風紀委員《ジャッジメント》第〇〇〇支部・特別例外処理班。

それが四人の名前だった。風紀委員《ジャッジメント》の中にあって公的な記録には存在せず、ナンバー000のみを担当する専門の部隊。『正義』の機能不全を物理的に阻止するための怪物ども。

ギャリギャリと爆音を鳴らして夜の街へ繰り出す白軍服の少女達だが、彼らにとってこんな対ドローン戦車は地均《じなら》しのためのオモチャに過ぎない。

風紀委員《ジャッジメント》は次世代兵器よりも能力を使って犯罪者を制圧する組織だ。

「大体の位置は分かっておりますの？」

「もらったデータが正しければ第一六学区のランドマーク。三一日のこの時間なら真っ当な人間はいないはずです、真っ当じゃないのは気にする必要ありません」

ちなみに対ドローン兵器にはいくつか必須とされる条件がある。

一つ。マッハ一・七以上で複雑に飛行するドローンを正確に捕捉する命中精度。

二つ。群れ《スウォーム》で襲いかかるドローンを一〇〇％確実に迎撃できる弾幕展開能力。

三つ。弾の消費単価が敵対ドローンより圧倒的に安価な費用対効果の高さ。

……意外と難しいのが三番で、例えば超精密機器を山ほど積んだ地対空ミサイルだと安物のドローンを落とすのに札束を飛ばす羽目になり、守る側だけが経済的な打撃を受ける。ただし出し惜しみをして豆鉄砲の機銃に留《とど》めてはドローンに突破されてしまい本末転倒だ。

よって、『ヒナワヅツ』では広い空間を埋め尽くす大爆発を採用していた。

具体的にはサーモバリック砲弾。

気化爆弾の発展系だが、炸裂《さくれつ》させるのが何もない夜空なら大爆発を起こしても一般人の誤射誤爆の心配はない。点を狙わず壁《かべ》で叩《たた》く想定なら精密な照準も必要なく、大量の砲弾をばら撒《ま》かなくても良い。つまり確度の高い迎撃率と圧倒的なコスト減を両立できる。車載レーダーは最低限で構わないし、使い捨ての弾頭一つ一つに小さなコンピュータを積む必要もない。

ただし、本来の開発想定を無視して高度〇メートル、人間や建造物で密集した地上に向けて、撃ち込んだら何が起きるか。

イノウエフォックスはむしろ退屈そうだった。

「それじゃ地均《じなら》し第一弾です」

「こんな第一波で数が減るような連中ならあたし達にお声はかからないとは思うけどー？　あたしのスコアにならんし」

「手順通りにやるのが一番ですよ、正義のために。ファイア」

ドガドガドガドガドガドガドガッ‼　と。

軍艦の速射砲の構造を借りて作られたHsAAT-07の砲塔であれば、走行中であっても一分あれば二〇発以上のサーモバリック砲弾を虚空《こくう》へ解き放てる。

さながら、野球の遠投のように。

2

胸いっぱいに空気を蓄えて笛を吹くような、鋭い音があった。

第一六学区の氷の宮殿・バルワイザーアイシクルシアターでほとんど同時に顔を上げたのは滝壺《たきつぼ》とフレンダだった。

「むぎの」

「まずいっ。結局死神のフルートだ、みんな伏せて‼　何か落ちてくる訳よ‼」

果たしてその指示に従う事ができたのは何人いたか。

光があった。

音が押し潰された。

炎の種類は車の爆発に似ていた。つまり空気を漂う細かい粒子に引火したような。ただ範囲が広い。一発一発で直径一〇〇メートルは超える巨大な爆発が、何重にも重なり炸裂《さくれつ》する。

表で待機していた『下部組織』のヤンキーどもは、防弾車ごと炎に包まれて宙を舞った。身を伏せても、氷の柱の陰に飛び込んでも、回り込むように熱波と衝撃波が命を刈り取る。

凄《すさ》まじい爆発音は最期《さいご》の悲鳴すらかき消した。

コンクリのビルが黒く焼きつけられ、あまりの熱にアスファルトが液化する。

絹旗最愛《きぬはたさいあい》は『窒素装甲《オフェンスアーマー》』を使って足元の氷の床を砕き、麦野《むぎの》達《たち》は地下へと滑り込む。

敵の存在を知らなければ完全に奇襲一発で全員やられていた。

『探偵』が繋《つな》いだ。

取り残されたヤンキーへとっさに手を伸ばそうとした滝壺《たきつぼ》の、その手首を麦野《むぎの》が摑《つか》んで直下へ引きずり込む。

一際《ひときわ》大きな爆発があった。

分厚い氷の屋根を得てなお、間近で叫ばないとお互いの声が聞こえないほどだった。

「ひとまず熱線《ねっせん》は弾《はじ》いているようですが、氷のブロックなんていっても私の拳で砕ける程度じゃ超大した遮蔽物になりませんよ。どこの馬鹿かは知りませんが、本気で砲撃してきているとしたらすぐ破られます!!」

もう四人の他には誰もいない。助ける余裕がない。

少女達は中腰になって狭い空間を走る。

「ナンバー00？　風紀委員《ジャッジメント》の死に関わった人間は敵味方関係なく全部殺す???」

青い顔してフレンダは自分の親指の爪《つめ》を噛《か》んでいた。

ハッタリでないのはすでに証明してもらった。

この街の『正義』の仕組みは、サーモバリックを使った絨毯爆撃《じゅうたんばくげき》さえ容易《たやす》く隠蔽する。

「結局、冗談じゃないわよ。寄ってたかって逆恨みで殺されるだなんて!!」

逆恨み。

そう断言できるのは、『正義』のルールの外にいる悪党どもだからだろう。

ここまでできるヤツらは違う。

一般に、『正義』にどっぷり浸《つ》かった連中は自分の行いに疑問を持つ事すらしない。

(……これが『正義』だと?)

麦野《むぎの》は頭の中で考え、奥歯を強く噛《か》み締《し》めた。

公権力を振りかざし、不正の証拠は全て揉《も》み消《け》し、邪魔な人間を殺して。こんなのがクラスメイトのために最後まで命を懸けた『探偵』よりも上に君臨しているとでも言うつもりか。

絹旗《きぬはた》が低い声で呟《つぶや》いた。

「……悪意の有無に関係なく風紀委員《ジャッジメント》の死亡案件に関わった者は全員殺す、だと獲物にされるのは『暗部《あんぶ》』だけじゃないでしょ。たまたま目撃した一般人でも容赦なしですよこれ」

「つまり何だよ?」

「胸クソ悪《わ》りィからふざけた制度ごと超ぶっ潰してェっつってンです」

「なら誰彼構わず手を出すアホを徹底的に叩《たた》いて、大損害を与えて、この制度を庇《かば》っても火傷《やけど》するって教えるのが一番だな。処刑チームじゃなくて、その『上』に」

麦野《むぎの》は凶暴に笑って即答した。

『探偵』に繋《つな》いでもらった命だが、自分達にはこれくらいがちょうど良《い》い。即座に善人になれなんて土台無理な話だ。今『アイテム』にできる現実的な選択肢を選ぶべき。

「暴力は趣味の遊びで使うオモチャじゃねえ、プロの仕事道具だ。そいつを潔癖症の『正義』どもに教えてやろう」

四人で床下から表に飛び出す。

上空から笛の音がまた響く。

足で走って逃げる程度では炎の雨を振り切れそうにないが、幸い、こちらは駐車場側だ。そしてバイクの代わりにスノーモービルが何台か置いてあった。

「急げ!!」

麦野《むぎの》と絹旗《きぬはた》、フレンダと滝壺《たきつぼ》のペアでスノーモービルに飛び乗り、人様には言えない方法でエンジンを点火する。

隣を並走するスノーモービルから提案があった。

「むぎの、夜空から降ってくるアレ『原子崩し《メルトダウナー》』で迎撃できないの？」

「やったから何になるんだよ？　自分の居場所を敵に教えるだけだぜ、反撃するならヤツらの照準を逃れてきちんと行方《ゆくえ》を晦《くら》ませてからだ!!」

　真後ろ、過ぎ去った景色で着弾が続く。真っ白な雪化粧が赤の照り返しを受け、氷でできた巨大な像が溶けるのも忘れて焼け焦げ、砕けていく。

　速度に頼ってただ真っ直《ます》ぐ逃げるだけでは爆発に巻き込まれる。常に遮蔽物を意識して何度も急カーブを切らないと生き残れない。

　幸い、今夜だけは外に人気はなかった。やはり八月三一日の深夜、九月の新生活に合わせてどんちゃん騒ぎを控える風潮でもあったのか。

「むぎの、つまり一般人の巻き添えを気にする必要はないって事?」

「……これだけド派手にやって一般の死者ゼロだって?　偶然にしちゃ不自然にハマり過ぎた状況だ、もしかしたらこいつもナンバー1000の掌の上《デザイン》かもな」

　ハンドルを握るフレンダは歯噛《はが》みしながら、しかし冷静に分析する。

　能力に依存しない爆発物は彼女の専門分野だ。

「結局、数は多いけど同じ方向からばっかり……。たとえ移動しながら撃ちまくっているにせよ、おそらく発射元は一つ。敵はそんなに大人数じゃない訳よ!!」

「Uターンして反撃に超打って出るっていうのは!?」

「結局、地雷の山でもしこたま仕込んで間に分厚い壁を作られていたら面倒臭い。それより敵に撃たせるだけ撃たせてから、結果の確認でのこのこ近づいてきた時を狙った方が確実!」

ヒュン、と頭上を青い道路案内板が通り過ぎた。

麦野《むぎの》が舌打ちする。

「まずいっ」

スノーモービルで逃げるのは良《い》いが、そもそも今は八月末だ。地面の雪だって人工降雪マシンによる紛《まが》い物《もの》に過ぎない。

つまりキャンペーンを展開する第一六学区から外に出た途端に銀世界が消え去った。

具体的には、第一六学区から南に逃げれば第一学区にぶつかる。

胡散臭《うさんくさ》い『正義』の象徴。行政や役所ばかりが集まった非人間的にまで整った学区は、『暗《あん》部《ぶ》』の人間からすれば一番縁のない世界だ。

ガリガリとアスファルトを擦《こす》って火花を散らすスノーモービルが完全停止するより早く、麦《む》野《の》はさっさと飛び降りる。

「むぎの、まだ砲弾が飛んでくる」

「超どうするんですか二本の足で逃げ切れるとは思えませんけど!!」

「っ、結局こっち!!」

3

対ドローン戦車HsAAT-07『ヒナワヅツ』を操って深夜の街を走行しながら、特別例外処理班の四人は標的との距離を的確に詰めていく。

慣れた動きとも言う。

運転自体は車体側のヤマダコヨーテに任せ、砲塔側に収まったイノウエフォックス達三人は車載薄型モニタを指で操作していた。高度なデータリンク機能を有する『ヒナワヅツ』であれば、それ自体がちょっとした通信基地レベルの設備を積んでいる。

「標的のデータはどうなっています？」

「今出ますわー」

どんな危険な目的で行動していても、彼ら四人は公的に認められた『風紀委員《ジャッジメント》』だ。よって、『書庫《バンク》』に正面からアクセスできる。

戦う前から能力の詳細を全て暴けるというのは、圧倒的なアドバンテージになる。こちらの正体が割れる前に標的の弱点を徹底的に突き倒して命を奪ってしまえば無傷で勝てる。

「えーっと、出動要請リストと照合すると目《め》障《ざわ》りな最後まで残った標的は『アイテム』で確定。麦野《むぎの》沈利《しずり》、滝壺理《たきつぼり》后《こう》、フレンダ＝セイヴェルン、絹旗最愛《きぬはたさいあい》の四人でしたわよね……」

「いないじゃん」

タナカジャッカルが呆《あき》れた声を出す。

ありえない事に『書庫《バンク》』検索結果は〇件。『アイテム』は質量なき幽霊とでも言うのか。

『暗部《あんぶ》』絡《がら》みの面子《メンツ》であろう？　もしや隔離されておるのではあるまいか』

車載無線を通したヤマダコヨーテの言葉にイノウエフォックスは鼻で笑った。

よくある展開だ。

そして表の『書庫《バンク》』からデータを隠したところで、完全には隠蔽できない。生活半径には必ず痕跡が残されている。

「そもそも麦野沈利《むぎのしずり》は七人しかいない超能力者《レベル5》ですからね。有名人です。どれだけ上《うわ》っ面《つら》のIDを隠蔽しようとしたって、流石《さすが》に表の学校では隠しきれません」

滝壺理后《たきつぼりこう》、絹旗最愛《きぬはたさいあい》についてもおよその予測をつけられるくらいはデータを集めた。

銀髪縦ロールに小麦色のサトウリカオンは画面を眺めて、

「一番危険で目障《めざわ》りなのはどなたですの？」

「フレンダ＝セイヴェルン。無能力者《レベル0》ってのは厄介ですね、代わりにどんなオモチャを隠し持っているかカギ付きのネットを漁《あさ》るだけでは出てきませんし」

それが特別例外処理班での順位づけだった。

ただ強いだけの高位能力者であれば、むしろ彼女達にとっては通常業務の範囲内でしかない。

イレギュラーな脱線をもたらすのはいつでも事前データにない謎の人物《ザコ》だ。

大雑把に優先撃破目標を設定しつつ、少女達は『ヒナワヅツ』を走らせる。

対ドローン用のサーモバリック砲弾はしこたま積んでいたが、まあ再装填ナシで一〇分も撃ち続ければ残弾は底を突くだろう。

雪と氷の街並みを遠方から赤と黒で焼き焦がしていく特別例外処理班だが、こんなオモチャで標的が全滅するとは彼女達も考えていない。

それではつまらない。

「どっち逃げました？」

「南に走る以外なら炭化してるー」

「なら目障《めざわ》りなのが向かう先は第一学区ですわね。マップを確認、境界線の近くでサーモバリック砲弾の雨をしのげるロケーションは……」

『ここだ』

車内通信で指摘してきたのは、車体側、操縦席を陣取るヤマダコヨーテだ。

『第一学区の冷凍倉庫。分厚い断熱壁で囲まれたこの建物なら炎の壁から身も守れよう』

4

冷凍倉庫、にしても広大だった。サイズはスタジアム級。

「下がってろ!!」

悠長にキーピックしている暇はない。麦野《むぎの》は『原子崩し《メルトダウナー》』で通用口の鉄扉《てっぴ》を吹き飛ばす。

四人全員で内部へ転がり込んだ直後、大量の爆発が表で炸裂《さくれつ》した。一発でも一〇〇メートル四方を焼き尽くす巨大な炎が、いくつも重なり合って屋外空間を埋めていく。

肌に張りつくような冷気があった。

八月という世界が壊れた。吐く息が白い。サーモバリック砲弾の雨はやりすごしたが、敵を出し抜いた解放感はない。

「むぎの」

自分の体を抱いた滝壺《たきつぼ》が、無表情で震えながらちらりと壁に目をやる。デジタル表示には-40とあった。氷点下四〇度。白い息を吐きながら麦野《むぎの》が叫ぶ。

「フレンダっ、ケータイまわりは⁉」

「私のも問題なし。結局、流石《さすが》は学園都市製《がくえんとしせい》☆」

極端な環境だと電子基板やバッテリーがやられる事もあるのだが、そっちは無事そうだ。

ただ何にしても水《みず》で濡《ぬ》れたタオルを振り回したら即座に凍りつく世界だ。適切な防寒装備を持たない人間が活動できる時間だって限りはある。

フレンダはフレンダで、凍った壁面で半ば白い霜と一体化した金属板を睨《にら》んでいた。

「くそー冷えてきた。ええい、結局見取り図はどこよ？　液体窒素補助冷却剤タンク、非常発電装置、天井クレーン……設備の詳細はこれで全部⁉」

何しろこんな巨大な冷凍倉庫で籠城戦《ろうじょうせん》を展開しても、不利なのは『アイテム』側だ。分厚い断熱壁があればサーモバリック砲弾の炎の壁はしのげるかもしれないが、氷点下四〇度という極端な室温は生物学的に無視できない。

天井までの高さは、概算で五階から六階分くらいか。ただしあちこちにピラミッドのようにコンテナや木箱が山積みされているため、地べたにいるだけでは圧迫感を覚えるくらい。やたらと背の高い壁に沿って伸びているキャットウォークからこちらを見下ろせば、また違った印象が生まれるかもしれないが。

体育館のように天井付近には大量の鉄骨が張り巡らされているが、それとは別に特殊なレールが敷いてあった。おそらく一トン以上の貨物を出し入れするための天井クレーン用か。

「壁に大穴でも空けます？　外気を取り込めば多少は冷気も和らぐかもしれませんけど」

ここがカプセル状の屋内型サッカースタジアムの構造を参考にしていたのは助かった。つまり無数の鉄骨で重量を分散して巨大な天井を支えている。空気の力で膨らませるドーム球場なら一発大穴を空けた時点でくしゃくしゃに萎《しぼ》んでしまう。

ただし、

「敵がいつ来るか予測もできない状況で？　せっかくそれなりに広くて複雑な施設に潜り込んだのに、自分から派手な破壊音を撒《ま》き散《ち》らせば居場所を知らせるだけだぞ」

バトルフリークの麦野《むぎの》がブレーキをかけていた。

そこまでの強敵を予感している。

絹旗最愛《きぬはたさいあい》は断熱効果でも期待しているのか、窒素の壁を使って全身を覆いながら、

「それにしても、超ここは一体何なんですか？」

ただの冷凍倉庫にしてはあまりにも巨大な場所だった。

具体的には、屋内型のサッカースタジアムくらいの広さがある。

そもそも行政や役所が集中する小奇麗な第一学区に無骨な冷凍倉庫は似合わない。

「……『リザーブミール』だろ」

麦野沈利《むぎのしずり》が吐き捨てるように言った。

フレンダが小さく息を吐いて、

「学園都市《がくえんとし》最大《さいだい》の災害時用食糧備蓄保管庫。ただしご利用できるのは統括理事を中心とした学《がく》園都市《えんとし》の限られたVIP様だけで、一般には施設の存在自体が非公開」

ここにあるのは学園都市《がくえんとし》の縮図だ。

大量の食糧を独占的に確保して譲らないのに、消費期限が迫ると『置き去り《チャイルドエラー》』などに回して親切を気取る。自分達にはこんなもん食べきれないとはっきり示しているのに、それを他人に押しつける行為は『涙ながらの慈善活動』として奇麗にラッピングしている訳だ。しかも受け取る側までそれに心から感謝してしまっている。

悪の塊である麦野沈利《むぎのしずり》は基本的に無償の慈善なんてものを信じない。

人が何か行動する以上、そこには明確な利害か、もしくは優越感が必ず存在する。何事も斜めに捉えたがる『暗部《あんぶ》』の嗅覚がそう言っている。

冷静に全体構造を眺めてみろ。

どれだけ言葉で飾ろうが、食糧サプライルートは如実《にょじつ》に上流と下流を可視化する。

（……ま、一四億人を支える穀物生産企業、麦野本家《むぎのほんけ》の道楽娘に言えた義理じゃねえか）

あるいは、『だからこそ』麦野沈利《むぎのしずり》はこういうのにイラつくのかもしれないが。

一方、

「結局これで終わりじゃないっ。処刑チームは風紀委員《ジャッジメント》の精鋭なんでしょ、つまりああいうオモチャより能力を頼って戦う連中。遠からず敵はやってくるわよ。すぐそこのドアは抜けて大穴空けてるし、それまでにできるだけ準備を固めておかないと！」

青い顔で言いながらフレンダが薄手のポンチョの中からどさどさと何かを床に落とす。大小様々な爆薬と起爆装置だった。

「どうすんだこんなの」

「難しく考える必要ないわ。ドアに直接貼りつけてからデカいボタンを押して、それで起爆準備完了！　ただし手順を逆にすると手の中でいきなり爆発するから要注意な訳よ。正面の大穴は私が赤外線とミリ波で塞ぐ!!」

さらにフレンダは自分の短いスカートにお行儀悪く手を突っ込むと、

「それから滝壺《たきつぼ》はこれ！　私が持ってるよりマシでしょ、結局念のために装備しておいて」

「んんー」

滝壺《たきつぼ》は宙を舞う小振りな機関拳銃を表情もなく片手で受け取る。ジャージ少女単体でどこまで戦えるかは未知数だが、何もないよりは良《い》い。照準支援特化の『能力追跡《AIMストーカー》』と組み合わさった時の破壊力は、実際に見せなくても可能性を提示するだけで敵がビビるかもしれないし。

屋内型サッカースタジアム級の広さだ。フレンダに爆弾設置を任せるだけでは時間が足りない。麦野《むぎの》、滝壺《たきつぼ》、絹旗《きぬはた》も抱えられるだけの爆薬を抱えるとそれぞれ施設の各所へ走る。

フォークリフトやホイールローダーなどの作業車を通す広い正門や人間の通用口の他に、

「……壁は分厚いですが、全体が巨大な冷凍庫なら外に繋がる超馬鹿デカいファンがあります。それから、二階か三階の外壁には消防隊が突入するための鉄扉《てっぴ》が忽然《こつぜん》とあるはずです。私がいた研究所もそうでした。誰か超そっちもお願いします！」

『了解きぬはた、任せておいて』

携帯電話からグループ通話で返事が飛んできた。

麦野《むぎの》は一階部分から順番に大きな出入口を塞いでいく。絹旗《きぬはた》も同じ階層でドアのど真ん中に爆薬を貼りつけていた。滝壺《たきつぼ》とフレンダがどこにいるのかは見えない。

そしていきなり真横の壁が四角く切断された。

サーモバリック砲弾にも耐えた分厚い断熱壁が、音もなく溶け切られるように。

ドアを使わない以上、爆薬による待ち伏せは丸ごと無意味化された。

亜麻色の長い髪をエビフライにした、白い軍服の少女が踏み込んできた。


「ハロー☆　命知らずのナンバー000対象者サマ。ご指名の特別例外処理班ですよー?」


問答無用だった。

麦野沈利《むぎのしずり》はいきなり掌《てのひら》をかざして『原子崩し《メルトダウナー》』を撃ち込み、そして白軍服の手前で真横に鋭く弾《はじ》かれて粒子状に霧散していく。

「っ⁉」

「麦野《むぎの》今は超下がってください、まだ敵の能力は見えていません‼」

壁際《かべぎわ》からピラミッドのようにコンテナや木箱が山積みされた倉庫本体の方へ麦野《むぎの》と絹旗《きぬはた》は後退していく。敵を押《お》し留《とど》める事はできないので、次々と白い軍服の侵入を許してしまう。

「初めましてー、私はイノウエフォックス」

エビフライの軍服少女は、あの麦野《むぎの》沈利《しずり》の前だというのにおどけたように一礼した。

自ら視線を外し、重心を崩す行為がどれほど危険か知っておきながら。

こんなのが。

遊び半分で正義を振り回す四人組が、命《いのち》を賭《と》した『探偵』よりランクが上だとでも……？

「そっちのは順番にサトウリカオン、ヤマダコヨーテ、タナカジャッカルです。この場で終わる一夜限りの関係でしょうが、一応はお見知りおきを」

「例の処刑チームか。『暗部《あんぶ》』界隈《かいわい》で偽名使いたがる連中の性質《タチ》なんぞ推して知るべしだな」

「ハハッ、風紀委員《ジャッジメント》第○○○支部または特別例外処理班とでもお呼びください。正義という定義を守るための雑用係です☆」

それもまた、知られたところで痛くはない情報なのだろう。

こいつの本物はどこにある？

亜麻色エビフライのイノウエフォックスはにたりと嗤《わら》って、

「死んだのが『風紀委員《ジャッジメント》』でなければトラブルに巻き込まれなかったのに、って顔ですね」

低く、イノウエフォックスが吐き捨てる。

「でも実際は違う。『風紀委員《ジャッジメント》』でなくても人にはそれぞれ背負うものがあります。殺す側の勝手な理由で命を奪っておいて、不利益が発生しないと考えるのがそもそも間違っています」

「……正義たる自分だけは、公務の処刑であれば例外的に許してもらえるとでも？」

「いいえ」

麦野《むぎの》の睨《にら》みにも白軍服の少女は動じない。

正義は悪では怯《ひる》まない。

「どんな理由や事情があれ人を殺せば恨まれる。当然のルールを理解しろと言っているんです。覚悟もなく安易に暴力なんて手段を取り回すから、正義の敵となってこんな目に遭う」

「……、」

「私達は覚悟しています。不利益が発生し、多くの人に恨まれようが、それでも『風紀委員《ジャッジメント》』という組織を凶悪犯から守るために必要だから自覚を持って死という公務を粛々と執り行うのです。報酬次第でやったりやらなかったりと基準が変動するあなた達悪党とは根本の仕組みが異なります。私達は窮屈なやり方に気をつけているから、正義の中にいられるんです」

正義を貫く。

そしてそれができない者を蔑み、悪党と認定して苛烈に攻撃する。

値踏みする麦野《むぎの》に、イノウエフォックスが嗤《わら》う。

「ま、ベースは風紀委員《ジャッジメント》代々の『伝統』ってヤツでしてね。それを自分好みに突然変異させてみました。知らずに踏んだのなら申し訳ないですけど、腹はくくってもらいますよ。正義を保つためにね」

高所からこちらを覗《のぞ》き込《こ》みながら、滝壺《たきつぼ》理后《りこう》が携帯電話に向けて囁《ささや》いたらしい。

『聞いた事ない』

「水面下ではすでに。いずれ誰かの耳には届きますわ。断片的に、散々真実《しんじつ》を歪《ゆが》められた根も葉もないウワサ程度の話として」

にたりと笑ったのは、銀髪縦ロールに小麦色の巨乳少女だった。

より多くの情報を握っている事で優越感にでも浸っているのか。

それをさらに鼻で笑ったのは麦野《むぎの》だった。

「ナンバー000。常に犯罪者と戦う治安維持組織は加害者からナメられたら終わり。だから、未来の犠牲者を減らすためにも同僚殺しに対しては徹底した態度で挑むべき、か」

「それが何なんです？」

「……ギャングの報復と何も変わらねえじゃねえか。結局アンタ達風紀委員《ジャッジメント》は『組織』だ。ただ公的に認められて民衆から税金を毟《むし》り取《と》る権利を与えられただけの、単なる暴力装置」

ぴくりと、あれだけ余裕を崩さなかったイノウエフォックスの目元が微《かす》かに動《うご》いた。

初めて。

「『正義』側に立ってるつもりのアンタ達にとっちゃ許《ゆる》し難《がた》い一言ってか？」

おいおい、と麦野《むぎの》は鼻で笑って、

「武器と能力を頼みに街の人間を恐怖で束ねて単一ルールで支配する。同じだよ。シチリア辺りから始まったマフィアの連中だって、自分で自分を悪とは呼ばない。未整備な法律に勝る完全な秩序を提供する『正義』の組織。そいつがヤツら自身の触れ込みだぜ。アレ、なんかどこかの誰かさん達と似通ってねえ？」

「……、」

「ハッハ!!　まさか自分で気づいてもいなかったのかよ？　悪党」

キュガッッッ!!!!!!　と。

前触れもなく致死の一撃が迫った。

光《ひかり》が迸《ほとばし》り、麦野《むぎの》は一歩後ろに下がって、そして傍《かたわ》らにあったコンテナの山が根元から切り取られてガラガラと雪崩を起こす。

しかし麦野《むぎの》の顔にあるのは凶暴な笑みだった。

「馬鹿がっ、早速一人正体をさらしやがった！　何だもっと複雑に発動条件を重ねた謎めいた切断能力だと思っていたのに、ふはは正体は単なる光の剣かよ!?」

「煽《あお》って実力《じつりょく》を削《そ》ぐ段階は超終わりましたよっ、皆さん早くポジションについて!!」

なし崩し的に始まった。

逃げ回って防戦一方だった『アイテム』側からすれば、お互い全員が小細工抜きで正面衝突できる状態まで持ち込めただけでも十分に僥倖《ぎょうこう》だろう。

だけどようやくの五分と五分だ。

当然ながら、こちらが死ぬ可能性も残留している。それもかなり高く。

『探偵』から拾ってもらった命だ。

身近なクラス委員の方が『正義』としては上だったと証明してやる。必ず。

(……予想外が欲しい。ここはまだ連中にとっちゃ予定のレールの上だ、だから処刑チーム側から見た総崩れの予想外が!!)

5

入り組んだ地べたではいつ奇襲を受けるか予測がつかない。

かといって、壁際《かべぎわ》のキャットウォークから見下ろそうとすれば、狭い足場では逃げ場がなく大した遮蔽物もない。つまりどこからでも集中砲火を浴びる羽目になる。

絹旗《きぬはた》はサッカースタジアム級の冷凍倉庫の中を、後ろに下がりながら、

(……やっぱりひとまずコンテナの山の陰にでも身を隠すのがベターですか。次善であって最善の香りがしないのが超アレですけd
いきなり真横の壁が爆発した。

絹旗《きぬはた》の体が数メートルも飛ばされる。『窒素装甲《オフェンスアーマー》』がなければ初見で死んだはずだ。

「ぐう……ッ⁉　超今の、壁の配線が破裂したんですか⁉」

「あら。体当たりで情報収集を担当する使い捨て係かしら？　これだけ電子機器に囲まれた大都市です、わたくしの『励起爆弾《ボンビングボム》』なら目障《めざわ》りな悪党の一人くらい普通は即死で刈り取れるものですけれど」


オレンジ色の爆炎がいくつも重なって炸裂《さくれつ》した。

凍ったコンテナの山がぎしぎしと不安定に揺れて、純白の氷の粒を撒《ま》き散《ち》らす。

フレンダ＝セイヴェルンだった。

薄手のポンチョを翻《ひるがえ》し、短いスカートが吹き荒れるのも気にせず、小型のミサイルやロケット砲をありったけ叩《たた》き込《こ》んでいるのだが、

「にひひ」

タナカジャッカルは身を隠す素振りさえ見せない。

フレンダは歯嚙《はが》みしていた。

これだから高位能力者は嫌いなのだ。ただし敵として出てくる場合に限る。

「結局、通じてない？　指向性化学砲弾も徹甲弾も大盤振る舞いしてんのに‼」

「きひっ。なーんだ真っ当な物理でゴリ押し攻撃しかないのかな？　だったらあたしの『壁』は誰にも貫けないよ。きちんと仕事してんのに盾担当だと個人スコア稼げなくて欲求不満なんだよね。そんな訳でゲーム開始だ、無力なんだよ『正面突破《スイングシールド》』の前じゃあさあ!!」


一転して、無の空間だった。

高さにして五、六階分。ジャージ少女の滝壺理后《たきつぼりこう》が佇《たたず》んでいるのは、天井付近に張り巡らされた無数の鉄骨の一つだった。

手持無沙汰な感じで拳銃を手にしたまま、滝壺《たきつぼ》は辺りに目を走らせる。

いる。

「……哀れじゃの、悪党。『体晶《たいしょう》』とやらは使わんのか？」

「ヤマダコヨーテだっけ？」

「狙いをつけるだけならこちらの方が使い勝手は良さそうだ。本気で来ないなら、後悔する暇もなく急所を撃ち抜かせてもらおう。我輩《わがはい》の『電波照準《パーフエクシヨンヒツト》』からは誰も逃げられんぞ」

白軍服の女は、ゴテゴテした杖《つえ》のようなものを肩に押しつけて構えていた。いや違う。本来ならドア破り用の小型ショットガンにグリップとストックを無理矢理装着しているのだ。装弾数は三発も入れば良い方だろうが、ヤマダコヨーテにとってはそれで十分なのだろう。

三発使えばどんな敵でも行き止まりに追い込んで、殺す。

そういう情報戦の能力者。

「せめて善なる一撃で楽になれ。このヤマダコヨーテがお相手つかまつる」

「……『正義』って学芸会なの？」

6

バン!! ボン!! と立て続けに純白の爆発が絹旗最愛《きぬはたさいあい》を追いかける。

溶接に似た鋭い閃光《せんこう》が網膜に痛みを植えつける。

凍った床はもちろんとして、電子ロックのついたコンテナの扉もまた内側から破裂した。

銃弾くらいなら受け止める絹旗《きぬはた》も、流石《さすが》に爆発となると無視はできない。

しかも電気系というのは相性が悪い。

ついさっきニホンオオカミが指揮する獣型陸戦ドローンでも痛い目を見たばかりだ。

後ろへ飛び下がりながらも、絹旗《きぬはた》は共通点の割り出しにかかる。

(電気配線は爆発する！ でも超これだけの広さの冷凍倉庫です。とにかく電気系の設備が何もない倉庫中央へ向かえば……)

コンテナの山、その陰から不意に何かが現れた。

それは一トン以上あるコンテナを出し入れするのに使う無人搬送台車《AGV》だ。

「っ⁉」

爆発があった。

金属が溶ける真っ白な閃光《せんこう》が間近で炸裂《さくれつ》する。

物理防御特化、絹旗最愛《きぬはたさいあい》でなければ出会い頭の一発だけで即死していた。

「か、は……ッ⁉　固定の配線だけじゃ、ない⁉」

「うふふ。あなたも能力を扱ってのし上がるつもりなら、想像力を働かせませんと」

銀髪縦ロールに小麦色の少女は両手を左右に大きく広げた。

ハイな笑みを浮かべてサトウリカオンが吼《ほ》える。

「世界は電子機器に溢《あふ》れております。人間がそのように世界を作り替えた！　そしてわたくしはありふれた電子にちょっと外からエネルギーを注いで差し上げればよろしい。たったそれだけで、通電したあらゆる機械やケーブルは容易《たやす》く爆弾に生まれ変わる‼」

フォークリフトにホイールローダー。人間の背丈より大きなコンテナや木箱を自由自在に運ぶ無人車両はまだまだたくさんある。音の静かなモーター駆動なのも地味に痛い。爆風効果圏だけ意識しても、爆発物そのものが密《ひそ》かに接近してくるのでは予測難度が跳ね上がる。

それに絹旗《きぬはた》の知らない電子機器だって潜んでいるかもしれない。

そもそも巨大な冷凍倉庫というロケーション自体が絹旗《きぬはた》にとっては未知過ぎる。

「さあさあ目障《めざわ》りな悪党さんっ☆　生きる事に飽きたらそちらからどうぞ仰《おっしゃ》ってくださいな。わたくしが慈悲と博愛を込めてそれ以上の引き延ばしはやめにして、痛みも恐怖もなく一発で爆殺して差し上げますわ!!」

7

凍ったコンテナの山の上でフレンダは眼下に広がるダンジョンを観察し、心の中で呟《つぶや》く。

（……おっと絹旗《きぬはた》がそろそろ危ないかな？　結局、格闘専門の『窒素装甲《オフェンスアーマー》』は便利なんだけど相性問題が割と頻繁に発生するからなー）

「行かせると思う？」

視線の動きだけでこちらの思考を読んだのか、にたりと笑ってタナカジャッカルがボクシングのガードに似た構えを取った。

フレンダはうんざりしたように前髪をかき上げて、

「七歳児並の正義ごっこはこれだから……。いちいちご許可をいただくと思ってる訳？」

「実は『アイテム』四人の中で一番危険視されてるのはフレンダ＝セイヴェルンなんだよね。高位能力者《レベル0》と違って無能力者は『書庫《バンク》』で検索かけても何するか予測がつかないし」

「そりゃどうも」

超能力者《レベル5》の麦野《むぎの》を差し置いて堂々のトップ、と言われても皮肉にしか聞こえないが。

「でもあたしの『正面突破《スイングシールド》』なら関係ない。熱風も衝撃波もあたしには通じない。予測不能なイレギュラー因子をここで足止めすれば、後は順当なだけでつまらない能力者どもの首を端から順に刈ってやるよ。アンタはあたしのスコアだ」

「ぷっ」

「？」

「いやいや結局失礼」

フレンダ＝セイヴェルンは己のマナー違反については素直に謝罪した。

それにしても、だ。

麦野沈利《むぎのしずり》や滝壺理后《たきつぼりこう》を『順当』と呼んだか？　新入りの絹旗《きぬはた》にしたって、第一位の思考を部分的に移植したというのが具体的にどこまでやるのかは研究者だってまだ完全解明はできていないというのに、それをつまらないと？

笑みを抑えようとして、しかし失敗し、くつくつ喉を鳴らしてフレンダは言った。

「二〇〇メートル四方の巨大な冷凍庫。結局ここまでになると、一般的な化学冷媒の他に、ピンポイントで加熱部位を冷却してバランスを保つためにアレが使われているみたいね。雑学バラエティでお馴染《なじ》み液体窒素」

「それが……」

「あれ、知らない？　マイナス一九六度で安定している液体窒素ってのは色んな面白い性質があってね。その中にこんなものがある訳よ。敢《あ》えて温めると急激に体積が膨張する」

ハッとタナカジャッカルが何かに気づいたがもう遅い。

フレンダ＝セイヴェルンは小悪魔の笑みを浮かべてこう言った。

専門家が。

「結局つまり、液体窒素は爆弾になるって訳よ」

8

ボバッッッ!!!!!!　と、くぐもった白い爆発があった。

「っ？」

思わず頭上を見上げるサトウリカオンだったが、訝《いぶか》しんでいる場合ではなかった。

ピラミッドのように積まれたコンテナの山から何かが降ってくる。

それはフレンダ＝セイヴェルンだった。

「結局、そっちの防御担当は瞬間凍結を嫌ったみたいね。冷たいのがダメなのか、攻撃がサイドや後ろから回り込んでくるのがアウトなのかは要検証な訳だけど」

四対四の状況。

だが誰《だれ》かが怯《ひる》んで獲物を逃がせば二対一の状況だって発生するのだ！

「なにー絹旗《きぬはた》その怪我《けが》、結局手こずってるなら力を貸そうかー？」

「超余計なお世話ですっ!!」

ニヤニヤ笑うフレンダとムキになった絹旗《きぬはた》が二人同時にサトウリカオンへ襲いかかる。

「こ、こいつ……ッ!!　二人揃《そろ》ってチラチラと目障《めざわ》りな!?」

「結局、ここまできていちいち卑怯者《ひきょうもの》だなんて泣き言言ってんじゃないわよ。こっちはそもそも正々堂々と悪党って自己紹介してんでしょうがッ!!」

敵からすれば思わぬ加勢。

しかもフレンダは電気系に限らず、あらゆる爆発を意のままに操るエキスパートだ。

9

高さにして五、六階以上の高さ。天井付近に張り巡らされた鉄骨の上で、ジャージ少女の滝《たき》壺理后《つぼりこう》と白軍服のタナカジャッカルが睨《にら》み合《あ》っていた。

互いの手には機関拳銃やショットガンが握り込まれているが、引き金の指は動かない。安易に撃って反動で体が硬直した場合、カウンターで何が待っているかは自明の理だからだ。

彼女達は二人とも照準支援担当の能力者。

「集中力がものを言う、か」

ヤマダコヨーテは低い声で囁《ささや》いた。

「ならば単純に環境への対応が決定打となる。こちらはある程度過酷な環境にも耐える造りの軍服だが、貴様はどうだ？　哀れなヤツよ。地肌を剝《む》き出《だ》しにしたその格好で、氷点下四〇度の空間に長時間いられるはずもなかろうが」

先を読み合う者同士特有の、迂闊《うかつ》に動く事の許されない極限の緊張。

と白軍服の女は思っていたのだが、

「――――つまり、だから……」

「？」

「リーダーのイノウエフォックスは格闘専門、光を操り、凝縮。サトウリカオンは爆弾を作る、だけどフレンダほどの技術や応用力はない。おそらく電気抵抗か増幅でも操作して電子機器を破裂させるだけの専門家。ヤマダコヨーテは私と同じ照準支援専門で、タナカジャッカルは防御担当。でも敵の位置に合わせてちょこまか動き回るって事はきぬはたと違って全身防護じゃない、多分死角を突かれたら普通にやられる……」

「こいつ、いやまさか、我輩《わがはい》の事など見ておらんと言うか……ッ!?」

そもそも滝壺《たきつぼ》理后《りこう》が下から狙い撃ちにされるリスクを承知で危険な高所に上がったのは、全体の状況を一刻も早く観察するためだ。

そして彼女は携帯電話を摑《つか》んでいた。

グループ通話は速やかに『アイテム』全員へ情報を共有させる。

「むぎの、こっちは大した事ない。このまま睨《にら》み合《あ》いを続けて封殺する。それより情報《じょうほう》は揃《そろ》えた、直接殺傷力に優れた残り二人と防御担当を手っ取り早く始末してくれると助かる」

10

グループ通話による情報共有。その意味をサトウリカオンもまた舌打ちしつつ理解した。銀髪縦ロールの褐色少女はフレンダと絹旗《きぬはた》の二人に挟まれないよう細かく移動を繰り返し、

「目障《めざわ》りな。出し惜しみせず最初から爆破すればよろしかったですわね、携帯電話‼」

「っと」

フレンダはモバイルのみならず、機械式の起爆装置を諸々《もろもろ》収めたポーチをまとめて外して放り捨てた。凍った床に落ちる暇もなかった。〇・五秒差で内側から真っ白に破裂する。

「超大丈夫なんですか爆弾魔が起爆装置丸ごと捨てちゃって」

「冗談。機械系以外でも色々やり方がある訳よ。爆薬の数だけ方法も変わる。衝撃で着火するとか、薬品と薬品を反応させて起爆するとかね。直接導火線に火《ひ》を点《つ》けたって構わない」

どこのポケットに収めていようが常に体に密着した携帯電話は、一発吹き飛ばすだけで大抵の人間を骨折させ内臓を傷つける。だからこそ最大の切り札で、しかしチャンスは一回のみ。サトウリカオンでなくともタイミングを計りたがる気持ちは分からなくもない。

それで機を逸してしまっては元も子もないが。

非科学的な言い草になるが、『暗部《あんぶ》』の戦いは目に見えない波や風向きがモノを言う。まだ七歳の幼い妹の送り迎えくらいの気軽さでフレンダが言う。

「結局こいつ攻撃一辺倒で防御関係の手札はないようだから、連打で叩《たた》いて殺しましょ」

「超了解です」

「ッ、舐《な》めるのも大概になさいよ目障《めざわ》りな。爆発反応装甲、セットアップ!!」

「用語の意味分かってるー？　結局それチョー格好良いけど気化爆弾で酸素奪っちゃえば良い訳よ」

前触れはなかった。いきなり横合いの金属コンテナが恐るべき閃光《せんこう》に貫かれ、蜂の巣にされ、支えを失った巨大な山がガラガラと崩れてくる。

「ッ⁉」

微細な氷の粒が粉塵《ふんじん》のように舞い上がる中、何かがフレンダ達へ近づいてきた。

逃げてきたのは光の剣を手にしたイノウエフォックスだった。

さらに麦野《むぎの》の『原子崩し《メルトダウナー》』が次々と連射される。

後ろへ下がりながら立て続けに光剣を振り回すイノウエフォックスだが、流石《さすが》に『原子崩し《メルトダウナー》』を直接弾《はじ》いて叩《たた》き落《お》とすまでは至らない。辺りにある木箱やコンテナの山を文字通り切り崩し、わざと『原子崩し《メルトダウナー》』を貫かせてわずかに軌《き》道《どう》を逸《そ》らすので精一杯だ。

「オラオラどうした、もうおしまいかあ処刑チーム⁉　『探偵』はこんなもんじゃなかったぜ。見せてみろよ予想外を。この街の『正義』とやらを背負ってんだろうがよオ‼」

『正面突破《スイングシールド》』とやらは『原子崩し《メルトダウナー》』すら弾《はじ》いてしまうようだが、逆に言えばそれだけだ。

直接殺傷力を持たないなら後回しにして構わない。

まず他の三人を殺してしまえば、残ったタナカジャッカル一人では手詰まりに陥る。凍らせるなり生き埋めにするなり、どんな攻撃なら通るかはじっくり試してやれば良い。

正面に掌《てのひら》を向《む》け、立て続けに『原子崩し《メルトダウナー》』の凶暴な閃光《せんこう》を解き放ちながら、麦野《むぎの》沈利《しずり》が嘲笑《あざわら》っていた。バトルフリークの顔を思う存分前に出して。

「強能力者《レベル3》？　あるいは大能力者《レベル4》の集まりか？　……笑わせんじゃねえよ出来損ないのエリートどもが。んなもんで七人しかいない超能力者《レベル5》に勝てるとでも思ってんのかア⁉」

イノウエフォックスとサトウリカオンを麦野《むぎの》が足止めしている間、フリーになったフレンダは真上に向けて爆発物を発射した。

コンテナの山がさらに崩れ、天井付近の鉄骨にまで被害が広がる。

舌打ちの音が強く響いた。

崩れつつあるコンテナや木箱の群れへ器用に飛び移り、ヤマダコヨーテとタナカジャッカルが凍った床まで鋭く降りてくる。

そこはすでに『原子崩し《メルトダウナー》』の危険域だ。

追い立てられた処刑チームはやがて一ヵ所にじりじりと集まっていく。

タナカジャッカルの『正面突破《スイングシールド》』の傘に入る腹か。

しかしタナカジャッカルが前に出て仲間達《なかまたち》を庇《かば》おうとすれば、それで位置が固定化される。

後はフレンダなり絹旗《きぬはた》なりが横から打撃を加えれば風紀委員《ジャッジメント》処刑チームの数は減る。

ごっそりと。

そして連射しつつさらに一歩を踏み込もうとしたところで、天井近くにいた滝壺理后《たきつぼりこう》が慌てたように声を出した。

「待ってむぎの!!」

のみならず、運動や直接戦闘が苦手なはずのジャージ少女が天井の鉄骨からピラミッド状に積んだコンテナの山を経由し、危なっかしく凍った床まで飛び降りてくる。

しかしそれでも一瞬だけ遅かった。

「……『光剣試合《イルミネートフエンサー》』、光源発生を確認。『励起爆弾《ボンピングボム》』、外部からエネルギー注入確認。『電波照準《パーフエクシヨンヒツト》』、標的の捕捉に成功。『正面突破《スイングシールド》』、放射熱及び衝撃波による自壊への対策完了。全シーケンス消化、最終確認よし」

その時すでにイノウエフォックスは口の中で呟《つぶや》いていた。終えていた。

そして顔を上げて吼《ほ》える。

「総員構えッ!! 小惑星迎撃想定戦略防衛レーザー攻撃、照射開始!!!!!!」

11

光が、世界を埋め尽くした。

12

コンテナの山、どころではなかった。

サッカースタジアム級の巨大な冷凍倉庫『リザーブミール』をまとめて貫いた巨大な閃光《せんこう》は外壁を丸く溶かし、外に広がる行政街の役所を二つか三つは消し飛ばした。残業を嫌う公務員達がさっさと店じまいをしていなければ、どれだけ死者が出たか分かったものではない。

単純な鉄錆《てつさ》び、とは違った。

鉄すら焼け焦げる匂いが凍った大気に充満していた。

ギリギリで回避した、とは思う。

だが余波を浴びただけで麦野沈利《むぎのしずり》の体は宙を舞い、崩れたコンテナに背中からぶつかって、凍った床に落ち……そして動かなくなった。

余波だけでこうなった。

「実際、超能力者《レベル5》の数は限られています。私達はその中にいない。一人一人じゃ確かに麦野沈《むぎのしず》利《り》には勝てないかもしれません……」

『正義』の象徴、白軍服のイノウエフォックスが血まみれの歯をむき出しにして嗤《わら》う。

これを生業《いとな》とする、特別例外処理班のリーダーが。

「ですが、四人集まっての連携なら別。総合的な出力では私達四人の方が断然上です!!」

いっそ不気味なくらい奇麗にハマった逆転劇。

正義のヒーローどもが手に手を取った合体技。

いっそ子供騙《こどもだま》しみたいな勧善懲悪の図式そのもの。

「ぷはっ。『アイテム』もなかなかやるようですが、実際に戦ってみた感じバラバラ、所詮は目障《めざわ》りな個人プレイの集まりに過ぎませんわ。あはは！　やはり悪の道を走る愚か者などその程度。愛と勇気で力を合わせるわたくし達に勝てる道理はないのですわ!!」

「っ」

「正しい目的を持って前に進む。まあこれ以上のチームワークはないもんねえ？」

「チッ！　結局、職業化した人殺し集団には勝手に言わせておけば良い。それよりここからのリカバリー組み立てるわよ。滝壺《たきつぼ》!!」

麦野沈利《むぎのしずり》を失った。

『アイテム』側の火力がどれだけ減じたかは想像もしたくない。

そしてリーダーの超能力者《レベル5》を失ってもまだ戦いは終わらない。

氷点下四〇度とは関係なく、もっと鋭い悪寒《おかん》が絹旗《きぬはた》の背筋を貫く。だがこの状況で滝壺理后《たきつぼりこう》が冷静に言った。

いきなりだった。

「……何で二発目のかい、い、い、い、レーザーを撃ってこない、い、の?」

「!?」

麦野《むぎの》の『原子崩し《メルトダウナー》』を超える切り札があるなら、素直に連射すれば良い。『リザーブミール』へ踏み込むまでもなく、外から蜂の巣にするだけで『アイテム』はひとたまりもなかった。

なのにやらなかった。

何故《なぜ》?

『正義』的には悪党との直接対決に何かしらの付加価値を見出《みいだ》しているから?

死体を髪の毛一本残さず消し飛ばしてしまうから、確認のためにも一撃必殺以外の方法で標的を仕留める必要があった?

いいや、

「できるだけ温存したい、もっと言えば安易に連射できない理由がある」

滝壺《たきつぼ》が断言した。やられるだけでは済まさない。

「チャージなり冷却期間なり、連中四人の中で誰かインターバルが必要になっている。つまりそいつが処刑チームの本当のコア」

舌打ちしたのは『アイテム』側ではなかった。

善なる処刑チーム側が動いた。

「リカオン、バレてるよ！　これじゃハイスコアどころじゃなくなるっ⁉」

「……構いませんわ。どっちみち呼吸を整えて血中から汚れた二酸化炭素を排出し、わたくしの精神集中が完了すれば二発目を照射しておしまいです。チャージ完了まで支援よろしく」

チャージ中のサトウリカオンを守る位置取りにいる白軍服の一人、ヤマダコヨーテが極端に軽量化したショットガンを一点に向けた。

倒れて動かない麦野《むぎの》に。

直撃したら今度こそ即死だ。

(超まずいっ‼)

「大丈夫だよ、きぬはた」

電子機器を爆弾に変えるサトウリカオンが照準担当より早く気づいてハッと顔を上げた。

「フォックス！　後ろへ‼」

もう遅い。

というか今すぐ『爆破』したって結果は同じだ。

滝壺理后《たきつぼりこう》の操作は終わった。

轟音《ごうおん》が炸裂《さくれつ》する。

五階か六階ほどの高さにある天井クレーンからコンテナが落下し、気絶した麦野《むぎの》と処刑チームの間を遮ったのだ。

内側から破裂し、真っ白な爆発が広がる。

床一面にびっしりあった霜が一斉に舞い上がったのだ。

周囲にある木箱の山がこちらに向けてさらに崩れてくる。

「きぬはた！」

「安全な場所へ引きずって止血もお願い、結局麦野《むぎの》の傷は勝手に凍ってくれないわよ!!」

「超マジですかっ、くそ!?」

毒づきながらも、意識を失った麦野《むぎの》は見捨てられない。『窒素装甲《オフエンスアーマー》』を展開し、後ろから腋《わき》へ両手を通す格好で引きずって後退する絹旗《きぬはた》。

間に合わなかった。

ガかカッッッ!!!!!! と直線的な閃光《せんこう》が複数瞬《またた》いた。

イノウエフォックスの『光剣試合《イルミネートフエンサー》』が邪魔な障害物をまとめて切断したのだ。

フレンダや滝壺《たきつぼ》のリカバリーも一〇秒と保《も》たなかった。

「チッ」

舌打ちしてフレンダが一歩前に踏み出す。

薄手のポンチョで氷点下四〇度の空気《くうき》を叩《たた》くようにして、ピンを抜いた手榴弾《しゅりゅうだん》を投げる。

「絹旗《きぬはた》はそのまま後退、結局私が時間を稼ぐ訳よ‼」

白軍服のリーダー、イノウエフォックスはむしろ笑みすら浮かべて囁《ささや》いた。

「リカオン」

「了解ですわ」

銀髪縦ロールの褐色少女はモバイルバッテリーに軽く口づけすると、虚空《こくう》へ投げ放つ。

二つの爆発物が中間地点でぶつかる。

起爆した。

「ぎゃあ⁉」

思ったよりも至近での炸裂《さくれつ》に、むしろフレンダ側から叫びがあった。

横に薙《な》ぎ倒《たお》された。

凍った床だと皮膚が貼りつきかねないというのに、それっきりフレンダが動かない。

顔に出してはならない。

分かっていても、絹旗《きぬはた》の中で焦《あせ》りが心臓を締め上げる。

「く……っ!!」

麦野沈利とフレンダ＝セイヴェルン。

どれだけ怪力の絹旗最愛でも、気絶者が二人も出てしまうと両方同時には守れない。二人の位置的にも散らばってしまっている。

さらには、

「はい失礼」

『アイテム』側がわずかに怯《ひる》んだその一瞬だった。

ぴたりと、だった。

滝壺理后《たきつぼりこう》の喉元に、イノウエフォックスの『光剣試合《イルミネートフエンサー》』が精密に寄り添う。

距離は一〇メートル。絹旗《きぬはた》の『窒素装甲《オフエンスアーマー》』があっても一歩で踏み込める間合いではない。

下手に脚力だけ極端に強化しても床を踏み抜いてしまう。

「偶然にせよ悪意にせよ、風紀委員《ジヤッジメント》の死に関わる事は決して許されない。同じ場所にいて選択できる立場であれば、間に合わせるべきでした。何としても」

イノウエフォックスは小さく呟《つぶや》いた。

ここだけは、恐ろしいほど純粋に響く真摯な声で。

「……そうすれば私達だって、この命と正義を懸けてあなた達に恩を返したものを」

そういう生き方。

善性。

ただ職務で殺すだけでなく、非公式ながら命を救う側としても力を振るってきたであろう、彼女達の歩みが。やがてはこうして悪党を丸ごと狩るほどの強さにまで昇華していった。

くすくすと笑って『正義』のリーダーが告げる。

「さあ！　麦野《むぎの》沈利《しずり》と滝壺《たきつぼ》理后《りこう》、悪党側のルールではどっちを助けると仲間《なかま》想《おも》いって事になるんですかねえ⁉」

「っ」

麦野《むぎの》を手放せば絹旗《きぬはた》は身軽になれる。

処刑チーム側が『気絶者を引きずる絹旗《きぬはた》は素早く動けない。格闘専門だから離れていれば怖くない』という先入観に縛られていれば、反撃に転じるチャンスができるかもしれない。

一度に処刑チーム全員を倒せるとは思えない。

だけど連中から一人でも人質に取れば対等な『交渉』に移れるかもしれない。四人態勢から一人でも欠ければ、例の小惑星迎撃想定戦略防衛レーザー攻撃の二発目は阻止できる。

(……考えるな)

麦野《むぎの》沈利《しずり》。

滝壺《たきつぼ》理后《こう》。

フレンダ＝セイヴェルン。

(超考えるなッ‼　この中から誰か一人を失う可能性なんて！　ひとまず『二発目』だけは絶対止めないといけません、そうしないと交渉の余地なく『アイテム』は四人全員消し炭にされるんですから‼‼‼)

分かっている。
全部分かっていて。
い、い、それでも。

「……、せん」

戦慄《わなな》く唇から、小さな声がこぼれ出ていた。
ぐったりした麦野《むぎの》沈利《しずり》を抱き寄せたまま。
自分自身でも想定していなかった言葉を。

「でき、ません……。私には、『アイテム』の誰も裏切れない」

『アイテム』には拾ってもらった恩がある。
彼女達が仕事で研究所を襲って気紛《きまぐ》れに冷凍睡眠《コールドスリープ》の装置をいじくらなければ、絹旗最愛《きぬはたさいあい》は外

の空気を吸う事もなかった。

今ある当たり前を全部作ってくれた。

もちろん『アイテム』側に手前勝手な利害があったのは分かっている。照準支援専門で戦う力を持たない滝壺《たきつぼ》を護衛するため、防御特化の高位能力者が一人欲しかった。麦野達《むぎのたち》からすればそれくらいのものだったんだろうけど。

だけど、助けてもらったという事実は揺るがない。

「愚かだな」

一言で断ち切ったのは、ヤマダコヨーテだった。

退屈そうに白軍服の一人が吐き捨てた。

「そして哀れ。誰も助けられないなら、せめて全員裏切って一人で逃げればよいものを。悪人には我輩達《わがはいたち》『正義』ではとてもできないような選択肢でも自由に選び放題だろうが」

「最後に善行を積んだって今までやってきた目障《めざわ》りな全部は帳消しになりませんわよ?」

「てか善行になってない、スコアはゼロのまんまだし。なんか一人で感動的になってるけどさ、悪人《あくにん》を庇《かば》うのはただのつまらん隠匿罪だよー?」

(……ちくしょう)

何で自分が人質じゃなかったんだろう、と絹旗《きぬはた》は思う。

(ちくしょう! ちくしょう!! 超ちくしょう!!!!!!)

それなら元々『アイテム』にいた三人は、自分一人を裏切るだけで全員きちんと逃げられたのに。そういう恩の返し方もあったはずなのに、こうも立ち位置が間違っているのだ⁉

『そっちはどうよ？　自由の味は』

くそったれの冷たい研究所から解放してもらった時、麦野《むぎの》沈利《しずり》から邪悪に笑ってそう話しかけられた。

自分が必要とされたのは、『アイテム』なりの打算もあったのだろう。分かっていても、それでも絹旗最愛《きぬはたさいあい》を求める声はあったのだ。

『絹旗、結局怪我《けが》とかない？』

違法なカジノを壊滅させた時、フレンダからそう話しかけられて、一緒に笑ったものだった。

無敵だと思っていた。

でも違った。

終わる時はあっさりと毟《むし》り取《と》られる。

いっそ清々《すがすが》しいくらいに正義は悪を蹂躙《じゅうりん》する。

（せっかく外に出してもらったのに、最後はこうなるんですか。悪党の自由なんてこんなものなんですか。『正義』に踏《ふ》み躙《にじ》られて搾取《さくしゅ》されておしまいだなんて……っ）

「誰でも守れる法律を無視して罪を犯した犯罪者が、鉄《てつ》の掟《おきて》だの約束だの守れるはずないでしょう。そういうのができたらそもそも条例を破る事もなかったんですから」

イノウエフォックスは嘲笑《あざわら》った。

「死にますよ？」

視界《しかい》が歪《ゆが》んでいた。

意味が分からなかった。

ボロボロと目元から透明な粒がこぼれて頬まで伝っている事に気づいたのは、全力の叫びを放った後だった。

「だったらどォしたっつーンです……。私は身内と超決めた人は裏切らねェ。そォいう選択肢だけはァ絶対に選べませンッ!!!!!!」

光剣で喉元《のどもと》を撫《な》でられながら、だ。

しかし滝壺理后《たきつぼりこう》は小さく笑っていた。

笑ってくれた。

ある意味で、優柔不断な絹旗最愛《きぬはたさいあい》の判断によって命を見捨てられたとも言えるのに。

それでも。

「……『光剣試合《イルミネートフエンサー》』、光源発生を確認。『励起爆弾《ポンピングボム》』、外部からエネルギー注入確認。『電波照準《パーフエクションヒット》』、標的の捕捉に成功。『正面突破《スイングシールド》』、放射熱及び衝撃波による自壊への対策完了。全シーケンス消化、最終確認よし」

ふっ、と。

滝壺《たきつぼ》の喉元から光剣が消失した。

違う。その掌《てのひら》を絹旗《きぬはた》に向けてかざしたのだ。

「小惑星迎撃想定戦略防衛レーザー攻撃、準備完了。あはは！　馬鹿がッ!!　結局あなたは何も選べなかった。全ての発端と同じくそれは罪！　なら私達は正義を守るために『二発目』放ってあなたと麦野《むぎの》沈利《しずり》を確実に消し飛ばし、それから抵抗できない残飯二つを順番に潰していくだけです!!　『正義』は間違いがなく確定で敵対者を殲滅《せんめつ》する、それが我々風紀委員《ジャッジメント》第○○○支部・特別例外処理班の仕事ですう!!!!!!」

光《ひかり》が瞬《またた》いた。

失敗した選択肢のその先にある、後始末が始まった。

（あちくしょう。『秒速のブルー』、超きちんと劇場で観直《みなお》す事できなかったなあ……）

意味もなくぐったりしたリーダーを抱き寄せ、絹旗最愛《きぬはたさいあい》は頭の後ろ側でぼんやり考えた。

最期《さいご》の瞬間だった。滝壺理后《たきつぼりこう》の唇が小さく動いた。

彼女は確かに笑って言った。

「来た」

違う。

『アイテム』の最古参は諦めて笑っていたのではなかった。


「ハッ……」


ありえない笑みがあった。

小さな少女の、腕の中だった。

もぞりと何かが動いた。


「吼《ほ》えてくれるじゃねえか、姉妹《ファミリー》」


麦野沈利《むぎのしずり》。

自分の足では起き上がる事もできないまま、それでも好戦的に笑う『アイテム』のリーダーが掌《てのひら》を正面にかざす。

絹旗最愛《きぬはたさいあい》の目尻で、透明な粒が散った。

直後。

13

ガカッッッ!!!!!!　と。

小惑星迎撃想定戦略防衛レーザー攻撃と『原子崩し《メルトダウナー》』。

善と悪の双方が真正面から衝突した。

14

爆音が圧縮され、閃光《せんこう》がよじれた。

束の間《つかま》、絹旗《きぬはた》が体感したのはむしろ『無』だった。

奇妙な浮遊感。

だけど現実の時間は変わらず進んでいる。

ジリジリジリ!!　という乾いた音がした。

絹旗《きぬはた》の錯覚ではなかった。

かざした掌《てのひら》の表面、皮膚が高温《こうおん》で炙《あぶ》られていく音だ。

風紀委員《ジャッジメント》処刑チームの小惑星迎撃想定戦略防衛レーザー攻撃ではない。麦野《むぎの》沈利《しずり》の『原子崩し《メルトダウナー》』そのものの、あまりの威力に自分の体を壊し始めているのだ。

　つまりは暴走。

「超むぎっ
、、い、

「面白れえ」

顔を真っ青にする絹旗最愛《きぬはたさいあい》とは対照的だった。

バトルフリークの麦野沈利《むぎのしずり》は凶暴な笑みを浮かべていたのだ。

痛みを感じていないはずがない。

一瞬で消し飛ぶのとはまた違った恐怖に胸《むね》を蝕《むしば》まれていないはずがない。

それでも。

構わずに。

「人の姉妹《ファミリー》に手ェ出して、涙までさらさせておいて、そこまでやってテメェだけは痛みもなく一瞬で死ねるだなんて都合《つごう》の良《い》い事考えてんじゃねえぞ……。地獄を見る覚悟はできてんだろうなアアアああ!!!!!!」

麦野《むぎの》の掌《てのひら》で奇麗に整えた爪が割れて、めくれて。

さらに閃光《せんこう》がその輝きを増した。

『クラス委員だから自然と悩みを聞く機会が多くなっちゃってさ。何か本当に困った事があったら相談してよ、当方は何でも解決しちゃうからね！』

ふと、そんな言葉を麦野《むぎの》は思い出した。

姉妹《ファミリー》。

あるいは学園都市《がくえんとし》の暗がりで顔さえ合わせなければ、いつかはそんな風に呼び合えたかもしれなかった別の少女の言葉を。

『いつの日か、君をきちんと暗闇から引き上げる』

肺というより腹の底から麦野《むぎの》は吼《ほ》える。

もううんざりだ、あんなのは。

い、い、い、い、い、
見知った顔が目の前で血の気を失って瞳から光が消えていく。

あんな死を眺めるのだけは、絶対に。

そして信じろ。

超能力者《レベル5》、『原子崩し《メルトダウナー》』。

あの『探偵』はとっくに解き明かしていたはずだ。少女の手の中には、最悪の結末を退けるだけの確かな力があると。


『君がどんな世界に首突っ込んでいるかは知らないんだけどねっ！　でも少なくとも学校以外に何か自分の世界を持っていて、それは放課後にコンビニでバイトをやっているなんて平和な話じゃないのは予想がつく』


鋭い爆発があった。

絹旗最愛《きぬはたさいあい》の真後ろからだった。

光と電子。双方が激しく励起を促し暴走させる。あまりの圧力から逃れるように大きくよじれた小惑星迎撃想定戦略防衛レーザー攻撃があらぬ方向へ突っ込んで、ピラミッドのように積まれたコンテナの山と『リザーブミール』の外壁をまとめて貫いたのだ。

そして巨大な閃光《せんこう》が真《ま》っ直《す》ぐ押し通した。

滝壺《たきつぼ》は身をひねって凍った床に伏せていた。『光剣試合《イルミネートフエンサー》』の刃をジャージ少女の喉元から消していたのは明らかに失敗だった。せめて掻《か》っ捌《さば》いてから射出準備に入れば良かったものを。

あるいはこれも、『正義』にはない悪党側の発想かもしれないが。

突っ切って空気を焼いた。

一撃でイノウエフォックスの上半身を消し飛ばさなかったのは、やはり麦野《むぎの》側《がわ》もわずかに軌道がブレたからか。

それでも強烈な熱が空気を膨張させ、衝撃波が白軍服の少女の全身《ぜんしん》を叩《たた》いた。

空中でスピンして薙《な》ぎ倒《たお》される。


これが『原子崩し《メルトダウナー》』。

学園都市《がくえんとし》でも七人しかいない超能力者《レベル5》、その一人。


その時、サトウリカオンはとっさに両手を伸ばして凍った床へ着弾しようとしたイノウエフォックスを受け止めようとして、一緒に薙《な》ぎ倒《たお》された。タナカジャッカルは最初から砕けた木箱の木片で全身《ぜんしん》を叩《たた》かれて意識を失っていた。一人残ったヤマダコヨーテは簡易ショットガンを手にしたまま倒れた仲間と出口を交互に見て、そこですとんと真下に崩れ落ちる。

いつの間にかフレンダが立っていた。

全身ボロボロであっても、自分の足で立っていた。

頭の後ろを殴ったのは、スマホよりは重そうな何らかの起爆装置の底だ。

「……へっ。結局私にも出番ちょうだい」

滝壺《たきつぼ》理后《りこう》が凍った床から体を起こす。

フレンダ＝セイヴェルンがニヤニヤ笑いながら一緒に絹旗《きぬはた》の方へ近づいてくる。

自分はどんな顔をしているのだろう。

絹旗《きぬはた》はいちいち手鏡なんか探さなかった。

未《いま》だ小さな腕の中にいる麦野《むぎの》沈利《しずり》は何故《なぜ》かこちらに目を合わせようとしない。

それからリーダーの少女はよそへ振り返り、掌《てのひら》をかざした。

「……、」


そもそも表の風紀委員《ジャッジメント》を殺したのは、悪徳科学カルトの教祖達だ。

(ブ・チ・コ・)

暗殺ガールズバンド『サディスティックドールズ』を始末したのは『アイテム』と記者集団『フリーズ』だった。

(……――ロ・シ・か)

その『フリーズ』を殲滅《せんめつ》したのは『アイテム』だ。

（――――…………――――・く・て・）

そして。

事件の真相を暴いて処刑チームの存在を明らかにした『探偵』白鳥織媚《しらとりおきび》を殺したのも。

「チッ」

舌打ちがあった。

麦野《むぎの》沈利《しずり》の掌《てのひら》から、ゆっくりと閃光《せんこう》が消えていく。

『偶然にせよ悪意にせよ、風紀委員《ジャッジメント》の死に関わる事は決して許されない。同じ場所にいて選択できる立場であれば、間に合わせるべきでした。何としても』

イノウエフォックスの言葉を思い出す。

一事が万事、今回の事件はつまりこうだった。

『……そうすれば私達だって、この命と正義を懸けてあなた達に恩を返したものを』

砲撃の寸前で絹旗最愛《きぬはたさいあい》が麦野《むぎの》の手首をそっと摑《つか》んだのも、判断の基準になったか。

あるいは、今はもういないクラス委員の面影は。

リーダーの少女は。

ただ忌々《いまいま》しげに吐き捨てた。

「それじゃ私達にゃ殺す理由がねえぞ、ほんとに縁がなくてイラつく『正義』だぜ」

行間　三

風紀委員《ジャッジメント》支部・第〇〇〇支部の存在が誰にも知られていなくても、特別例外処理班の存在が徹底的に隠匿されていても。

でもだからこそ、公的な書類の上では彼女達四人は優等生の風紀委員《ジャッジメント》でしかない。

撃破の通知はすぐさま専用無線を通して拡散された。

風紀委員《ジャッジメント》の山上絵里名《やまがみえりな》や二人の先輩もまた、深夜に叩《たた》き起《お》こされる羽目になった。

つまりやった『犯人』が存在する。

「行くわよ！　絵里名《えりな》ちゃん、それから碧美《あおみ》も!!」

「……待って」

ぽつりと声があった。

いつでもおどおどしていた山上絵里名《やまがみえりな》ではなく、常に最前線を走り続けてきた柳迫碧美《やなぎさこあおみ》からだった。

その脳裏には、普通に学校生活を送るだけでは知る必要すらない事実や光景が断片的に乱舞していた。

それだけで十分だった。

悪徳科学カルトに友達は無残に殺され、緊急配備で夜の街へ飛び出した優等生の同僚達もまた全員容赦なく薙《な》ぎ倒《たお》された。犯人は全く未知の人物、正体不明の犯罪者。

これが現実なのか。

この街の『正義』はどこにある?

「風紀委員《ジャッジメント》って、こんなに報われないお仕事だったの?」

柳迫碧美《やなぎさこあおみ》は小刻みに震えながら、青い顔で呟《つぶや》いていた。

何も知らないまま。

「……美偉《みい》。私はもう無理だわ、この仕事手を引く」

終章　真なる悪、その叫び

夏の終わり。真夜中の第二三学区だった。

最終便の行き来が完了すると、広大な国際空港は独特の顔を見せる。何しろ滑走路上にネジ一本、たった五ミリのゴムタイヤ片があれば悲惨な大事故に繋《つな》がりかねない業界だ。様々な種類の路面清掃車が忙しく行き交い、一直線に埋設された誘導ランプが不自然に点滅して、わずかでも通電に不具合のある高輝度ライトが見つかれば即座に作業員達が交換作業に入る。

そんな中だった。

スーツを着た女は頭のてっぺんに掌《てのひら》を押し当ててぽんぽんと何度か軽《かる》く叩《たた》き、ウィッグの調子を確かめながら、だだっ広いアスファルトの滑走路を歩いていた。夏場は色々大変だ。

華野《はなの》超美《ちょうび》。

正確には、数ある偽名の一つにそういうものをストックしている『電話の声』。

メントール系のフレーバーで盛った安い煙草《タバコ》をくゆらせる彼女は一人ではなかった。

「……葉巻ってぶっちゃけどうなんですか？」

上層部に棲《す》む華野《はなの》超美《ちょうび》は何故《なぜ》か傍《かたわ》らの大型犬に敬語で話しかけていた。
しかも太い葉巻を咥《くわ》えたゴールデンレトリバーがさも当然のように人語でしゃべった。
『私はこちらの方が好みに合うが、まだ知らないならそのままの方が良《い》いよ。かなり濃いから
こいつに慣れるとコンビニや自販機で売っている普通の煙草《タバコ》には戻れなくなる』
「アハハ煙草《タバコ》吸うヤツって全員それ言いますよね、知らないならそっちの方が良《い》い☆」
『あと一本あたりの値段が二〇〇倍くらいになるよ。それが一日中止まらなくなる』
「じゃあ絶対味覚えんのやめます、こいつときたら。知ったら人生終わりじゃねえか」
『お財布の中身に悩まされるのもまた全てのスモーカーが通る道だ』
「はあ、キューバ産の最高級品って想像以上に沼だなあ」
『唯一君は煙の匂いすら嫌がるからね、煙そのものじゃなくて匂いだけでだよ？　久しぶりに
こいつのロマンが分かる同好の士と出会えて私は嬉《うれ》しい』
それぞれ、口の端でオレンジ色の光点をゆったり上下させつつ。
一人と一匹は変わらぬペースで暗闇の中を歩いていく。
あるいは、小さな光で黒を鋭く切り裂いていくように。
「それにしても、わざわざあなたみたいなのがこんな暗がりにお越しくださるだなんて」
『今回《いかい》は私の方の目的も同じでね。たまたまだが、まあ利害が一致しているんだ。背中は預け
てくれて構わないよ』

「へえ？　あなたは常に『中立』だと思っていたんですけど」

『中立とは、敵味方どっちが倒れても別に困らないコウモリ野郎の意味も有する。単なる善だの悪だのよりもよっぽど厄介な存在と定義を更新した方が良《い》いな』

木原脳幹《きはらのうかん》。

数多《あまた》、加群《かぐん》、病理《びょうり》、円周《えんしゅう》、唯一《ゆいいつ》、テレスティーナ、幻生《げんせい》……。キワモノ揃《ぞろ》いの『暗部《あんぶ》』の中でも悪い意味で名立たる研究者集団、木原一族《きはらいちぞく》の堂々たる一員。

それでいて統括理事長の懐刀《ふところがたな》ともウワサされる、あまりに異質過ぎる存在。

人語を解するゴールデンレトリバーが動く時は、己の目的のために『暗部《あんぶ》』を野放しにしているこの街の頂点すら許容できない何かが発生した事を意味する。同時にそれは『暗部《あんぶ》』の構造全体が王の手で大きく切り開かれ、変貌を遂げる瞬間でもあった。

さてそれは『電話の声』の目的と本当に一致するのだろうか。

『アイテム』まわりと一緒にまとめて削除対象、となっていない事を祈るばかりだが。

スーツの女は二本指で煙草《タバコ》を挟むとそっと煙を吐いて、

「……ま、私は直接戦う力なんて持ちませんからね。裏方の『電話の声』がこの距離まで接近を許してしまった時点で運を天に任せるのみですかー」

『何を言っている不死者《イモータル》。何度殺したってどうせ死んだふり作戦で全部乗り切るくせに』

すでに最低でも一回はやらかしている『電話の声』は小さく舌を出しただけだった。

給油用のタンクローリーや対バードストライクの鳥除《とりよ》け超音波装備（実は少年院などにあるキャンセラー装備の原型だ）を積んだ作業車が行き交う中、彼らが向かう先は空港の片隅。

一般的に思い浮かべる大型旅客機よりは小振りな飛行機が並べられていた。

プライベートジェットやチャーター機の駐機場だ。

しかしその筋のマニアが見れば分かるはずだが、普通の小型ジェットとも違う。エンジンは速度より燃費を優先した長時間航行向けにカスタムされ、細長い機体の屋根の部分には魚の骨のように特殊なアンテナ線が張り巡らされている。

超小型戦略ＡＷＡＣＳ。学園都市《がくえんとし》のＶＩＰ達が心の安心のため大枚をはたいてキープする、地上世界が核戦争で残らず汚染されても問題なく生き残れる空飛ぶ隠れ家だ。……実際に売り文句通り役立つかは全く疑問だが、まあ金持ちは道楽で安全を買いたがる生き物だし。

中でも一機だけ内側から人工の照明をこぼしていた。ずらりと並んだ窓ではない、樹脂のシェードが閉じている。出入口のハッチが表に展開され、小さめのタラップに変形していた。

煙草《タバコ》の味が女の脳から消えた。

「……、」

『下がりたまえ、お嬢さん』

「いえ結構。自分の身は自分で守りますので」

『強いなあ君は。しかしどうか、この老いぼれから生き甲斐《ロマン》を取り上げないでおくれ』

得体のしれない木原一族《きはらいちぞく》に借りは作りたくないのでありがたい助言は聞かなかった事にして、『電話の声』は狭くて危険な階段に足を乗せる。

中を覗《のぞ》き込《こ》む。

ついに、濃密な死の匂いが口元の煙草《タバコ》を完全に上回った。

『……これは死んだふり作戦ではなさそうだ』

足元を滑るようにして機内に潜り込んだ脳幹《のうかん》が呟《つぶや》いた。火《ひ》の点《つ》いた葉巻《はまき》を咥《くわ》えたまま大型犬に寄り添われると微妙に怖い。こっちは化学繊維のストッキング穿《は》いているんだぞ？

決して広くはないが、ソファ一つで都内の一軒家を購入できそうなほど豪華な内装だった。その全てが台なしだった。飛び散った鮮血は床や壁を汚し、調度品も真っ赤になっている。ソファには青年の死体があった。首が切断されていたが、身元を隠す意図はないだろう。傍《かたわ》らの、小さなゴミ箱へ雑に捨ててある。

これもまた、『電話の声』。

つい最近も焼肉屋で一緒にテーブルを囲んだはずの、同格の一人。

「……会社の人、か」

華野《はなの》超美《ちょうび》は口の中でぽつりと呟《つぶや》いた。

チャネルのゴミ箱をちょうどぴったり埋める、愚かな生首を上から覗《のぞ》き込《こ》んで。

暗殺ガールズバンド『サディスティックドールズ』まわりの調査報告が遅れたのは、つまりこいつの素性だけがはっきりしなかったからだ。

敵の正体が全く同格の『電話の声』なら、それはまあ華野《はなの》の権限でいくら調べたところで情報封鎖を突破できない訳だ。

スーツの女は短くなった煙草《タバコ》を隙間のないゴミ箱へ気軽に放る。じゅっという小さな音があった。内部は禍々《まがまが》しい血と肉で満ちているので、ご家庭で花火をする時に用意する水を張ったバケツみたいなものだ。

紙箱を小さく振って新しい煙草《タバコ》を取り出すと、ゴールデンレトリバーが機械のアームでオイルライターを近づけてくれた。ご厚意はありがたく頂戴しつつ、

「ここまでやったから、『ヤツ』に目をつけられた。そんなトコですかね？」

『逆だろう。「ヤツ」に狙われている事に薄々でも勘付いたから、急遽《きゅうきょ》防波堤を張り巡らせる必要があった。それが「正義」の集団の真実だ。結局、迎撃どころか正体の炙《あぶ》り出《だ》しもできず一方的に殺戮《さつりく》される羽目になったようだが』

「『サディスティックドールズ』、『フリーズ』、『探偵』、そして風紀委員処刑《ジャッジメント》チームの『特別例外処理班』……」

華野《はなの》超美《ちょうび》と名乗る女はガリガリと頭《あたま》を掻《か》いた。

「『暗部《あんぶ》』の悪党を集めた『アイテム』とは正反対の属性で固めた、少数精鋭『正義』の後始末チームの群れ。競合他社とは思っていたんですけど、はあ、こういう話になりましたか」

『君の用事は終わりかね？』

「まあ。そっちは違うって声色ですね。となると、あなたが狙うのはこれをやった側？」

『ああ』

親指より太い高級葉巻をくゆらせ、木原脳幹《きはらのうかん》はあっさり認めた。

知ってしまう事でどれだけの不利益が生じるか予測もつかない爆弾を。

『今までの紛《まが》い物《もの》とは違う。……私の獲物はこの街の最奥《さいおう》に棲《す》む本当の「正義」の象徴だ』

「『暗部』の天敵、第六位」

吐き捨て。

それから華野《はなの》超美《ちょうび》はまたガリガリ頭《あたま》を掻《か》いた。ウィッグが横にズレるのが自分で分かる。

煙草《タバコ》の味が邪魔に感じるほどの事態とは本当に珍しい。

「……あの野郎。きっちり精密にテメェの仕事をこなしているじゃんか、こいつときたら」

あとがき

鎌池《かまち》和馬《かずま》です!!

『少女共棲《アイテム》』もこれで三冊目です!

一巻、二巻は悪党同士の殴り合いを描いてきましたが、今回は悪党が正義の世界に迷い込んで暴れ回る話にしています。敵側はほとんど悪党と変わらない殺し屋ガールズバンドから始まり、マスコミ、探偵……と徐々に正義のヒーロー度が上がっていく構造にしているのもその一環です。まあ作中で語られる『正義の正体』がどんなものかは皆様もうお分かりのはず。警官が襲撃された時には警察全体が特別な態勢になる、は(もちろん実際の真偽は不明ではありますが)巷《ちまた》でよく聞く話ですが、でももしほんとにそんなのあるなら普通の人がやられた時も全力モード出してくれよ! と考えてしまうのは私だけ? という訳で今回のメインテーマは特別モードです。キャラの数はそれなりに多いものの、例えば旧15と違ってお話の構造そのものはシンプルだったのでさほど迷子にはならなかったのでは。

今回は狙われる悪党である麦野《むぎの》側《がわ》から見ているので不気味でおっかないですが、多分この特別モード、警備員《アンチスキル》や風紀委員《ジャッジメント》（つまり黄泉川《よみかわ》や白井《しらい》など）を主人公に据えていれば熱血で感動的な仇討《あだう》ちの物語に仕上がったはずです。善悪って何なんでしょうね。

変化球と言えば、『アイテム』については毎回セレブな暮らしをお見せしてきましたが、今回はちょっと味変しています。三巻の萌《も》えのテーマは家出少女感。夜遅くにチェーンの喫茶店で女の子が足元にキャリーケースを転がし、暇そうにスマホをいじっているあの感じです。……人間の想像力とは全く恐ろしい、現実にはこの目で一回も見た事ないものをこうも鮮やかに皆様と共有できるだなんて。あるいはＵＦＯやネッシーもこういう代物だったのかしら？

あと三巻では夏の終わりを意識して、冷たい、涼しい、そんなロケーションやシチュエーションを意識しています。なので章を越えるごとにどんどん気温は下がっていき、最後には冷凍倉庫の中でバトルさせています。

現実の八月末の外気なんてもはやお風呂《ふろ》とおんなじくらいの猛暑日だとは思うんですけどねッ！　これもまた幻の家出少女とおんなじで、皆様の頭の中では一緒に共有できるはず!!　ちょっとは縁側で夕涼みさせてくれよう日本の夏!!!!!!

麦野《むぎの》は学園都市《がくえんとし》でも七人しかいない超能力者《レベル５》なので、彼女の過去に絡《から》むものから彼女をピンチに陥らせる何かを探る方がむしろ大変。同名『アイテム』というライバル集団との正面衝突だった一巻、お師匠様ポジションのギャル系幼女が闇討ちしてくる二巻と続いて、今回の三巻に出てくる処刑チームでは『合体技』を採用してみました。それぞれが独立して尖《とが》り過《す》ぎている『アイテム』にはできない攻撃なのですが、ロマン成分の方がいかがでしたでしょうか。正義のチームを名乗るならやっぱり力を合わせないとね!!

イラストのニリツさんと担当の三木《みき》さん、阿南《あなん》さん、中島《なかじま》さん、浜村《はまむら》さんには感謝を。第九学区の萌《も》えベルズに第一六学区の氷の宮殿・バルワイザーアイシクルシアターなどなど、学園《がくえん》都市《とし》の色んな顔が出てきてイラストにされる方も大変だったと思います。今回もありがとうございました。

それから読者の皆様にも感謝を。何しろ過去編ですので今までも神経を張り詰めて情報チェックしていたとは思うのですが、一巻にチラッと登場したバルガールが殺し合いの舞台にまで関わるとは誰も予測できまい！　こういう遊びが無事成立したのも巻を重ねる事ができたからです。今回もここまで読んでいただきありがとうございます!!

それでは今回はこの辺りで。

セレブで不良だと、麦野《むぎの》って分類的には姫系ギャルになるの……？

鎌池《かまち》和馬《かずま》

「めもめもー。この声そのままテキっておいて、テキスト化で報告書さくせーい」

誤字脱字フェスティバルになるので音声データの口頭分析自動文書化機能に頼るのではなく、きちんと手打ちで報告書を作成していただきたいのですが。

あなたの気軽さのために、残念な日本語を読み取る側の手間を増やさないでください。

「うるせーし統括理事長の秘書風情《ひしょふぜい》が。うぃー、この街のてっぺんはアンタじゃないわよ。偉そうにすんな、ふ○っく、そもそもアンタなんか人間ですらないでしょうが」

当サービスは対話アルゴリズムの応答から『ふ○っく』を深層学習いたしました。

缶ビール片手の愚かな酔っ払いめ、これそのまま統括理事長にお伝えしておきますね。

「待って待て待て！　謝るッ!!　ひいい酔いが覚める今すぐウェブカメラの前で土下座モードに移行しますからそれほんとやめてえ人類を超えたパーフェクトＡＩ秘書様!!!!!!」

統括理事長に関しては、この程度で涙目になるレベルの大物、という認識なのでしょう？
報告書は正式なフォーマットで作成される事を推奨いたします。ものすごく強めに。
「今やってるー、あれ？　報告書の送信《そうしん》が弾《はじ》かれる。『上』から要求しておいてこの野郎」

！警告！
ただ今『窓のないビル』のセキュリティ設定は数値上昇しております。
現状このように杜撰《ずさん》で不安定な通信経路《不明なルート》からのアクセスを『窓のないビル』は許可しておりません。『迎電部隊《スパークシグナル》』に従い、正式な手順でお願いいたします。

「……つまりそれって、『上』の警戒態勢が解けていないって事？」

その質問に対し、当サービスにはお答えする権限がございません。また、ふ○っきんエージェント様の無益かつ命知らずな憶測も推奨いたしません。ふ○っくですよ。

「ひょっとして、まだ終わっていない、のか？　……こいつときたら」

真夜中だった。

より正確には誰もいない第一学区の街並み。

「ぬおーい麦野《むぎの》。結局連絡があった訳よ、例の『黒い不動産』から。これで家出少女ライフは無事卒業っ、寝床の方は何とかなりそうだね」

「……今三時だぞ？　こんな時間に不動産業界が動いてんのかよ」

「公式ホームページの受付フォームって怖いよね。営業時間って考え方がなくなる」

ジャージ少女の滝壺《たきつぼ》が表情もなくそんな事を呟《つぶや》いている。

彼らもまたビジネスか。今までは不自然な警告アイコンがあったから取引できなかっただけで、本来『アイテム』は超高級マンションやリゾートをバカスカ利用する上客の中の上客だ。仕事をこなして警告アイコンが消えれば、オススメしたい物件なんて山ほどあるはず。

「次の隠れ家は超どうするんですか……？」

「お買い物が便利な場所希望、第七学区なら大体全部揃《そろ》っていて困らない」

「えー？　結局そんなのネット通販と自転車バイトに任せりゃ良くない？　それより間もなく九月で秋ですよ。ご飯の美味《おい》しい学区が良《い》い訳!!　具体的には食品専門の第四学区!!」

「……学園都市《がくえんとし》は壁で囲まれた人口過密地帯なんだから、必要を感じたらどこでも自由に出かけりゃ良《い》いだろうが。静かな場所はねえのか」

処刑チームのサーモバリック攻撃のせいで、『アイテム』についていた下部組織のヤンキーどもが大分減った。巨大冷凍倉庫『リザーブミール』では死者こそ出ていないものの、それでも色々隠蔽しないとまずい証拠は色々ある。

(……割高にはなるが、外部の処理業者を雇うか。確か死体専門に花露腐草《はなつゆくちくさ》とかいうのがいたな。まずあいつに連絡入れて、そこから知り合いを紹介してもらうのが手っ取り早いかね)

麦野《むぎの》沈利《しずり》が頭の中で諸々《もろもろ》計算していると、わずかに足が遅れた。

少し離れた場所でフレンダが手を振っている。

「麦野《むぎの》ー、結局こっちで内見のスケジュール決めちゃう訳よー？」

「勝手にしろ」

適当に呟《つぶや》いて、麦野《むぎの》はふと夜空を見上げた。

(……よお)

声には出さず、しかし麦野《むぎの》は頭の中で誰かに話しかけた。

今はここにいない誰かの顔を思い浮かべて。

(ひとまず生き残ったぜ、クソ委員長さん。これで良かったのかよ……)

麦野《むぎの》がそっと息を吐いた直後だった。

すとんっ、と。

いきなり麦野沈利《むぎのしずり》の右膝から力が抜けて、視界が真下に落ちた。

ダメージが蓄積していたとか、実は頭蓋骨の内側で出血していたなんて話ではない。

明らかに、今、何かが起きた。

しかも、あれだけ実戦を越えてきた超能力者《レベル5》の麦野《むぎの》すら何が起きたのか判断できない。

危機は終わっていなかった。むしろここからが本番だ。

「かっ……」

叫びすらも、出ない。少女は眼球だけをギョロギョロと動かす。

異様な人影があった。小さな子供のような輪郭は、しかし揺らいで歪《ゆが》み一つに定まらない。

どれだけ凝視しても黒い闇にしか見えない。

いや、本当に『いる』のか？

足音はなかった。気配さえ直前までなかった。

どうやって近づかれた？　あるいは『空間移動《テレポート》』系の能力でも使うのか。それともこちらの認識や記憶をいじくる精神系の能力か。

その手で触れられた訳じゃない。遠距離から何か飛んできた訳でもない。ただ、麦野沈利《むぎのしずり》が膝をついた。平衡感覚がおかしい。いじられたのは外の世界か、それとも自分の脳の奥か。

何にしても、

（こいつ……）

「『暗部《あんぶ》』の天敵、第六位か!!⁉??」

『別に、ぼくが近づいた訳じゃない』

退屈そうな声だった。

本当にあの影は、麦野沈利《むぎのしずり》の目を見ているのだろうか？

『……あなたが勝手にやってきた。麦野沈利《むぎのしずり》は、考えなしに踏み込んではいけない領域にまで立ち入ってしまった。ぼくは「暗部《あんぶ》」の天敵。分かっているなら近づかなければ良いものを。これはだからこそ起きた、当然の悲劇だよ』

「がアっ!!!!!!」

麦野沈利《むぎのしずり》が吼《ほ》えた。

傷ついた掌《てのひら》から凶暴な閃光《せんこう》が迸《ほとばし》った。

それだけだった。

『原子崩し《メルトダウナー》』は異様な影の手前でねじれて大きく逸《そ》れ、粒子状に飛び散った。

今まであった紛《まが》い物《もの》の『正義』じゃない。

悪の一撃など真なる善には届きすらしなかった。

「なっ……」

『あなたは破壊力だけならストレートに最強だけど、言い換えれば手札が一つしかない』

特に誇るでもなかった。

他の誰が超能力者《レベル5》に平伏《ひれふ》そうとも、同じ超能力者《レベル5》である第六位だけは動じない。

『意外な裏技や誰も思いつかない応用技がない、つまり最初の呪縛《きようふ》さえ越えたら後は慣れていくだけだ。七人の超能力者《レベル5》では一番退屈。「超電磁砲《レールガン》」や「心理掌握《メンタルアウト》」の方がまだ怖いよ』

「っ」

『だから、あなたは身内の裏切りで滅びる』

危険な予言があった。

根拠なんかないのに。でも第六位が言っているんだから、で通ってしまう怖さがある。

『人間は刺激に慣れる生き物だ。単一で代わり映えのない恐怖だけではいつまでも永遠には人の心を縛れない。必ず綻びが生じる瞬間が来る。早いか遅いかでしかないんだよ』

こいつの能力は何だ？

ただの防御能力『だけ』とは思えない。そんなのはつまらない切れ端、単なる一端。だとすれば、今、第六位の目には何が見えている……？

これが、ヤツの言う恐怖。

底なし。

『どうして自分が軽く見られ、いつか裏切られる事になるかは気づいている？』

第六位が謳《うた》う。一体どこに口がついているんだかもはっきりしない、小さな影が。

『人を裏切った者は人に裏切られる。あなたは「恐怖」で周りの全てを支配しているけど、実はそこには信用がない。約束を守るほどの価値や重さを感じていないんだ、誰もね』

「……、っ――――」

言われっ放しだが、返せない。おそらくすでに第六位の攻撃は終わっている。そうでもなければ輪郭すらあやふやな黒い影とはいえ、第六位が容易《たやす》く獲物の前に現れるとは思えない。顔も名も不明。あまりに慎重で、半ばその存在が伝説化するに至った第六位が出てきた。

その時点でもうチェックメイトを強く疑うべきだ。

『さて、君を潰したら「アイテム」はどうするかね』

滝壺《たきつぼ》、フレンダ、絹旗《きぬはた》はどこにもいない。

これだけド派手に閃光《せんこう》を撒《ま》き散《ち》らして街の景色を削り取っているというのに、不自然なくらい誰も気づかない。あるいは索敵や情報収集に特化した滝壺理后《たきつぼりこう》でさえも。

おかしな偶然か。

あるいはこれも第六位の能力、その応用技の一つなのか。

『……この事件がぼくの出てくるような規模にまで膨らんだのは、麦野沈利《むぎのしずり》一人の問題なのか。あるいは「アイテム」という組織単位での悪性なのか』

一気に沸騰した。

麦野《むぎの》沈利《しずり》、その意識が。

『検証するには次の事件を待つしかない？ それで何も知らない一般人が犠牲になるのは、ぼくの「正義」に反する。そうなると、やはり、ここで四人全員消してしまうのが世界全体にとって一番安全か』

「ふざっ……」

歯を食いしばり。

そして麦野《むぎの》沈利《しずり》が、ついに咆哮《ほうこう》したのだ。

「けんなアアアあああ!!!!!!」

ガかカッッッ!!!!!! と。

掌《てのひら》のみならず、麦野《むぎの》の全身から様々な方向へ極太の閃光《せんこう》が溢《あふ》れ出《で》た。アスファルトを焼き溶かし、風力発電のプロペラを根元から切断し、第六位のすぐ横を突き抜けた。

あの小さな影が、反応できなかった。

暴走覚悟。

自分の能力で自分の体を吹き飛ばしても構わない。

「何が『正義』だ……。好き放題に摘み取る命を選びやがって。善いか悪いかに関係なく、とりあえずで安心を手に入れようとしやがって‼　私は確かに善玉じゃねえ、逆立ちしてもそっちには立てねえ。でも悪の側にいるからこそ分かるぜ。テメェだってただの殺戮者だ！」

『ふむ』

「たとえ何十億人が認めて歴史にお美しく書き込まれようが、その事実だけは絶対に変わらねえ。そんなヤツに仲間をみすみすやられてたまるかってんだ……ッ‼」

興味深そうに第六位は呟《つぶや》いた。

『……そういえば、今回あなたは最後に殺しの手を止めていたか。「原子崩し《メルトダウナー》」は初見のインパクトが全てのつまらない超能力《レベル5》だけど、それでもほんの少しだけ、予想外の恩恵を受けるチャンスはまだ残っているのかな』

あるいはこの結末は、死した誰かが残してくれた可能性かもしれない。

探偵。

いいやクラス委員だった、白鳥熾媚《しらとりおきび》。

この手で殺してしまった可能性。

『……その感情は育てた方が良《い》いよ。それもかなり大切に』

と、第六位からおかしな言葉があった。

まるで麦野《むぎの》沈利《しずり》を労《いた》わるような響きがあったのだ。

『そうすれば、もしかしたら、今からでも何か変わるかもしれない。「原子崩し《メルトダウナー》」、元々あなたの持つエネルギー出力だけならケタ外れなんだ。それがあれば。これは非常に拙い可能性で、そんな叶《かな》いもしない希望はチラリとでも見せない方が誰にとっても幸せかもしれない』

言い換えれば。

今までの残念そうなものを見る感情が、一瞬だけ確実にブレた。

『あなた達の歩く道は、運に頼って奇跡を願いながら進むにはあまりにも危険で険し過ぎる。そんな事をすれば、もっと手前の段階で君達全員が命を落とすリスクすらある。だけどあるいは、ひょっとしたら……』

「うるせえんッだよ悪にもなれねえ潔癖症の殺戮者《さつりくしゃ》があアアア!!」

ボバッッッ!!!!!!　と。

今度の今度こそ、黒く小さな影に『原子崩し《メルトダウナー》』が第六位に直撃した。

謎の防御を仕組みも分からないままぶち抜いた。

ぎゅるりと影は渦を巻いた。

それだけだった。

虚空《こくう》へ消えた。

焼き切って消し飛ばした手応えはなかった。

どう考えても。

明らかに。

相手の方が上だった。

「……抗ってやる」

だから、闇の中で一人取り残された負け犬が吼《ほ》えていた。

この先に何が待ち構えていても。

第六位。

『暗部《あんぶ》』の天敵が何を見据えていて。

学園都市《がくえんとし》の誰がどんな悪辣なレールを敷いていたとしても。

「何が『超電磁砲』だ、何が『心理掌握』だ!!　順位だの序列だの知らねえんだよそんなもん！　たとえ時間の流れや歴史の正しさに背を向けてでも！　学園都市でも七人しかいない超能力者、『原子崩し』。テメェらが何しようが『アイテム』は、自分の居場所くらいはテメェの力で守ってやるからなああああああああああああああああああああああ!!!!!!」

全く意味のない宣言だった。
人間個人の観測こそミクロな物理に干渉し、マクロな世界をも構成していく量子論。
そんなものを自由自在に取り扱う学園都市《がくえんとし》で、でも結末はとっくに確定している。
誰もがそれを知っている。

◉鎌池和馬著作リスト

「とある魔術の禁書目録《インデックス》①〜㉒」（電撃文庫）
「とある魔術の禁書目録《インデックス》SS①②」（同）
「新約　とある魔術の禁書目録《インデックス》①〜㉒　㉒リバース」（同）
「創約　とある魔術の禁書目録《インデックス》①〜⑩」（同）
「とある魔術の禁書目録《インデックス》　外典書庫①②」（同）
「とある科学の超電磁砲《レールガン》」（同）
「とある暗部の少女共棲《アイテム》①〜③」（同）
「とある魔術の禁書目録外伝　エース御坂美琴対クイーン食蜂操祈!!」（同）

「ヘヴィーオブジェクト」シリーズ計20冊（同）
「インテリビレッジの座敷童①～⑨」（同）
「簡単なアンケートです」（同）
「簡単なモニターです」（同）
「ヴァルトラウテさんの婚活事情」（同）
「未踏召喚：／／ブラッドサイン①～⑩」（同）
「とある魔術のヘヴィーな座敷童が簡単な殺人妃の婚活事情」（同）
「最強をこじらせたレベルカンスト剣聖女ベアトリーチェの弱点①～⑦
その名は『ぶーぶー』」（同）
「とある魔術の禁書目録×電脳戦機バーチャロン　とある魔術の電脳戦機《バーチャロン》」（同）
「アポカリプス・ウィッチ①～⑤　飽食時代の【最強】たちへ」（同）
「神角技巧と11人の破壊者　上　破壊の章」（同）
「神角技巧と11人の破壊者　中　創造の章」（同）
「神角技巧と11人の破壊者　下　想いの章」（同）
「使える魔法は一つしかないけれど、これでクール可愛いダークエルフとイチャイチャできるならどう考えても勝ち組だと思う」（同）
「赤点魔女に異世界最強の個別指導を！①②」（同）
「マギステルス・バッドトリップ」シリーズ計3冊（単行本　電撃の新文芸）

本書に対するご意見、ご感想をお寄せください。

ファンレターあて先
〒102-8177　東京都千代田区富士見2-13-3
電撃文庫編集部
「鎌池和馬先生」係
「ニリツ先生」係
「はいむらきよたか先生」係

本書は書き下ろしです。

電撃文庫

とある暗部《あんぶ》の少女共棲《アイテム》③

鎌池和馬《かまちかずま》

◆◇◇

2024年6月10日　初版発行
2024年10月5日　再版発行

発行者　山下直久
発行　株式会社KADOKAWA
〒102-8177　東京都千代田区富士見2-13-3
0570-002-301（ナビダイヤル）
装丁者　荻窪裕司（META＋MANIERA）
印刷　株式会社KADOKAWA
製本　株式会社KADOKAWA

ISBN978-4-04-915699-7　C0193　Printed in Japan

電撃文庫　https://dengekibunko.jp/

電撃文庫DIGEST　6月の新刊

発売日2024年6月7日

第30回電撃小説大賞《選考委員奨励賞》受賞作

新作
美少女フィギュアのお医者さんは青春を治せるか

著／芝宮青十　イラスト／万冬しま

「私の子供を作ってよ」夕暮れの教室、医者の卵で完璧少女の今上月子はそう告げる——下着姿で。クラスで《エロス大魔神》と名高い黒松治は月子のため、彼女が書いた小説のキャラをフィギュアにすることに！？

ソードアート・オンライン28
ユナイタル・リングⅦ

著／川原 礫　イラスト／abec

人界の統治者を自称する皇帝アグマールと、謎多き男・トーコウガ・イスタル。それに対するは、アンダーワールド新旧の護り手たち。央都セントリアを舞台に繰り広げられる戦いは、さらに激しさを増していく。

魔王学院の不適合者15
～史上最強の魔王の始祖、転生して子孫たちの学校へ通う～

著／秋　イラスト／しずまよしのり

魔弾世界を征したアノスは、遅々として進まぬロンクルスの《融合転生》を完了させるべく、彼の——そして《二律僭主》の過去を解き明かす。第十五章《無神大陸》編、開幕！！

声優ラジオのウラオモテ
#11 夕陽とやすみは一緒にいられない？

著／二月 公　イラスト／さばみぞれ

『番組から大切なお知らせがあります——』変化と別れの卒業の時期。千佳と離れ離れになる未来に戸惑う由美子。由美子の成長に焦りを感じる千佳。ふたりの関係は果たして——。TVアニメ化決定のシリーズ第11弾！

とある魔術の禁書目録外伝 エース御坂美琴対 クイーン食蜂操祈!!

著／鎌池和馬　イラスト／乃木康仁
メインキャラクターデザイン／はいむらきよたか

学園都市第三位『超電磁砲』御坂美琴。学園都市第五位「心理掌握」食蜂操祈。レベル5がガチで戦ったらどっちが強い？ルール無用で互いに超能力者としての全スペックを引きずり出す。犬猿の仲の二人がガチ激突！

とある暗部の少女共棲《アイテム》③

著／鎌池和馬
キャラクターデザイン・イラスト／ニリツ
キャラクターデザイン／はいむらきよたか

夏の終わり、アジトを爆破されて家出少女となったアイテム。新たな仕事を受けるも「正義の味方」を名乗る競合相手に手柄を奪われてしまう。そんな中、麦野のもとに「表の学校」の友人から連絡が……。

ブギーポップ・パズルド 最強は堕落と矛盾を嘲笑う

著／上遠野浩平　イラスト／緒方剛志

最強の男フォルテッシモの失墜は新たな覇権を求める合成人間たちの死闘と謀略を生んだ。事態の解決を命じられた偽装少女の久嵐舞惟は謎と不条理の闇に迷い込み、そこで死神ブギーポップと遭遇するが……。

レベル0の無能探索者と蔑まれても実は世界最強です2
～探索ランキング1位は謎の人～

著／御峰。　イラスト／竹花ノート

無能探索者と蔑まれた鈴木日向だったが、学園で神威ひなた・神楽詩乃というSクラスの美少女たちとパーティーを組むことに。実家に帰省しようとしたら、なぜかふたりもついてくることになって——？

男女比1:5の世界でも普通に生きられると思った?②
～激重感情な彼女たちが無自覚男子に翻弄されたら～

著／三藤孝太郎　イラスト／jimmy

将人への想いを拗らせるヒロイン達に加わるのは、清楚な文学少女系JKの汐里。そのウラの顔は彼にデュフる陰キャオタクで！？JD、JK、JC、OL、全世代そろい踏みのヒロインダービー！一抜けは誰だ！！

いつもは真面目な委員長だけどキミの彼女になれるかな?3

著／コイル　イラスト／Nardack

陽都との交際を認めさせようと、母に正面から向き合うことを決めた紗良。一方、陽都はWEBテレビの運営を通して、自分の将来を見つめなおすことになり……。君の隣だから前を向ける。委員長ラブコメシリーズ完結！

新作
デスゲームに巻き込まれた山本さん、気ままにゲームバランスを崩壊させる

著／ぽち　イラスト／久賀フーナ

ＶＲＭＭＯデスゲームに巻き込まれたアラサー美少女・山本凜花。強制的な長期休暇と思ってエンジョイします！　本人の意志と無関係に、最強プレイヤーになった山本さんが、今日も無自覚にデスゲーム運営をかき乱す！

新作
最強賢者夫婦の子づくり事情
炎と氷が合わさったら世界を救えますか?

著／志村一矢　イラスト／をん

幾世代にもわたって領地をめぐり争いを続ける朱雀の民と白虎の民。朱雀の統領シラヌイの前に現れた預言の巫女が告げたのは——「白虎の頭領と婚姻し、子をなせ。さもなくば世界は滅ぶ」!?

SAO
SWORD ART ONLINE
ソードアートオンライン
川原 礫
イラスト／abec
「これは、ゲームであっても遊びではない」
《黒の剣士》キリトの活躍を描く
究極のヒロイック・サーガ!
電撃文庫

アクセル
ワールド
川原 礫
イラスト／HIMA
accel World
もっと早く……
《加速》したくはないか、少年。
第15回電撃小説大賞《大賞》受賞作!
最強のカタルシスで贈る
近未来青春エンタテイメント!
電撃文庫

第23回電撃小説大賞《大賞》受賞作!!
最終選考委員・編集部一同を唸らせた
エンターテイメントノベルの
真・決定版!
86
[EIGHTY SIX]
―エイティシックス―
The dead aren't in the field.
But they died there.
[著]
安里アサト
[イラスト]
しらび
[メカニックデザイン] I-IV
The number is the land which isn't
admitted in the country.
And they're also boys and girls
from the land.
ASATO ASATO PRESENTS
Illustration/Shirabi Mechanical Design/I-IV
電撃文庫

豚になった俺が、異世界で美少女といちゃラブ(!?)するファンタジー

逆井卓馬
Author: TAKUMA SAKAI
［イラスト］遠坂あさぎ
illustrator: ASAGI TOHSAKA

純真な美少女にお世話される生活。う～ん豚でいるのも悪くないな。だがどうやら彼女は常に命を狙われる危険な宿命を負っているらしい。

よろしい、魔法もスキルもないけれど、俺がジェスを救ってやる。運命を共にする俺たちのブヒブヒな大冒険が始まる！

豚のレバーは加熱しろ

Heat the pig liver

the story of a man turned into a pig.

電撃文庫